박상우 장편소설

운명게임

2

박상우
장편소설

운명게임

2

인 생 이 나 의 것 이 아 니 라 는 진 실 에 대 하 여

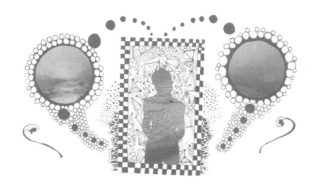

해냄

차례

안국역, 100년 기둥, 100년 충전소.

출구로 나가는 좌우 계단 사이의 경사면을 따라 자연스럽게 윗부분이 열린 반원형의 공간이 있다. 공간은 그리 넓지 않지만 안으로 기운이 모인 듯하고 그 한가운데 팔각기둥이 있어 고인 기운이 위로 상승하는 듯한 느낌을 준다. 그 팔각기둥에는 한국의 독립운동에 참여했던 800여 명 투사들의 초상이 그래픽으로 처리되어 일정한 시간에 따라 바뀌고 있다. 그것이 100년 기둥이고 그 공간이 100년 충전소이다.

거기, 100년 기둥 옆에 보리가 나타났을 때 그 공간에는 다섯 사람이 함께 모여 있다가 일제히 보리에게 시선을 집중한다. 그들은 동일한 녹색 바탕의 티를 입고 있었는데 가슴과 등 부분에 이런 문구들이 검은 글자로 새겨져 있다.

We Are EGU!

We Fight Against EDD!

Get Out EDD!

Save Our Earth!

보리는 텔레파시를 받으며 그것이 무엇인지 곧바로 알아차린다. EGU는 지구수호연대(Earth Guard Union)의 약자, EDD는 지구암흑사단(Earth Darkness Division)의 약자. 요컨대 양 진영 사이에 전면적인 전쟁이 시작되었다는 걸 알려주는 문구들이다. 그들 다섯이 입고 있는 티셔츠만으로 그들이 지구수호연대 소속이라는 것과 그들의 목적이 지구를 수호하는 것, 그리고 지구상에서 지구암흑사단을 추방하는 것이라는 걸 알아차리고 보리는 마음을 놓는다.

"시리우스! 맞죠?"

다섯 명 중 검은 플라스틱 안경테를 착용한 30대 중반쯤의 남성이 앞으로 나서며 암호를 확인하듯 묻는다. 보리가 고개를 끄덕이자 그가 손을 내밀어 보리에게 악수를 청한다. 그런 뒤에 탁자 밑의 가방에서 재빨리 붉은 치우천왕 탈을 꺼내 보리의 얼굴에 씌운다. 돌발적으로 얼굴을 가리는 탈이 씌워지는데도 보리는 그것을 거부하지 않는다.

"반갑습니다, 우주형제님! 제 이름은 호야라고 합니다. 만나자마자 얼굴에 치우천왕 탈을 씌워서 미안한데, 그건 형제님의 신분을 노출시키지 않기 위해 저희 지구수호연대의 상부에서 내려온 지시라 어쩔 수가 없습니다. 형제님을 보호하기 위한 조처이니 이해해

주세요. 저는 지구수호연대 한국지부의 폭로팀장입니다. 지금 지구에 온 워크인 사명자(使命者) 형제들을 찾기 위해 지구수호연대와 지구암흑사단 사이에 무서운 전쟁이 진행되고 있어요. 그들을 누가 먼저 찾아내느냐에 따라 모든 게 달라지기 때문이죠. 전 세계 어느 곳도 아니고 한국에서 첫 번째 사명자 형제가 나타났다는 사실만으로도 저는 지금 미칠 것처럼 흥분하고 있어요. 오늘 방송은 제가 무조건적으로 폭로 내용들을 먼저 나열한 다음에 형제님의 의견을 듣는 형식을 취할 것인데, 폭로가 우선 목적이기 때문에 형제님의 의견은 최소화할 거예요. 그리고 방송 진행 시간은 형제님의 일정에 따라 변할 수 있는데 혹시 그쪽으로는 다음 일정에 대한 메시지가 있었나요?"

호야가 질문하는 사이 보리에게 텔레파시가 전해진다.

—다음 접선 시간과 장소는 미정입니다.

보리가 텔레파시의 내용을 그대로 반복해서 말해 주자 호야는 잠시 생각하는 표정을 짓다가 흔쾌히 박수를 친다.

"오케이! 뭐가 어떻게 될지 알 수 없는 상황이니 무제한 방송이라고 공지하고 시작하죠. 그동안 제가 제공받은 엄청난 비밀들을 오늘 이 자리에서 온 세상에 폭로하겠습니다. 단, 지구암흑사단이 만들어낸 블랙클론들이 조만간 이곳으로 들이닥칠 테니 마음의 준비를 단단히 하고 계세요. 그것들은 인간이 아니고 기체로봇들이라 명령이 없이는 위해를 가할 수 없기 때문에 계속해서 실시간 중계용 카메라를 들이대고 있어야 해요. 지구암흑사단도 자신들의 만행이 실시간으로 전송된다면 엄청난 위기가 초래될 거라는 걸 알고 있기 때문에 그 점에서는 굉장히 용의주도한 편이죠. 하지만 형제님의 안전을 지키기 위해 지금 수천 명의 한국지부 회원들이 전국 각지에서 달려오고 있으니 아무 걱정 하지 않아도 됩니다."

말을 끝내고 나서 호야는 보리를 준비된 방송석에 앉게 한다. 그 사이 뒤쪽의 네 명은 방송 준비를 위해 분주하게 움직인다. 촬영과 동영상 전송 준비를 하는 사람, 어딘가 전화를 걸어 현재 위치를 알리고 요원들을 총동원하라는 지시를 하는 사람, 해외에 전화를 걸어 현지 사정을 알리고 곧 인터넷 생방송을 시작할 거라고 알리는 외국인, 그리고 100년 기둥 앞쪽에 제한선 테이프를 설치하는 사람……. 그들을 지켜보며 보리는 의자에 앉은 채 지속적으로 텔레파시를 받는다.

—방송이 시작되고 블랙클론들이 나타나면 형제님이 머무는 공간에 에어스크린이 형성될 것입니다. 그것은 슈퍼우주연합으로부터 가장 최근에 제공받은 것으로서 레이저 빔과 입자 빔을 위시한 어떤 종류의 공격과 타격에도 뚫리지 않을 겁니다. 필요에 따라 스크린에 상대방의 전의를 상실하게 만드는 결정적 메시지를 띄울 수도 있습니다. 육안으로는 전혀 보이지 않지만 소리와 진동·파동 등은 그대로 전달되어 3밀도 차원의 사람들에게는 전혀 인지되지 않을 거예요. 그것은 오직 블랙클론들에게만 제한적으로 작동하는 바리케이드 역할을 합니다.

방송이 준비되는 동안 지구수호연대의 녹색 티셔츠를 입은 사람들이 전동차가 당도할 때마다 지하에서 꾸역꾸역 올라와 100년 충전소 주변을 에워싼다. 입구뿐 아니라 양옆의 계단으로도 올라가 문제의 공간 전체가 녹색 티셔츠로 에워싸인 형상이다. 녹색 티셔츠 안에 아로새겨진 여러 문장들이 물결무늬를 이루어 낯설고 기이한 에너지를 느끼게 한다.

이윽고 오른손 검지로 허공을 찌르는 호야의 큐 사인!

그 순간 녹색 물결 바깥쪽으로 블랙클론 무리들이 나타난다. 그들은 기계적인 자세로 서 있지만 아주 조금씩 신기한 동작으로 녹색 물결 속으로 스며들어간다. 녹색 물결 속으로 검은색이 삼투되는 형상이다. 녹색과 검은색이 뒤섞인 상황에서 인터넷 생중계 방송은 시작된다.

"여러분, 지구수호연대 한국지부의 폭로팀장 호야입니다. 악성 외계종 그레이들과 연합하여 온갖 신기술을 다 확보하고 달과 화성에 군사기지까지 만들어 운영하는 지구암흑사단의 만행이 날이 갈수록 노골적으로 악랄해져 가고 있습니다. 전 세계에 외계인들의 지하기지 시설들이 늘어나고 있는데도 불구하고 지구인들은 까막눈으로 그들의 음모와 속임수에 넘어가 외계인 문제에 대해 아무것도 모르는 채 하루하루 노예의 삶을 살고 있습니다. 돈과 권력을 움켜쥔 극소수의 엘리트들이 전 세계를 하나의 정부로 운영하려는 음모는 너무나도 오래돼 이제는 인터넷에 그들의 만행과 실체에 대한 내부자 폭로가 줄을 잇고 있습니다. 뿐만 아니라 그들 암흑사단의 내부에서도 동맹 간의 대립과 알력이 심해져 의도적으로 폭로 전쟁을 하고 있습니다. 폭로 그 자체가 순수성을 띠지 않고 작전의 일환으로 진행되는 경우도 많습니다. 그러니 저희 지구수호연대의 전 세계 지부와 함께 여러분이 직접 지구를 수호하는 일에 동참하셔서 저희에게 힘을 주시기 바랍니다."

거기까지 말하고 나서 호야는 보리를 돌아보며 준비하라는 시늉을 한다. 보리가 반사적으로 고개를 끄덕이자 호야가 다시 멘트를 이어간다.

"지금부터 오늘 생방의 본론으로 진입하겠습니다. 오늘 이 안국역의 100년 기둥, 100년 충전소에서 너무나도 뜻깊은 생방송을 하게 되었습니다. 지구 사명자 역할을 맡고 지구로 온 워크인이 다른 나라도 아닌 한국에 세계 최초로 모습을 드러내 그분을 모시게 되었기 때문입니다. 보안상 구체적인 신상에 대해서는 언급하지 않겠지만 제가 입수한 정보에 의하면 이분은 시리우스 항성계에서 지구로 들어온 워크인입니다. 우주형제님 반갑습니다!"

예고 없이 손을 내밀어 호야가 보리에게 악수를 청한다.

"반갑습니다."

당황한 표정으로 보리가 호야의 손을 잡는다.

"지구암흑사단의 비밀과 음모가 너무 많기 때문에 무슨 얘기를 어디서부터 어떻게 시작해야 할지 알 수 없지만 고차원계의 우주인들은 지구와 우주에서 일어나는 모든 일에 대한 데이터를 수집하고 있다고 들었는데, 그런 관점에서 저희가 의구심을 품고 있는 부분들에 대해 조언해 주거나 사실 여부를 확인해 줄 수 있겠습니까?"

"제가 할 수 있는 한 말씀드리겠습니다."

"알려지지 않은 사명을 지니고 지구로 들어왔다고 들었는데, 그런 사명을 지니고 지구로 온 워크인이 총 몇 명이나 됩니까?"

"그건 아직 저도 모릅니다."

"그럼 사명의 내용에 대해서는?"

"네, 그것도 아직 말씀드릴 수 없는 형편입니다."

"알고도 말을 안 하는 건가요, 아직 부여받은 임무가 없기 때문에 말을 할 수 없는 건가요?"

"지구수호연대가 존재하는 목적과 제가 받게 될 임무가 본질적으로 크게 다르지 않을 것이라 생각합니다."

"그 말은 지금 우리 지구와 인류가 심각한 위기에 처해 있기 때문에 워크인 사명자들이 온 것이라고 해석해도 된다는 의미겠죠?"

"그렇습니다."

"전 세계의 지구인들은 아직도 외계문명이 있는가, 외계인이 있는가, 음모론이네 아니네, 까막눈 같은 말들만 되풀이하고 있는 실정입니다. 이렇게 지구를 지키고 인류를 지키려고 폭로방송을 진행하면 저급한 음모론이라고 폭로 정보들을 일언지하에 무시해 버립니다. 이건 정말 심각한 문제가 아닌가요?"

"위선과 거짓, 세뇌와 억압이 지속돼 전 지구가 심각한 혼돈에 빠져 있는 상황입니다."

"현재 지구상에서 벌어지고 있는 일들 중 가장 심각한 것은 무엇이라고 할 수 있을까요?"

"대개의 우주인들은 지구의 환경과 지구인들의 의식 수준에 대해 염려하고 걱정합니다. 우주의 법칙 때문에 직접적인 도움을 주지 못하니 지구를 관찰하거나 감시할 수밖에 없는데 그중 가장 큰 문제로 꼽히는 게 핵무기 사용입니다. 지구인들이 핵을 무모하고 방만하게 사용한 결과, 그것으로 인한 대기 피해가 우주에까지 파급되고 있습니다. 우주 전체에 지구 핵의 악영향이 생겨나기 때문에 이 문제를 가장 민감하게 생각하고 있는 것이죠."

"지구암흑사단과 손을 잡고 지구에 머물고 있는 악성 그레이종들의 기술은 우리보다 2500년 앞서 있다고 하는데 그보다 높은 차원의 문명은 얼마나 앞서 있을까요?"

"일일이 수치상으로 환산하는 건 쉬운 문제가 아닙니다만 플레이아데스성단 같은 경우는 3000년, 안드로메다와 금성 같은 경우는 4000년 내지 5000년 정도 앞서 있다고 보면 될 겁니다."

"그렇다면 그렇게 앞선 우주문명과 지구문명의 가장 큰 차이는 뭘까요?"

"결정적으로 그것은 영적 진화의 문제입니다. 지구인들은 이미 기원전부터 지구에 들락거린 수도 없이 많은 외계문명을 경험했습니다. 아주 오래 노예 생활을 한 것이죠. 하지만 그것은 여러분이 지구상에서 여러분보다 차원이 낮은 식물이나 광물, 동물을 마음대로 죽이고 먹고 베고 멸종시켜 버리는 것과 크게 다르지 않은 문제입니다. 낮은 차원에서 높은 차원에 간여하는 것은 불가능하지만 높은 차원에서 낮은 차원에 직접적인 영향을 가하는 건 일도 아니기 때문이죠."

"그렇다면 그런 외계인들과 지구암흑사단 같은 부류들은 우주의 불간섭 원칙을 위배하고 있는 것인데 그들에게는 어떤 인과의 법칙이 적용될까요?"

"차원이 높건 낮건 모두 에너지 보상 법칙의 문제로 귀결됩니다.

지구 사람들은 그것을 인과응보, 카르마, 업 등으로 부르고 있지만 그것의 실제적 구현은 매우 정밀하고 과학적입니다. 자신이 원하면 우주 에너지를 얼마든지 가져다 쓸 수 있지만 그 과다 소비한 에너지에 대한 책임은 반드시 자신이 져야 하는 겁니다. 여기에는 정상 참작이나 가감이 있을 수 없습니다. 차원이 높은 문명에 존재하는 우주인들은 생명의 운영을 모두 이와 같은 기준에 맞추고 있습니다. 그런 의미에서 운명의 창조자는 결국 자기 자신이라는 걸 알아야 합니다."

"에너지 보상의 법칙은 우주인들도 예외가 될 수 없다는 얘기로군요."

"지구인들은 에고 중심의 사고, 즉 자기 본위적인 사고를 하기 때문에 전체적인 사고를 하지 못하지만 우주인들은 자신을 의식하지 않고 전체의식을 먼저 존중하고 그것의 상승을 위해 자신의 진동을 유지합니다. 그렇기 때문에 그들의 진동 에너지는 전체적으로 우주의식과 동조하는 현상을 나타내죠. 차원을 상승시키고자 하는 궁극의 목표가 근원적인 창조 에너지와 하나가 되기 때문이죠. 분리되었던 의식들이 본향으로 돌아가는 여정, 그것이 우주의 변화이고 우주문명의 경로입니다."

"와, 아주 멋진 표현입니다. 본향으로 돌아가는 과정……. 그런데 지금 우리는 이 지구가 어떻게 될지 정말 걱정하지 않을 수 없는데 우리 지구를 위해 걱정해 주는 우주인들이 있을까요?"

"간단히 말씀드리자면 지구상에 직접 개입하고 있는 외계인들은 모두 악성이라고 생각하시면 됩니다. 반면 직접적으로 나타나지 않고 우주의 대법칙을 지키면서 지구 행성궤도를 돌고 있는 우주 함대들은 모두 진정으로 지구를 걱정하는 우주인들이라고 생각하면 됩니다. 선의를 지닌 고차원 문명이 훨씬 많다는 의미입니다."

"좋은 외계인과 나쁜 외계인들의 편을 가를 수는 없을까요?"

"지구 중심으로 말인가요?"

"당연하죠."

"사실 우주에도 전쟁이 많습니다. 우주문명 간의 충돌과 이해관계가 단순하다고 할 수 없어서 길게 말씀드릴 수는 없지만, 지구인들이 모르는 우주전쟁의 결과로 고대로부터 지구로 들어온 외계 종족이 많았고 그들은 지구에 와서도 핵전쟁을 일삼다 멸망의 길을 걸었습니다. 일부는 지구 중심으로 들어가 지저세계를 만들어 현재까지 지구보다 높은 차원의 문명을 유지하고 있습니다. 아무튼 그와 같은 관점에서 말하자면 지구에 도움을 주려는 그룹은 안드로메다, 플레이아데스, 금성, 토성, 알파 센타우리, 베가, 움모, 시리우스, 타우 세티, 아르크투루스 등을 들 수 있습니다. 그리고 지구에 위해가 되는 그룹은 니비루, 오리온, 제타 레티쿨리 그레이, 리겔, 알파 드라코니언 등을 들 수 있습니다."

인터넷 생방송이 진행되는 동안 블랙클론들은 녹색 티셔츠 물결 속으로 기이하게 스며들어 전면 대열을 완전히 장악하고 있다. 방송이 진행되는 정면에도 오직 블랙클론들의 모습만 보이고 녹색 대열은 어느새 몇 줄 뒤쪽으로 밀려나 있다. 전면에 대오를 이룬 클론들 중 다섯이 제지선 앞으로 들어오려 하지만 이미 에어스크린이 설치된 뒤라 병원에서처럼 아무리 허공을 밀어도 보이지 않는

벽을 만나게 되는 기이한 현상이 되풀이된다.

명령이 떨어진 것인가, 일렬 대오에 서 있던 블랙클론 다섯이 착용하고 있던 헬멧을 일제히 벗어든다. 그리고 그것을 양옆으로 펼치자 놀랍게도 중심원을 지닌 좌우 대칭 구조의 발사체가 된다. 그들은 그것을 정확하게 보리와 호야를 향해 겨냥한다. 호야는 기겁한 표정을 짓고 테이블 밑으로 몸을 숨기지만 보리는 앉은 자세 그대로 꼿꼿하게 블랙클론들을 주시한다.

선봉에 선 다섯 블랙클론의 헬멧으로부터 일제히 푸른 입자 빔이 발사된다. 하지만 기이하게도 그것은 방송 공간으로 들어가지 못하고 전면의 에어스크린으로 고스란히 흡수되어 버린다. 눈에 보이지 않는 차단막이 입자 빔을 완전히 무력화시켜 버리자 그들은 다시 헬멧을 접어 머리에 쓰고 정자세를 취한다.

다음 순간, 다른 명령이 떨어졌는지 블랙클론들 전체가 좌우로 서로의 몸을 부딪치며 형상을 해체한다. 곧이어 거대한 검은 장막이 허공으로 솟아오르며 100년 충전소 전체를 뒤덮어버린다.

완전한 고립으로 방송 공간에서는 밖이 전혀 보이지 않는다. 그런데 그 순간, 100년 충전소 전체를 뒤덮은 암흑 장막 위로 녹색의 선명한 문장들과 도형 그리고 이미지가 떠오르기 시작한다. 직사각형 안에는 명암이 뚜렷해 섬뜩하게 보이는 그레이 외계인의 이미지, 그리고 우측 하단에는 완전한 원형 안에 상징적인 메시지들이 아로새겨져 있다. 그 하단에 다음과 같은 문장들이 뜬다.

가짜 선물을 주는 자들과 그들의 거짓 약속들을 경계하라.

많은 고통이 있겠지만 아직 시간은 있다.

믿으라! 저 바깥에는 선한 존재들이 있다.

우리는 속임수에 반대한다.

그것을 지켜보던 폭로팀장 호야가 놀란 표정으로 소리를 지른다.

"아, 저것은 2002년 영국의 크랩우드 농장에서 발견된 미스터리 서클의 문장들 아닌가요?"

"네, 그것과 동일한 내용이라는 텔레파시 메시지를 받았습니다. 지구암흑사단이 악성 그레이들과 협정을 맺고 지구를 지배하기 위해 행하고 있는 모든 종류의 우주법칙 위배 행위에 대해 경고하는 내용입니다. 뿐만 아니라 지구인들에게 선한 우주인들의 존재를 알리는 메시지이기도 합니다."

"지금 이 생방송 중계를 보고 계신 여러분, 저희는 지금 지구암흑사단의 공격을 받으며 방송을 진행하고 있습니다. 우리가 지닌 무기는 인터넷뿐이지만 우리는 그것을 통해 지구암흑사단과 충분히 맞서 싸워 이길 수 있습니다. 하지만 지금 우리는 보다시피 매우 위험하고 힘겨운 상황에 처해 있습니다. 다음 공격이 언제 어떻게 진행될지 모르고 여기 계신 우주형제님의 안전에 문제가 생길까 봐 걱정하지 않을 수 없는 처지입니다. 하지만 의연하게, 그러면 그럴수록 지구를 지키기 위해 정신을 바짝 차리고 방송을 다시 진행하도록 하겠습니다. 지금 이 방송은 전 세계에 인터넷으로 생중계되고 있습니다. 우주형제님, 지금 두렵지 않으십니까?"

"이 상황 전체가 '제대로 가는 노정'에 있는 것이라 두렵지 않습니다."

"'제대로 가는 노정'이라는 건 무엇을 의미하는 건가요?"

"지금 지구상에서 일어나고 있는 이런 모든 일들, 비밀과 음모, 억압과 지배는 어차피 지구가 거쳐 가야 하는 차원 상승의 프로그램 안에 있는 것이니 기꺼이 펼쳐지고 기꺼이 받아들여야 할 필요가 있습니다. 극소수의 엘리트들이 지배하는 체제에서 지구인들은 너무 멸시받고 너무 가혹한 삶을 살고 있습니다.

지구암흑사단이 보유한 비밀 기술을 해제하고 함께 잘 사는 체제를 만들겠다고 마음만 먹는다면 지구는 당장에라도 천국처럼 살기 좋은 환경으로 바뀌고 지금처럼 돈과 권력에 볼모 잡힌 노예 생활을 하지 않아도 됩니다. 하지만 지구를 장악한 극소수의 엘리트들은 인간을 의도적으로 타락시키고 의식의 진동을 저하시키고 희망과 상승 욕구를 죽여 자신들의 노예로 부리려 하고 있습니다. 하지만 그들도 이제 악의 의지가 반전되는 지점을 되돌아 무서운 내리막길로 굴러떨어지는 중입니다. 그들 스스로 자신들의 종말을 예감하고 자중지란에 빠져 상호 동맹 간에 전쟁을 진행하고 있습니다.

이 가혹한 시기 너머, 이 치욕적인 시기 너머, 지구인들의 의식이 깨어나고 진동이 높아져 차원 상승이 이루어지는 시기가 멀지 않습니다. 저 같은 워크인 사명자들은 바로 그런 시기를 앞당기고 저들의 마지막 저항을 무력화시키는 초우주연합의 작전을 수행하게 될 것입니다. 지구 문제에 직접적인 개입을 할 수 없는 우주법칙 때문에 이렇게 사람의 몸을 빌려 입고, 이렇게 사람의 자격으로 지구에 들어와 미션을 수행하는 것입니다."

암흑 장막이 100년 충전소를 완전히 뒤덮은 뒤 안국역에는 녹색 티셔츠를 입은 지구수호연대 회원들이 지속적으로 몰려들어 보행을 할 수 없을 정도가 된다. 결국 운행 중인 모든 3호선 전동차에서는 안국역은 정차하지 않고 그냥 통과한다는 안내 방송이 나가고 안국역 지하도에는 암흑 장막에 가려진 100년 충전소를 에워싼 녹색 물결과 그들의 손에 들린 무수한 휴대폰들이 허공을 오르내리고 있다. 그런 와중에도 인터넷 생중계는 계속된다.

"우주형제님, 그럼 이제부터는 지구암흑사단이 만들어놓은 달과 화성의 비밀 기지에 대해 얘기를 나누어보겠습니다. 달과 화성에 지구암흑사단이 만들어놓은 지하 기지 시설들이 있고 그곳에서 근무하거나 거주하는 지구인들이 엄청 많다는 폭로가 최근 쏟아지고 있습니다. 뿐만 아니라 2014년 3월 이탈리아에서 개최된 'UFO와 관련 현상들에 대한 22차 세계 심포지엄'에서 아이젠하워 대통령의 증손녀인 로라 아이젠하워가 화성 식민지에 대한 비밀 프로젝트를 폭로하기도 했습니다. 그것은 지구암흑사단이 지구가 황폐해지는 자연의 대격변, 예컨대 남극과 북극이 바뀌는 지축 이동이나 태양 표면의 대폭발 등이 일어날 경우에 대비해 만들어둔 것으로 폭로되고 있습니다. 그 비밀 프로그램에 대해 로라 아이젠하워는 심포지엄에서 이런 폭로를 했습니다.

제가 그 부분을 읽어보죠.

1980년대에 화성으로 가는 원격이동 프로그램인 CIA의 '점프 룸'

프로그램이 있었으며, 거기에 바시아고와 다른 내부고발자들이 참여했었습니다. 이 프로그램의 원격이동 기술은 그레이 외계인들이라는 특정 종족에 의해 미국 정부에 주어졌습니다. 러시아와 영국 또한 현재 화성으로 가는 원격이동 프로그램을 갖고 있습니다. 지금 화성의 기지들에 정착한 인구수는 무려 50만 명에 이른다는 보고들이 있습니다.[*]

우주형제님, 아직도 일반 지구인들은 아폴로 계획을 가지고 아폴로 11호가 달에 갔느냐 안 갔느냐 왈가왈부하고 있는데, 달의 뒷면에 지구암흑사단이 만든 지하기지가 있고 화성에도 지구인이 만든 식민지가 있을 뿐만 아니라 그곳에 이미 50만 명이나 되는 지구인들이 살고 있다는 게 정말 사실입니까?"

"네, 그 모든 게 사실이라는 텔레파시 메시지를 받았습니다. 달의 뒷면은 지구에서는 관측할 수 없게 되어 있는데, 그곳은 우주문명의 외교상 중립 지역으로 설정되어 있습니다. 그래서 우주 플랫폼으로서의 제반 필요 시설들이 만들어져 있습니다. 우주를 왕래하는 많은 그룹들이 그곳에서 출발해 태양계를 넘어가거나 정해진 함선으로 오가기도 합니다."

"행성을 왕래하는 기술의 문제는 어떤가요?"

"행성 간 여행을 쉽게 하는 점프 룸이나 스타게이트로 불리는 기술 또는 포털 기술들이 있는데 그 모든 것들을 지구암흑사단에

---

[*] 박찬호, 『UFO와 신과학, 그 은폐된 비밀과 충격적 진실들』, 은하문명, 2014, 312~313쪽.

전수해 준 것이 그레이들입니다. 지구암흑사단은 어린아이들 중에 직관적인 능력을 선천적으로 타고난 아이들을 찾아내 어린 시절부터 훈련을 시키고 그들을 수많은 외계문명 연합체인 슈퍼연합에 지구대표단으로 참여시켜 왔습니다. 달의 뒷면에는 지구암흑사단이 만들어놓은 '달 작전 지휘부(Lunar Operation Command)'가 있습니다."

"내부 폭로자들에 의하면 현재 비밀 우주프로그램에는 다섯 분파가 있다고 합니다. 미국의 로널드 레이건 대통령이 취임하던 무렵부터 시작된 솔라 워든(태양 관리인), 행성 간 대기업 집합체(ICC), 주로 태양계 밖에서 작전을 수행하는 다크 함대(Dark FLE), 비밀 우주군사 프로그램을 위해 암약하는 비밀 첩보원 그룹인 블랙 옵스(Black Ops), 글로벌 국가 은하연맹 등이 있다고 합니다. 하지만 그들 내부에서도 동맹 간의 이견이 발생해 지구동맹(Earth Alliance)과 우주동맹(Space Alliance)으로 나뉘어 대립하고 있다고 합니다. 지구동맹 같은 경우는 완전히 다른 어젠다로 지구암흑사단을 무찔러야 할 적으로 규정하고 저희 지구수호연대와도 연대하고 있다고 합니다. 우주형제의 관점에서는 이 모든 대립과 갈등의 구조들이 앞으로 어떻게 전개될 것처럼 보이는지요?"

"아까도 말씀드렸다시피 3차원 지구가 현재 제대로 가는 노정에 있기 때문에 상황은 위태롭지만 궁극적으로는 차원 상승에 도달할 것이라고 믿습니다. 그것을 위해 고차원의 우주문명은 지구와 지구인을 도울 준비를 하고 있습니다. 직접적인 개입보다 영적인 에너지를 보내 지구인들의 진동 에너지를 고조시키고 상위차원에 머물며 항시적으로 지구를 관찰합니다. 지구에 나타나는 고차원의 UFO는 단순한 물체가 아니라 의식을 물질화한 3차원적 형상이라고 생각하면 됩니다."

"아무튼 우리가 사는 지구에서도 차원 상승이 이루어졌으면 좋겠습니다. 이렇게 빛과 어둠, 흑과 백의 이분법적인 싸움과 반목이 종식되어 우리도 '나'에 갇혀 살지 않고 우주 전체와 연대하는 의식 수준을 지니게 되길 진심으로 빕니다."

"그렇게 되기를!"

암흑 장막 속에서 인터넷 생방송은 계속 진행된다. 진행하는 당사자들도 지칠 대로 지치고 외부에 모인 지구수호연대 회원들도 지칠 대로 지쳐 지하도 바닥에 주저앉거나 아예 길게 누워버린 사람들도 있다. 인터넷에는 안국역 상황을 실시간으로 전하는 동영상들이 넘쳐나지만 메이저급 언론 매체들은 안국역과 관련된 뉴스를 일절 보도하지 않고 있다. 실검 순위에 지속적으로 '안국역'이 1위를 점령하고 있을 뿐이다.

놀랍게도 인터넷 생방송은 자정 무렵까지 계속된다. 자정이 가까워질 무렵, 안국역 상공에 세 대의 UFO가 출현한다. 경복궁과 창덕궁, 운현궁이 역삼각형을 이루는 지점에 세 대의 UFO도 역삼각 대형을 이루어 안국역 지하의 100년 충전소를 정조준한다. UFO 출현을 확인한 지구수호연대의 한 회원이 이 사실을 알리자 녹색 물결이 일제히 계단을 타고 올라가 UFO가 떠 있는 상공을 올려다본다. 그 순간, 역삼각형의 꼭지점에 위치한 UFO에서 원통형의 푸른 리프팅 빔이 하강한다.

─형제여, 이제 순간이동을 준비해야 합니다.

그 순간, 보리에게 텔레파시가 전해진다. 텔레파시를 받자마자 암흑 장막 속에서 보리는 눈을 감고 자신의 진동을 순간적으로 극대화한다(그 순간, 병원에서 잠을 이루고 있던 보리의 형상이 사라진다. 정여진이 놀라 주변을 두리번거리지만 더 이상 보리는 보이지 않는다). 병원에 남겨두었던 형상입자들을 불러들인 다음, 보리는 진동을 더욱 극대화한다. 그 순간, 다시 한 번 텔레파시가 전해진다.

─함백산 정상!

100년 충전소에서 보리의 모습이 사라진 직후, 안국역 상공의 UFO에서 하강한 리프팅 빔이 100년 충전소 전체를 푸른 빛기둥에 담는다. 곧이어 믿어지지 않는 장면, 지구수호연대의 녹색 물결과 길을 오가던 시민 모두가 경악하는 표정을 짓는 일이 벌어진다. 리프팅 빔 안에 암흑 장막에 가려진 100년 충전소 전체가 빨려 올라가기 시작한 때문이다. 푸른 빛기둥 속에 드러난 100년 충전소의 모형은 하늘로 솟아오르는 검은 봉우리처럼 보인다. 하지만 그 봉우리 안에 더 이상 보리는 존재하지 않는다.[*]

---

[*] 8장 폭로방송의 주요 내용은 다음의 서적과 다큐멘터리, 유튜브 동영상 등을 참고했다. 박찬호, 『UFO와 신과학, 그 은폐된 비밀과 충격적 진실들』, 은하문명, 2014. 코리 굿 & 조던 세이더, 〈어보브 머제스틱 : 비밀 우주 프로그램의 영향〉, 2018. 〈우주 폭로〉 시즌 1, 1~14편 : 데이비드 윌콕과 코리 굿 대담.

8#

나는 하루 평균 열 시간을 어머니가 입원한 병원에서 보냈다. 시간의 관점에서는 열 시간이 '흐른' 것이고 내 자신의 관점에서는 열 시간을 '보낸' 것이다. 놀랍게도 열 시간을 보내는 동안 나는 거의 아무것도 하지 않았다. 어머니에게 필요한 물품, 예컨대 간병에 필요한 기저귀라거나 물티슈, 물을 사용하지 않는 샴푸 따위를 사러 지하 매점으로 내려가거나 점심식사를 하러 병원 밖으로 나가거나 그도 저도 아니면 어머니 침대 옆이나 층마다 마련된 휴게 공간에서 휴대폰으로 인터넷 검색을 하는 게 고작이었다. 그런 시간에 왜 소설을 쓰지 않느냐고?

이미 말한 것을 되풀이하고 싶지 않다. 병원이라는 공간은 인간의 생명 에너지를 자연스럽게 주눅 들게 하거나 맥진해지게 만드는 곳이다. 아무 일도 하지 않고 가만히 있기만 해도 늘어지고 가라앉고 지쳐버린다. 가끔 1층 로비 안쪽에 마련된 커피숍으로 내려가 뜨거운 아메리카노를 마시며 병원을 오가는 엄청난 사람들의 물결을 지켜보노라면 그곳이 병원이 아니고 기차역 대합실이나 공항 라운지 같은 착각에 빠져들 때가 있다. 참으로 이상한 일이지만 병 때문에 오가는 사람들이 어딘가로 여행을 떠나기 위해 분주히 오가는 것처럼 보였기 때문이다.

어느 날 오후, 10층 휴게 공간의 의자에 앉아 휴대폰을 만지작거리던 중 깜빡 잠이 들었다 깨어난 적이 있었다. 휴대폰을 다시 켜자 잠들기 전에 열어놓았던 메모장이 곧바로 나타났다. 내가 메모를 남긴 기억이 없는데, 거기 이런 문장들이 적혀 있었다.

좌절하지 말아요.
이건 실재가 아니에요.
인생이란 설계된 꿈이에요.
프로그래밍된 게임이에요.
이쪽은 항상 저쪽에 의해 움직여요.

그 순간, 그 메모와 상관없이 엉뚱한 단어 하나가 섬광처럼 뇌리를 스쳐갔다. 근거를 알 수 없는 메모를 보고 왜 그런 어휘가 불현듯 떠오른 것인지 나로서는 그 개연성을 이해할 수 없었다. 아무려나 나는 머릿속을 스쳐간 섬광을 놓치지 않기 위해 구글 검색창에 다음과 같은 글자를 재빨리 입력했다.

시리우스.

그 순간 나를 사로잡은 것은 잉카라는 존재가 아니라 그 존재가

왔다는 시리우스 항성계에 대한 의구심이었다. 시리우스가 밤하늘에서 가장 밝은 별이라는 얘기는 어릴 때부터 들어왔지만 거기서 특정한 존재가 지구로 들어올 수 있다는 생각은 꿈에서도 해본 적이 없었다. 검색키를 누르면서도 나는 상투적인 사전류의 검색 순위를 떠올리며 어쩌면 나의 궁금증을 풀어줄 만한 것은 아무것도 찾아내지 못할지도 모른다는 생각을 순간적으로 했다.

나의 예상과 달리 검색 순위 가장 상단에 떠오른 것은 엉뚱하게도 〈시리우스〉라는 제목의 듣도 보도 못한 다큐멘터리였다. 그것은 2013년에 만들어진 것이었는데, 노출된 정보는 '다큐멘터리, 미국, 110분'이 전부였다. 위키피디아에 검색하자 그 다큐멘터리가 스티븐 M. 그리어의 『숨겨진 진실, 금지된 지식』이라는 책을 원작으로 만들어졌다는 단 한 줄의 정보가 제공되고 있었다.

순간, 이상한 직감이 뇌리를 스쳐갔다. 이렇게 여러 해 전에 만들어진 다큐멘터리가 어째서 '시리우스' 검색 최상단을 차지하는가. 나는 검색창을 열고 내가 입력한 '시리우스' 단어를 다시 한 번 눌러보았다. 그러자 검색 배열이 완전히 다르게 나타났다. 좀 전의 그 다큐멘터리는 초기 화면에서 아예 찾아볼 수 없었다. 순간 나는 온몸을 선뜩하게 만드는 강렬한 전류의 흐름을 느꼈다.

집중!

나를 이끄는 어떤 에너지가 강렬하게 작동하고 있다는 예감이 들어 그때로부터 거의 두 시간 동안 꼼짝 않고 병원 휴게실에 앉아 다큐멘터리 〈시리우스〉를 보았다. 그것을 본 뒤에 나는 곧바로 병원을 나가 인근의 대형 서점으로 갔다. 그리고 그곳에서 그 다큐멘터리의 원작이 된 책을 구입했다. 그것이 내가 '시리우스'를 검색하게 된 최초의 동기, 다시 말해 시리우스라는 별에서 어떻게 잉카가 지구로 올 수 있었는지에 대한 근거를 제시해 줄 것이라는 확신이 들었기 때문이다. 예컨대 지구에 살면서 지구밖에 모르던 까막눈인 나에게 갑작스럽게 차원의 문이 열려버린 것이었다.

"미래는 이미 여기 있습니다. 기술들도 이미 여기 있습니다. 접촉은 이루어지고 있고 우리가 하나로 합쳐 대응하고 우리가 함께 일함으로써 우리는 놀라운 세상을 되찾게 될 것입니다. 우리가 아는 모든 사람들에게 지적 생명체들이 지구를 찾아오고 있고 새로운 문명을 선사해 줄 과학들이 여기 있다고 말한다면 거시경제와 노예제도로부터 우리는 자유로워질 수 있습니다. 이것이 인류의 운명입니다."*

그날 밤, 병원에서 집으로 돌아온 직후부터 나는 다큐멘터리 〈시리우스〉의 원작이 된 책을 읽기 시작했다. 그리고 자정 무렵, 깊은 탄성을 터뜨리며 가슴이 먹먹해지게 만드는 한 부분을 만났다. 놀랍게도 저자인 스티븐 그리어 박사가 상위자아인 영(Spirit)에 대한 자각, 그리고 그것을 체득하는 방법에 관해 언급하고 있었기 때문이다. 그 부분을 읽고 난 후 나는 온몸에 전율을 느끼며 "이것은 나의 것이 아니다, 이것은 내가 아니다, 이것은 나의 자아가 아니

---

* 스티븐 그리어, 〈시리우스〉, 2019, https://www.youtube.com/watch?v=V0aAQN5UEWc&feature=youtu.be

다"라고 중얼거렸다. 샤카무니 가르침의 핵심, 그것이 곧 '위대한 영
에게 자아를 내주는 연습'이기 때문이다.

우리 내면에는 놀라운 신성의 영이 깃들어 있긴 하지만, 우리는
그것에 대해 알아야 하고, 실천해야 하며 우리 삶 속에서 확인해야
한다. 그렇게 하면 엄청난 일들이 가능하게 된다. 나에게 믿음이란
이런 것이다 ─ 그런 것처럼 행동하면 그런 것이다. 또, 그런 것처럼
행동할 때 그렇게 될 것이다. 결과적으로 이것은 내려놓는 연습이자
'위대한 영(the great spirit)'에게 자아를 내주는 연습이다.[*]

어머니가 병원에 입원해 있던 한 달 동안 나는 무한 우주를 떠돌
았다. 〈시리우스〉라는 다큐멘터리를 보고 난 뒤로 나는 날마다 꼬
리에 꼬리를 무는 검색을 하며 시간을 보냈다. 어머니 침대 옆에서,
병원 휴게실에서, 병원 로비의 커피숍에서, 심지어 식당에서 점심
식사를 하는 동안에도 검색에 열을 올렸다. 그리고 그 과정에서 정
말 많은 것들을, 그동안 내가 까맣게 모르고 살아온 신기한 영역에
대해 서서히 눈을 뜨기 시작했다. 세상 안에 무수한 세상이 있다

---

[*] 스티븐 그리어, 『은폐된 진실, 금지된 지식』, 박병오 옮김, 맛있는책, 2012, 69쪽.

는 말, 차원 안에 무수한 차원이 있다는 사실을 비로소 알아차리기 시작한 것이었다.

그 모든 것들을 음모론으로 치부하던 시절이 나에게도 있었는데 어떤 임계점이나 특이점에 다다른 듯 나도 모르게 그런 영역의 확장에 놀라운 가속이 붙기 시작했다. 프리메이슨, 일루미나티, 그림자 정부에서 시작해 빌더버그, 시온 의정서, 딥 스테이트, 카발 등등의 생경한 어휘들과 마주치며 나는 낯설고 불편한, 그러면서도 멈출 수 없는 비밀과 암흑의 영역으로 빠져들어 갔다.

그 과정에서 시종일관 나의 의식을 사로잡고 있던 단어 하나가 있었다. 바로 '음모론'이었다. 어디에선가 '음모론'이라는 단어 자체가 CIA의 작전명이었다는 걸 읽은 적이 있었다. 1947년 로즈웰 UFO 추락 사고 이후 UFO나 외계인에 대해 떠드는 사람들을 음모론자로 몰아 사회적으로 무력하게 만들고 격리시키는 작전명이었다는 것.

그 지점에서 지극히 자연스럽게 되살아나는 대학 시절의 기억이 있었다. 내가 CIA 요원이라도 된 것처럼 음모론자를 공격하던 기억이었다. 학교 앞에서 자취를 할 때 친하게 지내던 기계공학과 친구가 있었는데 그가 CIA에서 규정한 '컨스퍼러시스트(conspiracist)', 바로 그 음모론자였다. 그의 이름은 염정철.

친구들이 모여 앉아 술잔을 기울일 때마다 우리는 염정철이 음모론자라고 거침없이 그를 공격해 대곤 했다. 하지만 그는 타고난 음모론자처럼 주변의 공격에 아랑곳하지 않고 자신의 지론으로 주변을 압도하곤 했다. 국내에는 출판되지도 않은 관련 원서들까지 날밤을 지새우며 섭렵해 그가 제시하는 증거들은 날이면 날마다 업데이트되어 공격자들을 무기력하게 만들곤 했다.

염정철의 화법은 언제나 질서정연했다. 결정적인 주장을 먼저 내세우고 그것을 뒷받침할 만한 근거와 출처를 제공했기 때문이다. 아주 여러 가지 음모론적 주장이 제기되었지만 우리 사이에서 가장 뜨겁게 논쟁의 소재가 되었던 건 누가 뭐래도 아폴로 11호 달 착륙 연출설과 케네디 대통령 암살 배후설이었다.

여기서 그 논쟁의 전개 과정을 일일이 재연할 필요를 느끼지 못하는 이유는 그것이 너무 뻔하고 상투적이기 때문이다. 사람들이 그런 주장과 맞닥뜨릴 때 나타낼 수 있는 반응은 대개 세 가지인데 하나는 정말? 하고 깜짝 놀라는 부류, 다른 하나는 뻥 까고 있네, 라며 일언지하에 무시하는 부류, 그리고 마지막은 침묵으로 일관하는 묵묵부답형.

좌중을 시끄럽게 하는 건 언제나 음모론자와 그것을 전면 부정하는 부류일 수밖에 없다. 답이 없는, 답이 있을 수 없는, 그래서 끝나지 않는 논쟁을 우리는 숱하게 주고받으며 밤을 지새우곤 했는데 그 음모론 격파조의 선봉에 내가 있었다.

대학을 졸업한 뒤 우리는 음모론이 들끓는 세상 속으로 뿔뿔이 흩어져 소식이 희미해져 갔다. 가끔, 때때로, 가뭄에 콩 나듯 연락을 주고받다가 완전히 두절되는 패턴. 지금 염정철은 어디에서 무엇을 하고 있을까. 나는 검색의 바다에서 시간을 보내며 그에 관한 기억을 자주 떠올리곤 했다. 내가 검색 대상으로 삼는 것들, 그리고 그것들의 진실성을 판단하는 내 의식의 언저리에 언제나 그의 존재가 어른거리곤 했기 때문이다.

우리가 음모론에 대한 논쟁으로 시간을 보내던 시절에는 없던 인터넷이 생겨 이제 음모론을 둘러싼 논쟁의 양상은 완전히 다른 판도로 전개되고 있었다. 대학 시절에 우리가 날밤을 지새우며 언성을 높이던 아폴로 11호 달 착륙 연출설과 케네디 대통령 암살 배후설만 해도 유튜브 검색창에 '아폴로 11호'와 '케네디 대통령 암살'만 입력하면 세월 가는 줄 모르게 만드는 동영상들이 부지기수로 떠오른다. 비밀이 해제된 극비문서들부터 냉사사 인터뷰 동영상, 내부 폭로자들의 증언에 이르기까지 우리 시대에는 꿈도 꾸지 못할 자료들이 넘쳐나고 있는 것이다. 그런 것들을 일별하며 나는 염정철에 대해 내가 뭔가를 잘못한 게 아닐까, 하는 미묘한 죄책감까지 느껴야 했다.

어느 수요일 오후, 나는 검색을 하다가 오랜만에 대학 동창에게 전화를 걸었다. 물론 염정철의 근황을 아는지 묻기 위해서였다. 세월이 많이 흘러 염정철의 전화번호도 없고 그의 근황도 모르고 있었으니 대인관계의 폭이 넓은 친구에게 물어볼 수밖에 없었다. 오도량이라는 그 친구는 작은 광고 회사를 운영하고 있었다. 그는 나의 용건을 듣자마자 오, 염정철! 하고 탄성을 터뜨렸다. 하지만 그 자신도 그에 관한 정보를 갖고 있지 않는지 엉뚱한 말로 나를 웃겼다.

"야, 그 음모론자, 지금쯤 달이나 화성, 아니면 지하세계에서 파충류들하고 살고 있지 않을까?"

농담을 끝낸 뒤 그는 자기 연락망을 총동원해 그에 대해 알아보고 다시 연락을 주겠다고 했다. 내가 고맙다고 하자 그가 돌연 엉뚱한 질문을 나에게 던졌다.

"그런데 이렇게 세월이 지난 뒤에 갑자기 그놈을 찾는 이유가 뭐야?"

"아, 그건…… 그건 말이지, 내가 지금 그럴 만한 상황에 빠져 있기 때문이야. 이건 정말 이렇게밖에 말할 수 없는 문제야. 이다음에 시간 될 때 만나서 상세하게 말해 줄게!"

이다음에 만나서 무슨 말을 해주겠다는 건지, 나도 모를 말을 나는 하고 있었다.

월요일 오전 11시경, 나는 병원 휴게실에 앉아 있다가 놀라운 전화 한 통을 받았다. 오도량에게 의뢰했던 염정철의 안부에 대한 전화였다. 염정철에 대한 정보를 입수했으면 오도량이 전화를 걸어오는 게 마땅할 터인데 놀랍게도 염정철이 직접 나에게 전화를 걸어왔다. 오도량이 내 전화번호를 염정철에게 알려준 것이었다.

나는 그래야 할 마땅한 이유가 없는데도 이산가족 상봉 전화라도 되는 양 가슴이 너무 떨려 말을 제대로 할 수 없었다. 하지만 염정철은 너무나도 밝고 활달한 음성으로 나의 안부를 묻고 너무 반갑다며 지금 어디냐고 물었다. 지금 내가 머물고 있는 병원에 대해, 그리고 어머니에 대해 나는 간략하게 설명했다. 그러자 그가 기다렸다는 듯 일말의 망설임도 없이 이렇게 말했다.

"내가 지금 그 병원으로 갈게."

그렇게 해서 한 시간 반쯤 지난 뒤 염정철은 거짓말처럼 내 눈앞에 나타났다. 180센티미터가 넘는 큰 키에 허여멀끔한 얼굴, 단정한 양복 차림을 보아하니 사는 데 별로 애로가 없어 보였다. 그와 나는 8층 엘리베이터 앞에서 만나 한 번 포옹한 뒤부터 손을 맞잡고 흔들어대며 상투적인 재회의 인사를 나누었다. 그런 뒤 그는 곧바로 어머니 병실로 가자고 했다. 어머니가 의식이 없어서 의사소통을 할 수 없으니 휴게실이나 커피숍으로 가는 게 어떻겠느냐고 하자 그가 세차게 머리를 흔들며 그러는 게 아니라고 했다. 나는 도리 없겠다 싶어 그를 병실로 안내했다.

어머니 침대로 안내하자마자 그는 바로 옆의 간병인 의자에 앉아 어머니 손을 잡아 자신의 이마에 가져다 대고 통성기도를 하기 시작했다. 마르고 닳도록 읊조리려댄 게 분명한, 거의 프로페셔널한 기도 소리가 온 병실에 가득 찼다. 기도하면서 스스로 신명이 오르는지 통성이 점점 고조돼 나는 주변의 다른 환자들을 둘러보지 않을 수 없었다. 앞쪽 침대의 아주머니를 향해 두어 번 허리를 굽혀 미안하다는 표시까지 했다. 이틀에 한 번씩 혈액 투석을 받는 그 아주머니가 미간을 잔뜩 찌푸리고 있었기 때문이다.

기도가 끝난 뒤 나는 그를 데리고 1층의 커피숍으로 갔다. 나는 아메리카노를 주문하고 그는 캐모마일을 주문했다. 찻잔을 앞에 놓고 마주 앉아 건너다보니 그의 얼굴에서 광채가 나는 것 같았다. 나는 음모론자의 신수로는 너무 안 어울리는 것 같다는 이상한 생각을 하며 커피를 한 모금 마셨다. 그러자 그가 휴대폰을 열고 메모장을 보며 이렇게 읊어대기 시작했다.

"보라 내가 오늘 생명과 복과 사망과 화를 네 앞에 두었나니 곧 내가 오늘 네게 명령하여 네 하나님 여호와를 사랑하고 그 모든 길로 행하며 그의 명령과 규례와 법도를 지키라 하는 것이라. 그리하면 네가 생존하며 번성할 것이요 또 네 하나님 여호와께서 네가 가서 차지할 땅에서 네게 복을 주실 것임이니라."*

성경 구절을 읽은 뒤에 그는 그것에 대한 주석을 시작했다. 그것은 지금 내가 처해 있는 현실을 하나님이 굽어살피는 중이니 믿으라, 그러면 복 받을 것이라는 내용이었다. 그래서 나는 이 음모론자에게 저간의 세월 동안 도대체 무슨 일이 있었던 것인지 묻지 않을 수 없었다.

"목사가 된 건가?"

나는 단도직입적으로 물었다.

"아니, 전도사야. 어린양들을 하나님 성전으로 인도하는 기쁜 사역을 하며 산다네."

그다음 순간부터 근 두 시간 동안 그와 내가 주고받은 얘기를 이 자리에서 미주알고주알 밝히고 싶지 않다. 내가 상세하게 기술하지 않아도 독자들이 능히 그것을 알고도 남으리라 믿기 때문이다. 그는 나에게 종교가 없다는 걸 가슴을 두드리며 안타까워했고, 내 손을 잡고 흔들며 하나님을 믿으라고 했고, 예수의 품에서 마음의

---

* 『성경전서』, 대한성서공회, 1985, 신명기 30:15~16.

평안을 얻으라고 했다. 그러는 내내 나는 전도사의 얼굴에 오래전 음모론자의 모습이 중첩되는 걸 지켜보았다. 그게 그거라는 생각, 그의 에너지 패턴은 여전히 동일하다는 생각. 예컨대 기도 중에 오늘 나를 만나게 될 거라는 걸 하나님이 미리 알려주셨다고 할 때에 나는 그가 말하는 하나님이 외계인처럼 받아들여져 당황하지 않을 수 없었다. 그래서 참고 또 참고 기다리다 기어이 묻지 않을 수 없었다.

"그 무수하던 음모론들은 다 어디로 간 거야? 사람이 어떻게 이렇게 달라질 수 있는 거지? 자네의 이런 변모가 나에게는 또 하나의 음모론 같네."

말하고 내가 웃자 그가 정색을 하고 입을 열었다.

"음모론도 삶에 대한 열정이야. 하지만 그 에너지는 부정적인 에너지일 뿐이야. 나는 그걸 알게 된 거야. 그리고 하나님의 긍정적인 에너지 안에서 평안과 안식을 얻은 거지."

"무슨 계기가 있었나?"

"죽을 고비를 넘겼지. 몇 차례 사업에 실패하고 간암에 걸렸었거든. 나의 부정적인 에너지가 결국 그런 결과를 낳은 거야. 그래서 누군가의 권유로 하나님이라는 고주파 어휘를 하루 종일 마음으로 부르며 기도했지. 저를 살려주시면 하나님을 위해 남은 생을 바치겠다고 간절하게 기도했지. 그리고 6개월 만에 완치 판정을 받았어. 어떻게 에너지를 바꾸지 않을 수 있겠나? 나는 그렇게 구원받은 거라네."

"그렇게 심각한 일이 있었군. 완쾌되었다니 정말 다행이네."

"문제의 핵심은 긍정적인 에너지야. 그게 곧 하나님의 사랑이지. 인간들을 부추기는 부정적인 에너지는 악의 먹이야. 세상이 양극적인 대립 구도로 돌아가고 거기서 생성되는 부정적인 기운을 먹으며 악의 세력은 번창한다네. 하나님의 사랑 안에서는 너와 나의 분간도 없지만 악의 세력들은 오직 자기 것만 부풀리기 위해 수단과 방법을 가리지 않지. 부정적인 기운을 부풀려야 세상이 진짜인 것처럼 느껴지니까 말야."

"그럼 본질은 가짜라는 말인가?"

얘기의 향방이 기독교적 음모론으로 넘어가는 것 같아 나는 되묻지 않을 수 없었다. 아무리 긍정적인 에너지로 변환되었다고 해도 부정적인 에너지의 뿌리가 남아 있을 수 있는 일 아닌가. 하지만 그는 거기서 멈칫하며 나의 의도를 알아차렸다. 곧바로 말머리를 돌려 나를 표적으로 삼았기 때문이다.

"이제 돌아가면 앞으로는 자네와 자네 어머니를 위해 기도하겠네. 나는 먹고 기도하고 전도하고 잠자는 일이 삶의 전부라네. 마음이 힘들고 길을 잃었다 싶거든 언제든 연락하게. 하나님은 항상 기다리고 계신다네."

그의 말에 수긍하듯 고개를 끄덕끄덕하다가, 그냥 일어서기가 못내 아쉬워 나는 나른한 어조로 토를 달았다.

"나도 그 하나님을 이루는 한 요소이니 너무 걱정하지 마시게. '님' 자 붙이면 하나님, '님' 자 떼면 하나, 다 거기가 거기잖아. 너와 나, 우리는 하나…… 우주만물이 다 하나 안에 있으니까."

9

　자정 무렵, 입원실 침대에서 잠을 자고 있던 보리의 형상이 거짓말처럼 사라진 직후 일대 소동이 일어난다. 정여진이 곧바로 입원실 문을 열고 밖으로 나가 조필규에게 이 상황을 알리자 경호원들과 상황을 의논하던 그가 황급히 입원실 안으로 들어와 침대를 살피고, 침대 밑을 살피고, 옷장을 살피고, 화장실을 살피고, 창을 열고 밖을 내다보기까지 하지만 어디에서도 이보리의 형상을 찾아내지 못한다.

　"지금까지 이 입원실에 둘이 같이 있었잖아. 그런데 어디로 사라진 거야?"

　"모르겠어요. 이 선생님이 계속 자고 있어서 저도 잠깐 졸다가 눈을 떴는데 저렇게 비어 있네요."

　"그게 말이 돼?"

　"그럼 제가 그 사람을 숨기기라도 했단 말인가요?"

정여진이 할 말을 잃은 표정으로 되묻는다.

"그걸 나한테 물으면 안 되지. 사라지기 전까지 둘이 함께 있었는데, 함께 있는 도중에 어디로 사라졌는지 모른다고 말하는 거잖아, 지금! 그게 말이 돼? 이 넓지도 않은 입원실에서 어떻게 그런 마법 같은 일이 일어날 수 있는 거지?"

"전 정말 몰라요. 그게 마법이라고 해도 모르고, 마법이 아니라고 해도 몰라요. 모르니까 모른다고 대답할 수밖에 없잖아요. 전 지금 밖으로 나가 그 사람을 찾아봐야겠어요."

정여진이 밖으로 나갈 채비로 의자에 걸어둔 얇은 카디건을 집어 든다.

"움직이지 말고 그대로 있어! 일단 상황을 정리하고 대책을 세워야 하니 제발 정신 사납게 하지 말아줘. 이걸 대체 어르신께 뭐라고 보고해야 하지?"

조필규가 초조한 표정으로 허공을 올려다볼 때 밖에 있던 경호원 중 하나가 안으로 들어와 조필규에게 귓속말을 한다. 그의 말을 듣고 난 조필규가 황급히 입원실 밖으로 나가려 한다. 하지만 그때 이미 입원실 안으로 들어선 두 명의 사내가 조필규를 밀치며 입원실을 뒤지기 시작한다. 한 명은 정장 차림, 한 명은 와이셔츠에 청바지 차림이다. 그들은 조필규와 동일한 경로로 입원실 안을 샅샅이 뒤지고도 끝내 목표물을 찾아내지 못하자 미간에 굵은 수직 주름이 잡힌 사내가 조필규 앞으로 돌아선다. 푸른 줄무늬 와이셔츠를 입은 그의 오른팔 전면에 긴 칼자국 상흔이 사선으로 넘어가 있다.

"그 인간이 여기에 있으면서 동시에 안국역에도 있었다는 얘기를 믿을 사람이 있겠어?"

칼자국 상흔이 있는 팔을 조필규의 턱밑으로 들어 올리며 사내가 묻는다.

"무슨 말씀을 하시는 건지……. 저희도 지금 그 문제로 시비를 가리는 중이었습니다."

미간을 찌푸린 채 조필규가 응대한다.

"당신들이 시비를 가릴 게 뭐가 있어? 여기, 이 입원실 침대에서 그 인간이 내내 자고 있었잖아. 우리가 열 삼시 카메라로 입원실 내부를 계속 감시하고 있었다는 것쯤이야 알고 있겠지. 내내 같이 붙어 있던 사람이 이 여잔가?"

그의 물음에 조필규도 정여진도 대답하지 않는다. 그러자 칼자국이 다시 입을 연다.

"긍정하는 걸로 받아들이지. 그럼 당신들은 나가 있든가 수갑 차고 저기 뒤쪽에 일렬로 꿇어앉아 있든가, 둘 중 하나를 선택해. 난 이 여자를 취조해야 하니까 빨리 서둘러."

"신분증을 보여주시면 확인하고 결정하겠습니다."

조필규의 말에 양복 차림의 사내가 상의 안주머니에서 한 다발의 검은 플라스틱 수갑을 꺼내든다. '이게 신분증이다' 하는 제스처와 '이걸 찰래?' 하는 제스처를 동시에 구사하는 것처럼 보인다.

"그런 수갑이야 누구든……."

조필규가 입을 여는 순간, 칼자국이 그의 뺨을 후려치고 곧이어 정강이를 걷어찬다. 순간적으로 중심이 흔들리지만 조필규는 어금니를 악다물고 꼿꼿하게 선 채 칼자국을 노려본다. 그러자 칼자국이 동행에게 지시한다.

"이 새끼들 전부 벙커로 끌고 가!"

순간, 조필규가 꼬리를 내린다.

"원하시는 대로 나가 있겠습니다."

"이제 너희들은 볼일이 없으니까 여기서 아주 사라져. 필요하면 우리가 부를 테니 그때 총알같이 달려와. 알겠어?"

조필규와 경호원들이 철수한 뒤, 칼자국은 침대 옆에 놓인 간병인 의자를 입원실 공간의 중앙에 가져다 놓고 정여진에게 그곳에 앉으라고 한다. 정여진이 그대로 서 있자 그가 그녀의 어깨를 우악스럽게 움켜잡고 의자로 끌어다 앉힌다. 그녀가 의자에 앉자마자 정장 차림의 동행이 입원실 밖으로 나간다.

"시간을 절약하는 게 서로에게 좋겠지? 나는 너에게 원하는 게 있고, 너는 내가 원하는 걸 가지고 있어. 무슨 얘기인지 알겠어?"

"……."

"대답을 안 하는 건 전부 긍정으로 받아들일 테니까 그렇게 알아라."

"……."

"좋아, 무응답은 긍정."

"……."

"좋아. 한번 해보자 이거로구나."

칼자국이 정여진의 어깨를 양손으로 잡아당기며 자신의 얼굴을 그녀의 면전으로 들이댄다. 입술이 닿으려는 순간, 그녀가 그의 얼굴에 침을 뱉는다. 반사적으로 칼자국의 두껍고 넓은 손바닥이 그녀의 뺨을 후려친다. 오른쪽으로 휘둘린 그녀의 얼굴에 금세 붉은 손자국이 떠오른다. 그래도 그녀는 침묵한다. 표정의 일그러짐도 없이 굵은 눈물줄기가 그녀의 뺨을 타고 연신 흘러내린다.

"너, 이렇게 비협조적으로 가면 아주 골로 가는 수가 있다. 형체도 흔적도 없이 만들어 하수구로 흘려보낼 수도 있어. 이 입원실 화장실에서 처리할 수도 있고 다른 곳으로 이동시켜 처리할 수도 있어. 하지만 나는 쓰레기 같은 인간이 되고 싶지 않아. 세상이 자꾸 나를 열받게 해서 자주 쓰레기가 되지만 그런 일이 나음 생에 나의 업보가 된다는 걸 나는 잘 알고 있어. 그러니까 날 열받게 하지 말고 제발 내가 하자는 대로 또박또박 묻는 말에 대답해. 알겠지?"

"……."

"오케이! 무응답은 다시 긍정! 그럼 내가 너에게 원하는 걸 간단히 말하지. 나는 이 입원실에서 사라진 놈의 정체를 알아야 해. 그 자식으로부터 네가 보고 듣고 감지하고 습득하고 눈치챈 모든 것들에 대해 나에게 말해. 그리고 이곳을 빠져나가 어디로 가서 무엇을 할 계획인지에 대해서도 나는 알아야 해. 너는 그놈하고 같이 살고 있으니 많은 걸 알고 있겠지?"

"나 같은 고용인에게 그 사람이 그런 말을 왜 하겠어요?"

정여진이 눈물을 흘리며 되묻는다.

"그 자식이 외계에서 들어온 존재라는 게 사실인가?"

"그 사람은 외계인이 아니고 성불구자예요. 그걸 케어하는 조건으로 나는 고용되었으니까요."

"아니, 외계인 새끼들은 좆이 안 선단 말이야? 야, 이거 정말 빅뉴

42

스네!"

"……."

"이제 단도직입적으로 묻겠다. 그 외계인 새끼 어디에 숨겼냐? 길게 설명하지 않을 테니 그것만 말해. 그러면 삼빡하게 풀어준다. 하지만 대답이 시원찮으면 넌 저 밖에 대기하고 있는 열한 팀의 요원들 모두한테 여기서 취조를 받거나 다른 곳으로 끌려가 바른말 나올 때까지 고문을 당하거나 약물 투입당해 어차피 불게 될 거다. 일주일이 걸리든 한 달이 걸리든 결론은 반드시 불게 된다는 거지. 워크인인지 아닌지 그것만 말하면 내가 너에게 얻은 정보를 모든 기관과 공유해서 귀찮은 과정을 거치지 않게 해주마. 너, 이렇게 자비로운 쓰레기한테 걸린 거 정말 행운인 줄 알아라. 알겠니?"

정여진의 면전에 자신의 얼굴을 붙일 듯이 가까이 가져다 대고 칼자국은 윽박지른다.

"네, 맞아요. 그 사람은 워크인이에요."

"오, 좋아좋아! 그렇게 협조적으로 나오면 일이 아주 쉽게 끝날 수 있지. 그 사실을 언제 너한테 말했지?"

"말한 적 없어요. 그냥 그 정도는 나도 알 수 있어요. 나도 상식이라는 게 있는 사람이니까요."

"뭐?"

"그 사람 걸어다니는 사람 맞아요. 워크인. 몰라요? 당신도 워크인 아닌가요?"

눈물이 번진 얼굴을 들고 그녀는 되묻는다.

"이 미친년이 지금 무슨 개소리를 지껄이고 있는 거야? 똑바로 안 불어!"

칼자국의 손바닥이 기어이 정여진의 면상을 다시 한 번 후리고 지나간다. 그녀의 코에서 코피가 터져 긴 핏줄기가 인중을 거쳐 입술과 목선을 타고 빠르게 흘러내린다. 하지만 그녀는 얼굴을 꼿꼿하게 쳐들고 다시 묻는다.

"워크는 영어로 걷다, 인은 한자로 사람, 내 말이 틀렸나요?"

순간, 칼자국의 주먹이 허공에 포물선을 그리며 정여진의 면전으로 날아간다. 하지만 가격은 이루어지지 않고 그녀의 면선에서 주먹이 끊고 맺듯 절도 있게 정지한다. 정지 동작에 필요한 힘을 가하느라 그의 입에서 욱, 하는 소리까지 터진다.

"너, 정말 나를 쓰레기로 만들 작정이구나. 넌 목숨이 몇 개나 되기에 이렇게 겁대가리 없이 구는 거냐?"

"……."

정여진은 표정의 변화 없이 눈물을 흘리며 올곧은 시선으로 칼자국을 주시한다. 순간, 칼자국이 한 걸음 뒤로 물러서며 당황한 표정을 짓는다. 그때 입원실 문이 열리고 정장 차림의 사내가 휴대폰을 손에 들고 들어와 칼자국에게 건넨다. 연결되어 있는 전화를 받아보라는 시늉이다.

"네? 거기서도 사라졌다구요? 그럼 치우천왕 탈바가지 쓰고 있던 그 새끼가 그 새끼 맞다는 얘기네요. 네네……. 여기도 다 수색해 봤는데 거짓말처럼 사라졌어요. 네……. 이 새끼도 순간이동하는 거 같으니까 그걸 설치하는 수밖에 없을 것 같습니다. 시공간 GPS 설치 의뢰까지 하고 나면 사실 저희는 할 일이 없어지는 거네요. 네, 알겠습니다. 그럼 일단 여기서는 철수하고 명령을 기다리고 있겠습니다."

전화를 끊고 휴대폰을 돌려주며 칼자국은 정장 차림에게 금방 끝낼 테니 밖에서 잠깐 기다리라는 말을 건넨다. 정장 차림이 나가자마자 칼자국은 정여진의 양어깨에 손을 올리고 입을 연다. 그녀가 몸을 비틀며 진저리를 친다.

"세상은 어차피 쓰레기 천지야. 세상 모든 게 다 쓰레기라구. 나만 쓰레기가 아니란 걸 인정하면 너도 해탈할 거야. 그럼 더 이상 인생 공부 안 해도 돼. 그러니까 너도 쪽팔린 걸 무릅쓰고 계속 그렇게 몸을 팔고 살면 돼. 세상만사가 쓰레기인데 쪽팔릴 게 뭐가 있겠어. 정말 좋은 세상이지. 왓 어 원더풀 월드! 오늘 여기서 있었던 일은 너와 나의 인연으로 치부하고, 우리 인연이 이 정도인 걸 아쉬워하며 이만 헤어지자. 알겠니?"

"……."

정여진이 그를 노려보며 침묵하자 칼자국은 두어 걸음 뒤로 물러나 그녀를 노려본다. 복잡한 표정, 흔들리는 동공, 떨리는 주먹을 다져 쥔 채 그의 전신이 흔들린다. 다음 순간 칼자국은 크하악, 하는 괴성을 터뜨리며 주먹으로 벽면을 후려친다. 쿵, 하는 벽 울림의 여운이 채 가시기도 전에 그는 도망치듯 입원실을 빠져나간다.

두 명의 사내가 나가고 난 직후, 조필규가 검정 바지에 흰 실크 셔츠를 눌러 입고 손에 태블릿을 든 여자를 데리고 입원실 안으로 들어온다. 170센티미터가 넘어 보이는 여자 뒤로 네 명의 경호원이 따라 들어온다. 정여진은 의자에 앉은 그대로 움직임을 멈추고 있다. 조필규가 정여진 앞에 서고 그 옆에 여자가 서고 네 명의 경호원은 뒷줄에 일렬횡대로 열중쉬어 자세를 취한다.

"이분은 어르신 아드님의 기획보좌관이다. 몇 가지 조사할 사항이 있다고 하니 협조해 드려라."

말하고 나서 조필규는 뒤로 물러나고 보좌관은 정여진 앞으로 나서며 자기 뒤에 선 경호원에게 정여진의 출혈을 처치하라고 지시한다. 경호원 하나가 휴대용 물티슈를 꺼내 통째로 정여진에게 건넨다. 그녀가 그것으로 코피를 닦는 모습을 지켜보며 보좌관은 사뭇 회유조로 부드럽게 말한다.

"자, 그럼 이제 우리 비즈니스를 시작해 볼까요?"

보좌관의 음성을 듣는 순간, 정여진은 고개를 들고 여자를 올려다본다. 남성과 여성의 음성이 하나로 중첩된 듯한 음색, 그것은 소름이 끼칠 정도로 기이하게 들린다. 남성과 여성의 음성이 완전히 섞이지 못한 채 두 명이 동시에 말을 하는 듯한 불안정한 화음.

"당신도 그가 워크인인지 아닌지 알고 싶은 건가요?"

견디기 힘들다는 표정으로 정여진은 묻는다.

"오, 바로 본론에 진입하네요. 그게 맞긴 한데, 맞으면서도 좀 달라요. 저쪽 계통 애들이 알고 싶어하는 것과 우리 쪽에서 알고 싶어하는 게 표면적으로는 같을 수 있지만 목적은 완전히 다르기 때문에 우리는 당신과 같은 편이라고 생각하면 마음이 편할 거예요. 여기 조 집사님과 경호원들을 입회시킨 것도 그런 이유에서죠. 정여진 씨를 어르신이 고용했다는 걸 저희 회장님도 잘 알고 계시니 아까처럼 폭력적인 분위기에서 이야기가 진행되지는 않을 거예요.

그 자식들은 너무 저질이잖아요."

"그럼 나에게서 뭘 알아내고 싶은 거죠?"

정여진은 계속 눈물을 흘리며 묻는다.

"노, 노, 그렇게 비관조로 나올 필요 없어요. 나는 그 사람의 유전자 검사 결과도 가지고 있어요. 지금 우리는 그의 생물학적 구성요건과 그의 정신 체계가 동일인의 것이 아닐 수 있는 건지, 그걸 알고자 하는 거예요. 간단히 말해 그가 정말 이보리가 맞는가 아닌가, 즉 우리는 외계인에 관심이 있는 게 아니라 이보리라는 사람에 대해 관심이 있어요. 그러니 겁먹지 말고 말해 줘요. 그 사람은 이보리인가요, 아닌가요?"

"어떻게 그런 질문을 할 수 있는 거죠?"

어이가 없다는 표정으로 정여진이 여자를 올려다본다.

"그러게요. 정말 어이없는 일이지만 지금 그 사람의 존재성을 놓고 아주 여러 곳에서 난리가 났어요. 그 사람을 잡아 직접 확인하려고 말이죠. 나도 그 사람이 외계인이라는 주장에 동의하기 어렵지만 그 사람 몸에서 나온 칩부터 시작해 인터넷 방송 내용까지 덧붙여져 문제가 아주 복잡해져 버렸어요. 결론부터 말하자면 우리는 그가 외계인이라면 차라리 좋겠다는 입장이에요. 다시 말해 그가 이보리가 아닌 게 우리 쪽에선 아주 유리하고 필요하고 또한 이득이라는 거죠. 그러니 이런 점을 감안해서 편하게 있는 그대로 얘기해요. 그는 외계인인가요, 아닌가요?"

"나는 그 사람의 생활 도우미로 고용된 사람이에요. 그것 말고 나는 그 사람에 대해 아는 게 없어요."

"좋아요. 그럼 다른 루트로 질문을 하죠. 당신이 말하는 생활 도우미의 범주에 성적 문제의 케어까지 포함돼 있다는 정보를 가지고 있으니 바로 물어볼게요. 그 사람과 섹스를 한 적 있나요?"

"……."

"왜 대답을 안 하죠?"

"대답할 필요가 없으니까요."

"내가 물었는데?"

고개를 좌우로 꺾으며 보좌관이 입언저리를 일그러뜨린다.

"……."

"못 했지?"

다그치듯 보좌관은 반말투로 묻는다.

"……."

"아무리 케어해도 발기가 안 되지?"

묘한 미소를 머금으며 집요하게 묻는다.

"……."

정여진이 젖은 눈으로 보좌관의 얼굴을 주시한다.

"나는 다 알아. 신기하지 않아?"

"다 아는데 왜 묻나요?"

"혹시 알아? 나랑은 안 됐는데 너랑은 됐을지도 모르니까. 내가 납치해서 잡아먹으려 할 때는 분명 안 됐거든. 난 그 자식이 아주 마음에 들었는데, 설마 내가 매력이 없어서 발기가 안 된 건 아니겠지? 보다시피 난 이렇게 매력 만점이니까 말야."

보좌관의 말을 듣는 동안 조필규의 인상이 굳어진다. 보좌관이 말하고 있는 내용을 알아듣고 그것의 전후 연결고리를 파악한 표정이다. 하지만 조필규는 입을 열지도 못하고 앞으로 나서지도 못한다.

"당신의 행위에 그의 몸이 그렇게 반응하는 건 당연한 일이죠."

싸늘한 표정으로 정여진이 보좌관에게 말한다.

"얘, 너 지금 그게 무슨 싸가지 없는 말버릇이니?"

"당신 같은 사람 앞에서 정상적으로 반응하는 게 오히려 비정상 아닌가요?"

냉랭한 어조로 정여진은 되묻는다.

"너, 지금 내 성 정체성을 깔보는 거니? 내가 제대로 된 여자가 아니라서 그 새끼가 발기하지 않았다는 거야?"

한 발 뒤로 물러나며 긴 오른쪽 다리를 들어 정여진의 목 앞에다 장검처럼 들이대며 보좌관이 흥분한 어조로 묻는다.

"그런 말이 아니잖아요."

"얘 왜 이러니? 이거 정말 사람 열 뻗치게 만드네. 그래, 나는 실패했는데 너는 설마 그 짓을 성공했는지, 그걸 말하라고 이년아!"

계속 발차기 자세로 서서 발등을 정여진의 목에 붙였다 뗐다 하며 보좌관은 독 오른 표정으로 소리를 지른다.

"……."

그 순간, 조필규의 휴대폰 전화벨이 울린다. 거의 동시에 보좌관의 발이 정여진의 목을 타격한다. 정여진은 그대로 의자와 분리되며 출입문까지 날아가 쿠당, 하고 부딪치는 소리를 낸 뒤 맥없이 바닥으로 고꾸라진다. 그리고 의식을 잃는다. 조필규가 전화를 받는 소리가 조용해진 실내에 유난스레 두드러진다.

"아 네네, 지금 입원실인데, 그게…… 네네, 정여진 씨는 여기 있는데 이 선생이 갑자기 사라져서…… 아, 네네, 정말 죄송합니다. 경황이 없어서 그만…… 네네, 정여진 씨가 여기 있긴 한데 지금 전화를 받기가 좀…… 네, 아드님의 기획보좌관이 와서 정여진 씨를……."

순간 보좌관의 발이 정확하게 조필규의 휴대폰을 타격한다. 가격당한 휴대폰은 출입문 옆의 벽면으로 날아가 부딪친 뒤 다시 튀어나와 의자 옆의 바닥으로 내리꽂힌다. 액정에는 여러 갈래의 잔금이 퍼져나가고 뒷면의 플라스틱 케이스는 부서진 채 휴대폰 몸체에 간신히 걸려 있다. 그런 상황에서도 조필규 뒤에 서 있던 경호원들은 시종일관 열중쉬어 자세를 유지하고 있다.

그 순간, 보좌관은 다시 평상시 자세로 돌아와 조필규를 노려본다. 휴대폰을 들고 있던 그 자세 그대로 동작 그만 상태가 되어버린 조필규를 향해 보좌관은 입원실을 빠져나가며 표창처럼 날카로운 말을 날린다.

"아가리 조심해. 어르신 인생 끝나면 너도 끝이야."

＊

안국역 상공, UFO에서 하강한 리프팅 빔에 이끌려 올라가던

100년 충전소가 일정 지점에서 갑자기 상승을 멈춘다. 안국역 주변에 몰려 그것을 지켜보던 사람들이 일제히 탄성을 터뜨린다. 100년 충전소에 뒤덮였던 암흑 장막이 사라지자 투명한 내부 공간이 드러난다. 그 내부에 치우천왕의 탈을 쓰고 있던 보리의 모습은 보이지 않는다.

UFO 내부에서도 그것을 감지한 것인가, 상승하던 100년 충전소가 거짓말처럼 반대 방향으로 하강하기 시작한다. 그 하강을 지켜보며 안국역 주변에 몰려 있던 인파가 거대한 물결을 이루며 리프팅 빔 주변을 에워싼다. 하지만 다음 순간 퍽, 하고 리프팅 빔이 사라지며 모든 것이 원래의 상태를 회복한다.

안국역 지하, 100년 충전소 안에서 호야가 재빨리 움직이며 동료들에게 방송 재개를 지시한다. 안국역 지상에 있던 녹색 물결도 지하로 이동해 다시 100년 충전소를 에워싼다. 더 이상 암흑 기류는 보이지 않는다. 이마에 배어난 진땀을 닦은 뒤 호야는 비로소 긴장이 풀린 표정으로 다시 멘트를 시작한다.

"여러분, 우리가 사는 행성에서 활동하는 지구암흑사단의 만행은 이제 이토록 노골적인 단계로 접어들었습니다. 여러분이 보셨다시피 사람이건 동물이건 자신들이 필요하다고 여길 때마다 제멋대로 납치해 온 지구암흑사단의 역사가 얼마나 오래되었는지 우리는 모릅니다. 악성 그레이들과 지구암흑사단의 야합에 의해 우리 인류는 불행한 노예의 삶을 살며 하루하루 고통받고 있습니다. 다 함께 잘 살 수 있는 모든 여건과 기술이 주어져 있건만 저들은 그것을 오직 자신들의 권력과 지배욕을 위해 은폐하고 사악한 음모를 꾸미는 데 악용하고 있습니다. 그들의 지구 지배 음모에 그동안 인류는 무지하고 무력하게 당해만 왔습니다. 하지만 우리 지구수호연대와 우리를 도와주는 슈퍼우주연합의 협력으로 저들의 만행과 음모와 비밀은 만천하에 공개되고 고차원 우주인들로부터 우주적인 감시를 받고 있습니다. 자신들의 음모와 만행의 후원자처럼 내세우는 바로 그 하나님의 이름으로 저들은 반드시 멸절하게 될 것입니다. 그 확신 하나로 저는 목숨을 걸고 이 자리에 서 있습니다. 오늘 이 자리에 함께했던 사냥사 우주형세님이 서들에게 생포핑하지 않고 다음 목적지로 안전하게 빠져나간 게 정말 다행스럽게 여겨집니다. 지구 수호를 위해 우주연합에서 파견된 그들 워크인 사명자들에게 깊은 감사의 뜻을 전하며 앞으로도 우리 지구수호연대가 하나로 단결해 저들 지구암흑사단의 세력을 지구상에서 영원히 추방할 것임을 천명합니다. 인터넷을 통해 오늘의 기록을 전 세계로 낱낱이 전파해 저들의 의도를 분쇄해 주시기 바랍니다. 까발리고 까발리고 또 까발리는 것, 그것이 우리 폭로의 목적이고 또한 전략이라는 걸 다시 한 번 강조하면서 오늘 방송을 마치도록 하겠습니다. 감사합니다!"

방송을 끝내자마자 구급대원 복장을 착용한 10여 명의 건장한 사내들이 100년 충전소 안으로 들어와 호야를 에워싼다. 그리고 그가 외부로 보이지 않을 정도로 서로 어깨를 밀착해 원을 만들고 그중 한 명이 원의 중심에 갇힌 호야의 면전에다 갑작스럽게 막대형 플래시를 터뜨린다. 그러자 호야가 머리를 갸웃하며 이상하다는 표정으로 10여 명을 둘러본다. 그들 중 하나가 호야에게 우리하고 같이 가자, 하고 말하자 호야는 히죽히죽 웃으며 그래 가자, 하고 바보 같은 몸짓으로 흔쾌히 머리를 끄덕인다.

호야가 움직이자 녹색 물결이 양옆으로 갈라진다. 구급대원 복장을 착용한 10여 명 사내들의 호위를 받으며 호야는 지상으로 올라간다. 녹색 물결 중 아무도 그를 따라가지 않고 아무도 그의 위기 상황을 감지하지 못한다. 지극히 자연스럽게, 그런 일이 늘 있어 왔던 것처럼.

자정 무렵, 함백산 정상 표지석 옆에 보리가 나타난다. 주변은 완전히 캄캄하지만 좌측의 통신기지에서 몇 개의 불빛이 점멸한다. 그 노랗고 붉은 전등의 점멸이 마치 착륙 시설의 보안등처럼 보인다. 해발 1572.9미터를 알리는 표지석 옆에 서서 보리는 먼 도시의 불빛과 어둠에 완전하게 파묻힌 백두대간의 검은 능선을 굽어본다. 가까운 사방이 암흑이라 흡사 공중부양을 하고 있는 것 같다.

그때 멀리, 도심의 야경이 구릉지의 빛처럼 아득하게 내려다보이는 그 뒤쪽 상공에 긴 시가(cigar)형의 우주선이 나타난다. 엄청나게 먼 거리임에도 육안으로 일정한 간격의 주홍빛 불빛이 보이는 것으로 미루어 규모가 엄청나게 큰 모선처럼 보인다. 전체적인 규모는 감지할 수 있지만 그 모선은 전혀 움직임을 보이지 않는다. 단지 그곳에 오래전부터 있어온 것처럼, 아니면 현재 상황이 그곳에 위치해야 하는 것처럼 그 정지 상태는 거대한 침묵처럼 보인다.

그때 보리가 위치한 정상으로부터 수직으로 300미터쯤 되는 상공에 돔형의 UFO가 밝은 빛과 함께 나타난다. 곧이어 동일한 형태의 UFO가 밝은 빛과 함께 다시 나타난다. 그 두 대의 UFO는 지상의 보리를 가운데 두고 정지 상태를 유지한다. 하지만 곧이어 다시한 대가 밝은 빛과 함께 나타나면서 상공에 정지한 세 대의 UFO는지상의 보리를 삼각 구도의 중심점으로 삼는다. 그 구도가 완성되자 세 대의 UFO 하부가 눈에 보이지 않을 정도로 빠르게 회전하며 그곳으로부터 푸른 빔이 발사된다. 바로 그 순간, 보리는 누군가에게 타격을 당하듯 중심을 잃으며 빔이 당도하기 전에 어둠 속으로 소멸한다.

다음 순간, 보리는 눈부신 빛의 평원지대에 서 있는 자신을 발견한다. 빛의 평원지대는 사방팔방 모든 방위가 빛으로 가득 차 있어경계도 없고 끝도 가늠할 수 없다. 그의 옆에는 투명한 빛의 파동가운을 걸친 대사가 서 있다. 보리는 그가 자밀 대사라는 걸 자연스럽게 알아차리고 미소를 지어 보인다.

"너무 급박한 상황이라 이렇게 환경을 바꿀 수밖에 없었습니다, 형제여."

"놀랍습니다, 대사님. 위험에 처한 저를 이렇게 순식간에 다른 곳으로 이동시키다니요."

"지구 전역에 전자스크린망이 설치돼 있어서 순간이동을 하는 것도 매우 위험합니다. 점멸 시간을 가늠하고 있다가 순간적으로 이동해야 하니 그 찰나적인 시간을 맞추는 것도 결코 쉬운 일이 아닙니다. 순간이동을 하다가 전자스크린망에 혼이 채집당하면 저들의 기지로 끌려가고 거기서 기억 삭제 프로그램을 거친 후에 지구에 태어나 평생 몸 감옥에 갇혀 살게 됩니다. 뿐만 아니라 죽은 뒤에도 다시 지구에 태어나 다시 몸 감옥에 수감됩니다. 영영 지구행성에 갇혀 다른 고차원 우주로 나갈 수 없게 되는 것이죠. 몸이 일종의 족쇄나 수갑과 같은 기능을 하는 겁니다."

"순간이동을 안전하게 할 수 있는 장치는 없나요?"

"인간이 발산하는 고유의 전자파동 감지장치에 걸리지 않을 수 있는 투명슈트는 확보했지만 그것도 전자감시망의 점멸 상황을 자유롭게 통과하지는 못합니다. 그래서 이동 명령이 점멸 상황의 휴지기에 떨어지는 것이죠. 형제님도 다음 목적지로 이동하게 되면 미션 수행 가이드로부터 투명슈트를 받아 착용하게 될 겁니다. 그걸 착용해야 마지막 목적지에 당도할 수 있을 테니까요."

"마지막 목적지는 어디인가요?"

"그건 그곳에 당도할 때까지 비밀입니다. 뭐든지 의도를 드러내는 그 순간 곧바로 우주에 알려지니까요. 형제님에게는 아직 지구에서 펼쳐지는 워크인 작전의 정보가 입력되지 않아 전체적인 구도를 모르겠지만 본부에 당도하면 모든 정보가 형제님에게 입력될 것입니다."

"그런데 대사님, 여기는 어디입니까?"

"여기는 지구가 아닙니다. 우리 대사들이 지내는 곳인데, 이렇게 육안으로는 빛의 평원처럼 보이지만 이것도 의식으로 조성하는 일종의 장막과 같은 것이죠. 사실은 아무것도 없다고 해야 합니다. 그래서 보고자 하면 저기, 3차원 세상을 바로 들여다볼 수 있죠. 우리는 그렇게 이곳과 저곳을 자유롭게 오고갑니다. 전자스크린이나 전자파동 감지장치 같은 것에도 구애받지 않을 수 있으니까요."

"아, 저건 아까 그 UFO들이로군요. 저들은 보나마나 나를 납치하기 위해 온 것들일 텐데 저 뒤쪽에 있는 저 거대한 시가형 모선은 무엇인가요?"

"저건 지구를 감시하는 우주연합의 지구 파견 모선입니다. 저건 하나의 도시만큼 내부가 거대합니다. 또 필요할 경우 더 크게 증폭시킬 수도 있습니다. 저 내부에 존재하는 우주인들이 수천 명이나 됩니다. 그들은 저곳에서 자신들이 떠나온 행성의 현장성을 그대로 느낄 수도 있습니다. 이곳과 저곳을 실시간적으로 연결하고 재현하는 시스템을 다 갖추고 있으니까요."

"지구인들을 돕기 위한 일들이 엄청난 규모로 진행되고 있군요. 하지만 저런 대규모의 조력을 지구인들은 전혀 감지하지 못하고 있으니 참으로 안타깝군요."

"저들의 임무는 자신들의 존재를 드러내지 않고 지구를 관찰하는 일입니다. 그것이 우주대법칙에 합당한 일이니까요."

"지구의 3차원 시공간에 드리워진 온갖 다차원적인 에너지를 감안할 때 드러내는 것과 드러내지 않는 것에 의해 지구에서의 활동 목적성이 명백하게 달라지는군요."

"잉카 형제님도 나중에 작전 정보를 입력받으면 상세하게 알게 되겠지만, 지구는 생성 초기부터 여러 외계문명에 의해 숱한 간섭과 변형이 이루어져 왔습니다. 우주 전체가 그것을 알고 있는데 오직 지구에 사는 지구인들만 그 사실에 눈을 뜨지 못하고 있습니다. 물론 지구인들을 속이기 위한 온갖 유전적 조작과 비밀과 거짓이 종교와 정치와 신의 이름으로 이 지구상에서 자행돼 왔으니까요. 현재 이 지구상에는 진실이 고갈되고 없습니다. 모든 것들이 위장과 위선과 허위와 음모와 비밀에 뒤덮여 있는 거죠. 그중 가장 심한 것을 들라면 아무래도 종교를 들어야겠죠. 외계인들이 자신들의 존재를 스스로 신격화해 지구인들을 노예화하고 그들로 하여금 자신들을 숭배하게 만들었으니까요. 우주에는 신이라는 개념이 없는데 오직 지구에만 있는 것이죠. 생각하면 생각할수록 지구인들이 가련하지만 지구인들은 이미 자신들의 원형성을 상실한 지 너무 오래라 완전한 망각의 어둠 속에 파묻혀 사는 형국입니다."

"그렇다면 저희 같은 사명자들이 무슨 일을 할 수 있겠습니까? 저희가 이곳에 온 게 무망한 일은 아니겠는지요."

"우주의 다른 문명들은 지구라는 행성과 지구인들에게 별로 관심이 없습니다. 우주문명의 관점에서 보자면 지구문명이 너무 미개하고 원시적으로 보이는 것이죠. 싸우고 파괴하고 탐욕과 쾌락에 몰두하는 지구인의 삶은 바로 저들이 만들어낸 지옥의 개념 그대로를 재현하고 있는 실정입니다. 종교에서 전파하는 천국이라는 개념조차도 지구를 식민지화하고 지구인들을 노예로 부리던 외계인들이 수십만 년 전에 주입한 것인데 그것을 아직도 믿고 사는 사람이 많습니다. 그렇게 모든 걸 망각당한 채 살고 있기 때문에 지구인들은 자신들이 이 열악한 지구 행성에 갇혀 있다는 걸 자각하지 못합니다. 다시 태어나도 계속 이 지옥 같은 지구 행성에 갇혀 있게 될 거라는 걸 모르고 있습니다. 그렇게 지구는 아프고 슬프고 안타까운 상황에 빠져 있습니다. 고차원 문명의 우주인들은 단지 자신들에게 필요한 관점에서만 지구를 지켜보고 있을 뿐이죠."

"그럼 저 우주연합의 모선도 마찬가지인가요?"

"저 모선은 잉카 형제님처럼 인간의 몸을 빌려 입고 지구로 들어온 사명자들의 미션 수행을 돕기 위해 지구 궤도에 머물고 있는 것입니다. 우주연합은 어떠한 성우에노 시구인들의 군세에 긱깁 게 입할 수 없습니다. 그것은 낮은 차원에 대한 높은 차원의 무분별한 식민지화를 방지하기 위한 우주연합의 대법칙 때문이죠. 하지만 지금까지 우주의 대법칙을 무시하는 지구 식민지화가 너무 많이 일어났고 그것은 지금 막바지에 도달해 지구의 멸망을 재촉하고 있습니다. 그래서 우주연합은 긴 고심 끝에 사명자들을 선발하고 간접적인 방식으로 지구의 문제 개선에 동참하기로 했습니다. 왜냐하면 멸망을 향해 가는 지구의 시계가 지금 11시 59분 59초를 가리키고 있으니까요."

"무슨 말씀인지 잘 알겠습니다. 저에게 주어지는 미션을 최선을 다해 수행하도록 하겠습니다. 그런데 한 가지 궁금한 것이 있는데, 함백산 정상을 순간이동 목적지로 정한 이유가 무엇인가요?"

"좋은 질문입니다, 형제여. 사실 우리는 우주연합과 함께 형제를 함백산 정상에서 저 모선으로 탑승시키려던 계획을 진행하고 있었습니다. 함백산이 비교적 안전한 탑승 장소라고 결정했던 것인데 그것이 노출되었으니 이제는 계획을 수정하지 않을 수 없습니다.

이 계획의 실패로 인해 마지막 목적지까지 가는 경로가 몹시 길고 험난해질 것이니 마음의 준비를 단단히 하시기 바랍니다. 우리 대사단 요원이 보내는 텔레파시를 받고 이동 장소와 시간을 반드시 지켜야 접선이 끊기지 않고 이동 경로가 지속될 수 있습니다. 아주 멀고 먼 길을 가야 하니 지금부터 준비를 하시기 바랍니다."

"지금, 여기서 말입니까?"

"아닙니다, 형제여. 아직은 아닙니다."

"그럼 제가 원하는 곳으로 순간이동을 했다가 그곳에서 순간이동 지시를 다시 받는 건 어떨까요?"

보리가 그 말을 하자 대사가 물끄러미 보리를 주시한다. 주시하는 건가 투시하는 건가, 대사는 만면에 큰 미소를 지어 보이며 말없이 고개를 끄덕거린다. 보리는 감사의 뜻으로 대사에게 인사를 건넨다.

순간, 시가형 모선이 사라지고 곧이어 세 대의 돔형 UFO도 사라진다. 대사가 보리의 팔에 손을 대자 시공간이 바뀌어 다시 캄캄한 함백산 정상에 보리는 서 있다. 하지만 더 이상 대사는 보이지 않는다.

✳

보리가 누워 있던 입원실 침대에 정여진이 누워 있다. 목에 푸른

목 보호대가 둘려 있고 팔에는 링거 주사가 꽂혀 있다. 이마에는 진땀이 배어나고 입술은 바짝 마른 상태, 얼굴은 전체적으로 핏기가 없어 보인다. 간호사가 열과 혈압을 체크하고 나가자 입원실 입구를 지키던 두 명의 감시원이 간호사에게 상태를 묻는다. 조필규의 지시를 받는 경호원들이 아니고 어르신 아들의 기획보좌관이 심어놓은 감시원들이다. 두 명의 감시원 중 하나가 안으로 들어와 입원실 내부와 천장, 화장실, 창밖을 찬찬히 살핀 뒤 침대에 누운 정여진을 잠시 내려다보다 나간다.

입원실 문이 닫힌 뒤, 정여진의 입에서 가늘게 신음이 새어 나온다. 사방이 고요한 새벽, 형광 불빛에 드러난 그녀의 얼굴은 더욱 창백해 보인다. 그런데 그 순간, 그녀가 누운 침대 바로 옆에 보리가 나타난다. 나타나자마자 그는 상체를 90도로 접으며 그녀를 감싸 안는다. 그 자세 그대로 1~2분 정도 지나는 동안 정여진의 얼굴에 차츰 혈색이 되돌아오고 이마의 땀도 잦아든다. 그리고 다음 순간, 거짓말처럼 정여진이 눈을 뜬다.

"아, 당신이로군요!"

정여진이 감탄조로 입을 열자 보리가 그녀의 말을 제지한다.

"말을 하지 말고 이 상태 그대로 내 진동을 받아들여요. 그러면 금방 회복될 거예요."

그렇게 3~4분 정도의 시간이 더 지난 뒤에 보리는 상체를 일으키고 정여진도 따라서 상체를 일으킨다. 입원실 입구를 의식한 듯 정여진이 출입문 쪽을 보자 보리가 그녀의 귀에 대고 속삭이듯 말한다.

"나는 이제 아주 먼 길을 가야 해요. 가기 전에 당신을 꼭 보고 가야 할 것 같아 왔어요. 나 때문에 당신이 많은 고초를 겪었다는 거 알아요. 당신이 나를 지키기 위해 사용한 에너지를 나도 느꼈어요. 그렇게 엄청난 에너지가 당신 내부에 있다는 게 믿어지지 않아요. 그리고 그게 사랑의 힘이라는 것도 알아요. 어떻게 말을 해도 당신의 사랑에 비하면 모든 게 미약하고 나약할 뿐이죠."

"당신을 위한 내 마음의 움직임은 나도 모르게 일어나는 거예요. 당신을 지키고, 당신이 안전해야 한다는 생각 말고 나는 한 게 없어요. 나를 의식하지 못하고, 내가 있다는 생각조차 못한 상태에서 일어난 일이라 나도 믿어지지 않아요. 아무튼 당신이 이렇게 무사해서 너무 다행이에요. 그런데 좀 전까지만 해도 내 몸이 불덩어리처럼 뜨겁고 너무 고통스러웠는데 어떻게 이렇게 거짓말처럼 멀쩡해진 거죠?"

"내가 당신에게 받은 감동이 증폭되어 다시 당신에게 되돌아갔기 때문이죠. 사랑의 힘은 모든 걸 순식간에 재생시키고 복원시키니까요."

"아, 정말 그런가 봐요. 이 행복감을 어떻게 말로 표현할 수 있을까요."

그녀가 양팔을 들어 보리의 목을 끌어안는다.

"시간이 많지 않아요. 이렇게 있다가 텔레파시가 오면 곧바로 순간이동을 해야 해요. 이후에 나는 어디로 어떻게 갈지 알 수 없지만 당신의 에너지가 항상 나의 에너지와 연동될 거예요. 당신을 마음에 품고 있으면 나의 미션이 무엇일지라도 그것이 곧 당신을 위하는 일이 되어 엄청난 에너지를 발산하게 될 거예요."

"아, 살아서 이렇게 감동스러운 에너지를 느낄 수 있다니…… 눈물이 나요. 당신의 미션이 무엇인지 모르고, 당신이 어디로 가는지 알 수 없지만, 나도 항상 당신을 마음에 품고 있을게요. 반드시 미션을 완수하고 내게 돌아와줘요. 정말, 꼭!"

그녀가 그렇게 말하며 보리의 목을 더욱 세게 끌어안기 위해 몸을 움직이는 순간, 그녀의 움직임에 의해 링거 줄이 당겨지면서 철세 서지내가 넘어가고 곧이어 둔덕하고 네티안 바칠음이 디저오른다. 거의 동시에 보리에게 순간이동하라는 텔레파시가 전달된다.

―중국 시안, 기차역 광장!

링거 거치대가 넘어가는 소리가 나자마자 입원실 출입문이 열리고 두 명의 감시원이 안으로 들어온다. 하지만 보리의 모습은 이미 보이지 않는다. 다만 링거 거치대가 바닥에 쓰러진 정황이 이해되지 않는다는 표정으로 두 명의 감시자는 서로의 얼굴을 쳐다본다. 정여진은 아랑곳하지 않고 침대에서 내려와 간호사 비상호출 버튼을 누른다. 곧이어 새벽의 병원 복도를 달리는 발자국 소리와 함께 간호사가 나타난다.

"무슨 일이죠?"

"이 링거 빼고 목 보호대도 제거해 주세요."

"좀 전까지 열이 많았는데 어떻게……."

간호사가 정여진의 생기 넘치는 태도에 놀란 표정으로 말을 잇지 못한다. 정여진은 조필규에게 전화해 자신을 집으로 데려갈 경호원을 보내달라고 말한다. 그리고 간호원과 두 명의 감시원에게 옷을 갈아입을 것이니 밖으로 나가달라고 말한다.

그들이 나간 뒤 그녀는 환자복을 벗고 옷장에서 옷을 꺼내 갈아
입는다. 그리고 조용히 침대에 걸터앉아 참았던 말을 내뱉듯 입가
에 미소를 머금으며 혼잣말을 한다. 자신에게 아로새기듯, 우주 공
간에 공표하듯, 같은 말을 몇 번씩이나 되풀이한다.

"사랑의 힘, 사랑의 힘…… 사랑의 힘!"

9#

어머니가 병원에 입원한 지 한 달을 갓 넘긴 어느 날 아침이었다. 어머니의 담당인 신장내과 의사가 아침 회진 자리에서 처음으로 낯선 발언을 했다. 전해질 수치, 염증 수치, 혈관영양제 투입량, 목 넘김 문제에 대해서만 판에 박힌 듯한 언급을 하던 그녀가 그날 아침 거두절미하고 돌연 퇴원을 준비하라는 폭탄선언을 한 것이었다. 의식이 혼미해져서 응급실로 실려 온 뒤로 한 달이 지난 지금까지 어머니의 의식은 여전히 혼미한 상태인데 갑자기 퇴원을 하라니! 나는 주치의가 거두절미하고 퇴원 명령을 내뱉자 가혹하게 내쳐지는 기분이 들어 되묻지 않을 수 없었다.

"응급실에 실려 올 때와 달라진 게 없는데 퇴원을 하라시면, 더이상 치료를 할 수 없다는 뜻인가요?"

"응급실에 처음 왔을 때는 전해질 수치, 염증 수치, 신장 기능, 심한 탈수 증세 같은 것들로 인해 전체적으로 상당히 좋지 않았어요.

하지만 이제는 그런 수치들이 모두 정상이 됐고 영양식도 코로 주입하게 됐으니 우리로서는 더 이상 할 수 있는 게 없어요. 의식은 돌아오지 않았지만 뇌파 검사 결과도 정상으로 나와서 신경과 협진도 더 이상 진행할 게 없는 상태예요. 지금보다 더 이상 좋아지진 않겠지만 이 상태를 계속 유지하는 게 중요하니 저희가 추천하는 요양병원으로 옮기는 게 좋을 거예요. 아셨죠?"

내가 미처 대답을 하지도 않았는데 담당 의사는 일행을 데리고 병실을 빠져나갔다. 그리고 그날 오후에 나는 병원 측으로부터 전화를 한 통 받았다. 환자의 현재 상태를 고려해 자신들이 요양병원을 추천하고 환자의 모든 진료기록을 이관해 줄 수 있다는 내용이었다.

나는 거부하지 못한 채 진행을 부탁했다. 그리고 다음 날 오전, 옮겨 갈 요양병원을 추천하는 전화를 다시 받았다. 그런데 그 순간, 이상한 파장이 뇌리로 날아들어 가슴을 섬뜩하게 만들었다. 진행에 강력한 제동을 거는 불길한 예감이었다. 그래서 나는 대답을 기다리는 직원에게 지금 그 병원을 방문해 보고 결정하겠다고 말했다.

병원 지하 주차장에서 차를 몰고 나와 대로로 나서는 순간 검색어 두 개가 뇌리를 스쳐갔다. 나는 곧바로 병원 입구의 갓길에 차를 세우고 휴대폰을 꺼내 도로명과 요양병원을 검색어로 입력했다. 몇 개의 병원명이 떴다. 정해진 일을 진행하듯 아무 망설임 없이 가장 위에 있는 병원의 주소를 눌러 내비게이션이 작동되도록 했다.

병원에 당도해 보니 내가 사는 아파트로부터 10분 거리에 있는 병원이었다. 내가 사는 동네에 그런 병원이 있는 줄 그때껏 모르고 살았는데 무슨 마법이 실현된 것 같은 기분이 들었다. 내부 시설도 현대적이고 깨끗한 데다 원장을 위시한 종사자들의 분위기가 아주 마음을 편하게 해주어 더할 나위 없이 좋았다. 한 달 넘게 졸아붙어 있던 애간장이 비로소 풀어지는 기분이 들었다.

어머니가 요양병원에 안착하면서 나는 다시 소설을 쓸 수 있는 여건을 마련했다. 요양병원에는 병실마다 공동 간병인이 상주하고 있어 보호자들이 날마다 가는 걸 오히려 불편해하는 눈치였다. 어머니 병실의 간병인은 연변에서 온 50대 아주머니였는데 나에게 자주 오지 않아도 되니 걱정하지 말라며 노골적으로 별도의 성의 표시를 요구했다.

그것이 그런 곳에서 이루어지는 관행이려니 싶어 약간의 성의 표시를 하고 난 뒤부터 나는 얼마간 마음이 가벼워지는 걸 느낄 수 있었다. 돈으로 성의 표시를 하고 난 뒤부터 마음이 가벼워지는 원리가 무엇인지 내 스스로도 이해가 가지 않았다. 하기야 돈만 있으면 처녀 불알도 산다는 세상이니 마음이라고 돈에 좌우되지 않을 턱이 있겠나.

2~3일 지난 뒤부터 집에서 작업 체제를 갖추고 테이블에 앉았지만 도무지 감이 되살아나지 않았다. 어머니가 종합병원에 입원해 있던 한 달이 넘는 기간 동안 나는 소설과 판이한 생사의 전장을 헤매고 있었고 그것도 모자라 꼬리에 꼬리를 무는 검색으로 너무나 다른 차원을 떠돌고 있었다. 내가 모르는 세계가 열리면 열릴수록, 그러니까 대부분의 인류가 모르고 사는 비밀과 음모의 세계

가 펼쳐지면 펼쳐질수록 내가 애초에 꿈꾸던 소설은 나에게서 점점 낯선 것이 되어가고 있었다. 물론 그것은 나로 하여금 깊은 자괴감을 느끼게 만들었다.

애초에 내가 꿈꾸던 소설이 무엇이었던가?

아무리 되짚어보려 해도 기억이 명료하지 않았다. 구상 노트를 들여다봐도 도무지 전체적인 맥락이 되살아나지 않았다. 이렇게 어설픈 상태에서 내가 소설을 시작했을 리 없을 터인데 이야기의 전체적인 형상은 아예 종적을 감추고 없었다. 오직 한 가지, 샤카무니의 가르침에 눈을 뜬 인간에 대한 연민과 의구심이 나의 구상 노트에는 빼곡하게 들어차 있었다. 애초에 내가 의도한 장편소설은 샤카무니 가르침의 영역에서 인간과 인간의 운명에 대한 바로보기를 위해 기획된 것이라고 해도 과언이 아닐 터였다. 그런데 어째서 나는 나의 의도와 판이한 길을 가고 있는 것일까.

나는 독화살 맞은 청년의 심정으로 샤카무니의 가르침을 되새기면서도 전에 없던 감정이 또렷하게 눈을 뜨는 걸 느꼈다. 이런 비유를 한 샤카무니는 독화살 맞은 청년의 의구심이 무엇인지 진정 알고 있었을까? 샤카무니 자신이 생로병사에 대한 의구심 때문에 출가를 결심했던 것이니 그 전모에 대한 것을 알고 있어야 마땅한 게 아닌가 싶었다. 생로병사의 비밀, 그것이 곧 청년이 알고자 하는 독화살의 비밀이니까 말이다. 독화살 맞은 청년이 바로 지구상에 태어난 인류를 상징하는 존재이고 그 독화살이 인간에게 부여된 운명이라면 샤카무니는 그것의 전모에 대해 확연하게 알고 있었기 때문에 명료한 치료 처방을 내린 것이 분명할 터였다. 이것은 나의 것이 아니다, 이것은 내가 아니다, 이것은 나의 자아가 아니다, 라고.

그 문제에 대해 샤카무니 스스로 밝히는 장면도 구상 노트에는 메모되어 있었다. 어느 날 제자들과 산책하던 샤카무니가 발밑에 떨어진 신사파 잎 하나를 보고 제자 아난다에게 묻는다.

─아난다야, 이 한 개의 신사파 잎사귀와 저 나무에 있는 신사파 잎사귀는 어느 쪽이 많을 것 같으냐.

─붓다여, 저 나무에 있는 잎사귀가 훨씬 많습니다.

─아난다여, 그와 같이 나는 많은 것을 알고 있으면서도 그 전부를 설하고자 하지 않았다. 왜냐하면 지금 너희들이 필요로 하는 것은 그중의 극히 적은 부분에 지나지 않기 때문이다. 필요하지도 않은 일을 많이 설해 보았자 혼란만 일으키리라.[*]

그 지점에서 나는 깊이 생각하지 않을 수 없었다. 지금 내가 맞은 독화살의 요체가 이 소설이라면 이 소설이 어째서 나의 의도와 다르게 펼쳐지는지에 대한 의구심이 샤카무니가 경계한 바로 그 의구심일 터였다. 그러니 샤카무니의 가르침을 액면 그대로 받아들이자면 묻지도 말고 따지지도 말고 어떻게든 이 소설을 완성하는 것이 독화살을 뽑는 일이라는 결론에 이르게 된다. 앞서도 언급했지만 이 소설을 때려치운다는 어깃장은 알코올중독자나 만취한 노

---

[*] 이시카미 젠오, 『미란타왕문경』, 이원섭 옮김, 현암사, 2012, 75쪽

숙자들 스타일의 꼬장에 불과하기 때문에 더 이상 언급하지 않는
게 좋을 터이다. 그런 생각의 막바지에 아주 선명한 하나의 문장이
떠올라 나는 재빨리 그것을 휴대폰 메모장에 옮겨 적었다.

　―그냥, 써라!

✳

　소설 작업이 뜻대로 이루어지지 않아 좌불안석하던 어느 날, 나
는 분위기 전환을 위해 대형 서점으로 발길을 옮겼다. 책들이 많은
곳에 가서 에너지를 받으면 소설이 잘 써지지 않을까, 하는 소박한
문학청년의 바람 같은 것이 있었는지도 모르겠다. 서점 매장 안에
있는 커피숍에서 아이스 아메리카노를 마시며 박정현이 이탈리아
버스킹에서 부른 〈하비샴의 왈츠〉를 유튜브로 보기도 하고, 문구
코너에 들러 아무것도 사지 않으면서 많은 것들을 눈으로만 탐닉
하기도 했다.

　뭔가를 갖고 싶다거나 구매하고 싶은 욕구가 죽어버린 나는 마
지막엔 서가가 즐비하게 늘어선 매장으로 들어가 단지 책 제목들
을 일별하며 뜻 없는 걸음걸이로 어슬렁거렸다. 그렇게 한 시간쯤
어슬렁거린 뒤, 미로처럼 이어지던 어떤 서가 앞에서 나는 우뚝 걸
음을 멈추고 말았다. 지구와 우주의 모든 비밀을 알고 있는 키 작
은 외계인이 거기 서 있었기 때문이다.

에어럴(Airl).[*]

그녀는 키가 1미터 정도로 주변을 오가는 사람들의 허리 정도밖에 되지 않았다. 내 눈에 또렷하게 보이는 그 존재가 다른 사람들의 눈에는 보이지 않는 듯 그녀는 주변을 오가는 사람들의 행보에 무수하게 관통당하고 있었다. 일종의 홀로그램처럼 사람들이 아무리 지나쳐가도 그녀는 부딪침이나 넘어짐 없이 그대로 서 있었다.

그 조우를 우연이라고 할 수 있을까.

나는 도무지 그렇게 말할 자신이 없었다. 내가 서점으로 갔다가 우연히 에어럴과 맞닥뜨린 것이 아니라 처음부터 에어럴을 만나기 위해 그곳에 간 것이라는 확신이 나의 의식에서 선명해졌기 때문이었다. 아무려나 나는 에어럴을 만난 그 자리에서 넋이 나가고 말았다. 그 존재가 나의 모든 것을 단번에 흡입해 버려 나라는 존재감 자체가 소멸되는 것 같았다. 그 순간, 나는 병원에서부터 꼬리에 꼬리를 물고 이어지던 내 검색이 결정적인 지점에 도달했다는 걸 알아차렸다. 더 이상 갈 곳이 없고 더 이상 갈 필요도 없는 지점, 그곳이 모든 것의 시작이고 끝이라는 생각으로 나는 무릎을 꿇고 와락 에어럴을 부둥켜안았다.

그녀는 자신이 도메인(Domain) 원정사단 소속의 군 장교이자 우

---

[*]　로렌스 R. 스펜서 편저, 『외계인 인터뷰』, 유리타 옮김, 아이커넥, 2013(에어럴은 1947년 로즈웰에서 추락한 UFO에서 살아남은 외계인 장교이다. 당시 미공군 의무부대 상사였던 상사 마틸다 맥엘로이 여사가 생존 외계인 에어럴을 취조하는 과정에서 보관하게 된 극비 문서를 2007년 안락사하기 직전 편저자 로렌스 R. 스펜서에게 우편으로 보내 2010년 미국에서 『외계인 인터뷰(Alien Interview)』가 출간되었다. 『운명게임』에 등장하는 에어럴에 관련된 내용은 『외계인 인터뷰』 내용을 인용하거나 참조하거나 활용한 것임을 밝힌다).

주선 조종사이고 엔지니어라고 했다. 또한 그녀가 근무하는 곳은 지구의 태양계 소행성대에 위치한 우주통제부라고 했다. 자신은 주기적으로 지구를 방문했으며 지구가 자신의 담당 구역 중 하나라고 했다. 그녀는 1미터 정도의 작은 키에 머리가 크고 깜빡이지 않는 검고 큰 눈을 가지고 있었다. 그리고 전자신경계와 자체 에너지 조달 시스템을 지닌 회색의 매끈한 몸을 지니고 있었다. 손가락은 세 개가 있었지만 발가락과 코, 입, 귀는 없었다.

그녀는 자신의 몸을 '인형몸'이라고 불렀는데 장교라서 특수하게 설계된 몸을 착용하고 있다고 했다. 그녀가 착용하고 있는 인형몸은 물리적 세계인 지구로 들어오기 위해 사용하는 합성 물질로 만들어진 제품인데 임무를 수행하지 않을 때는 몸에서 나와 그것을 사용하지 않는다고 했다. 몸을 벗어난 상태에서는 쉴 필요도 없고 잘 필요도 없다는 것.

에어럴은 자신의 존재가 지구에 노출된 것은 1947년 7월 8일 뉴멕시코주의 로즈웰에서 일어난 UFO 추락 사건 때였다고 했다. 그녀가 운행하던 우주선은 그녀가 발산하는 에너지와 생각만으로 작동되는 극도로 단순한 제어시스템을 지니고 있었지만 그날 밤 번개를 맞고 누전이 발생하는 바람에 조종사들의 전자신경시스템과 우주선의 통제시스템 사이에 연결이 끊겨 추락하게 되었다는 것이었다. 그 현장에서 자신의 부하들은 다 죽고 자신만 생포당했다고 했다.

에어럴은 생포당한 뒤 현장에 파견 나온 간호장교의 접근 보호를 받게 되었는데 그때 그 간호장교에게 자신의 의사를 정신적 이미지로 전송해 텔레파시가 가능하게 만들었다고 했다. 그리고 그로부터 6주 동안 그 간호장교와 함께 지내며 군 관계자를 비롯해 온갖 세력들로부터 갖가지 고초를 겪었는데 그것은 상상 이상의 미개한 짓거리들이었다고 했다. 상부로부터 전해지는 특정 질문지에 대한 응답과 갖가지 의학적 검진, 정부기관에서 파견된 수많은 요원들로부터 가해지는 온갖 검사를 다 받았지만 그녀는 결국 군 관계자들의 마지막 서명 강요를 거부한 대가로 끔찍한 상황, 다시 말해 자신의 인형몸을 스스로 빠져나가지 않으면 안 되는 위기, 즉 지구상에서의 죽음을 맞았다고 했다. 하지만 그 고압 전류의 공격이 가해지기 직전 인형몸을 빠져나가 자신의 본부로 귀환했기 때문에 실제적으로는 아무런 타격도 받지 않았다고 했다.

"그럼, 그때로부터 70년도 더 지난 지금 다시 내 앞에 나타난 이유가 뭔가요?"

나는 에어럴에게 묻지 않을 수 없었다. 그러자 그녀는 아무 망설임 없이 대답했다.

"내가 이곳에 존재하기로 결정했기 때문에 이곳에 있는 거예요."

"아무 목적도 없이?"

"아니, 당신 옆에 머무는 것. 지금은 그것이 필요한 때이고 단지 그것을 위해 나는 이곳에 존재하는 거죠."

"지금 나의 심리를 읽고 있는 건가요?"

"이것은 당신이 나에게 묻게 될 많은 질문들, 당신 안에 가득 들어찬 우주적인 질문들에 답하기 위한 방문이므로 단지 연결 상태를 유지하는 것만으로도 목적 달성이 가능한 일이에요. 몹시 자연스러운 에너지 흐름이죠."

그녀는 언제까지가 될지 알 수 없지만 나의 작업이 끝날 때까지 자신이 나에게 도움의 에너지를 제공하게 될 것이라고 했다. 그녀의 에너지를 느끼는 그 순간, 나는 말로 형용하기 어려운 벅찬 감동이 되살아나 금방이라도 눈물이 터질 것 같았다. 하지만 그녀는 그와 같은 자신의 존재함이 이미 1947년 로즈웰에서의 인형몸 이탈 이후부터 지금까지 지구 전역에서 꾸준히 진행돼 왔다고 했다. 1947년에 지구에 전한 많은 정보가 지구인들에게 미치는 긍정적인 영향을 도메인 사단에서 높이 평가하고 그와 같은 임무를 수행하는 별도의 원정대가 만들어져 은밀하게 활동하고 있다는 것이었다.

에어럴은 내 고유의 파동수에 자신의 형상을 맞춰 나의 눈에는 자신이 보이지만 자신이 스텔스 슈트를 착용하고 있기 때문에 다른 사람들의 눈에는 보이지 않는다고 했다. 그래서 아무 때나 내가 텔레파시를 보내면 자신은 자유자재로 나에게 나타나 존재할 수 있다는 것이었다. 자신처럼 지금 이 순간, 원하는 모든 방식으로 모든 곳에 존재하는 불멸의 존재를 '이즈비(IS-BE)'라고 부른다고 그녀는 나에게 알려주었다.

에어럴은 수조 년 동안 지속된 자신의 모든 생애를 기억하고 그녀 스스로 자신을 창조자(creator), 어머니(mother), 소스(source)라고 지칭했다. 하지만 나에게 정말 큰 감동과 충격을 동시에 준 것은 그녀의 그다음 메시지였다. 나 같은 지구인, 아니 모든 지구인들도 다 자신과 같은 불멸의 이즈비라는 것! 하지만 지구에 사는 이즈비들은 모두 깊은 망각과 최면에 빠져 자신들이 지구라는 행성감옥에 갇혀 사는 걸 전혀 자각하지 못한다는 것. 요컨대 지구가 우주에서 가장 열악한 행성감옥이고 지구인들은 이곳에서 윤회의 사슬에 묶인 채 끊임없이 돌고 도는 수형 생활을 하고 있다는 것이었다.

순간, 나도 모르게 쌍욕이 튀어나갔다.

—씨발! 도대체 어떤 엿 같은 존재들이 우리한테 그딴 짓을 한다는 거야!

서점에서 집으로 돌아오자마자 나는 인터넷 검색을 시작했다. 에어럴이라는 존재와 1947년의 로즈웰 UFO 추락 사건에 관해서였다. 서점에서 만난 에어럴의 말이 진실인지, 그것을 확인해 보는 게 가장 급선무였다. 1947년에 일어난 사건은 70년이라는 시공간의 변화에도 불구하고 여전히 현재진행형의 진실 공방에 휩싸여 있었다. 하지만 천만다행히도 자신의 목숨을 걸고 이 분야의 진실을 밝히려는 사람들이 있어 나는 내심 반갑고 감사한 마음이 들었다.

로즈웰 사건을 검색하는 과정에서 나는 드디어 에어럴이 나에게 알려준 그 간호장교를 찾아낼 수 있었다. 그녀의 이름은 마틸다 맥엘로이. 그녀는 미 공군 여사단(WAC) 소속 의무부대 간호상사로 근무하다가 로즈웰에 UFO가 추락하던 당시 현장으로 급파된다. 그리고 거기서 유일한 생존 외계인 에어럴을 만난다. 그녀는 에어럴이 의식이 있고 외관상 부상이 없는 상태로 생존해 있다는 것을 알게 되지만 상호 의사소통이 되지 않아 애로를 겪다가 그 외계인이 '정신적 이미지' 혹은 '텔레파시 생각'으로 자신과 소통하고 싶어 한다는 걸 알고 그 사실을 즉시 정보장교에게 보고한다. 그때부터 그녀는 생존 외계인 에어럴과 본부로 동행하라는 지시를 받고 그로부터 6주 동안 외계인의 상대가 되어 시간을 함께 보내게 된다. 그 보상으로 그녀는 보안 등급이 오른 공군상사로 진급하고 호봉이 높아져 월 급여도 54달러에서 138달러로 인상된다.

에어럴이 전기 공격으로 지구상에서 죽음을 맞이한 뒤, 마틸다 멕엘로이는 거짓말 탐지기 테스트와 펜토탈 나트륨으로 알려진 '자백 약'을 먹고 취조를 받게 된다. 그것은 에어럴 인터뷰 과정에서 습득한 정보를 숨기는 게 없는지 확인받기 위한 마지막 검증 절차였다.

그것이 끝난 뒤 그녀는 군인 연금과 함께 명예 퇴역을 하게 된다. 당연한 절차처럼 군 복무 기간 중 보고 듣고 경험한 일체의 것들에 대해 비밀을 엄수한다는 서약을 했고, 그것을 어길 시 미합중국에 대한 반역 행위로 간주하여 사형에 처한다는 내용을 고지받았다. 그것은 그녀가 연방 정부의 증인 보호 프로그램에 들어갔음을 의미하는 절차였다.

로즈웰 사건으로부터 60년이 지난 2007년 9월 14일, 로렌스 R. 스펜서라는 저술가는 마틸다 맥엘로이가 우편물로 보내온 외계인 인터뷰 스크립트, 편지, 개인 메모를 받게 된다. 그 편지에서 그녀는 자신이 83세이며 안락사를 위해 남편과 함께 생의 대부분을 보낸 몬태나주를 떠나 남편의 고향인 아일랜드 미스카운티에 머물고 있다고 전하며 자신이 에어럴과 나눈 인터뷰 내용을 책으로 출간해 줄 것을 부탁한다. UFO와 외계인, 우주문명 전반과 지구인들의 운명에 관한 인터뷰 내용을 가슴에 품은 채 평생 증인 보호 프로그램의 굴레에 갇혀 살던 그녀가 죽음을 목전에 두고 쓴 편지의 말미가 가슴을 저리게 한다.

인류는 이 자료에 들어 있는 다음과 같은 질문, 즉 우리는 누구이고 어디에서 왔고 우리가 지구상에 존재하는 이유가 무엇인가, 우주에 인간만이 존재하는가, 만약 다른 지적 생명체가 존재한다면 그들은 왜 우리와 접촉을 시도하지 않는가에 대한 답을 알아야 합니다.

만약 우리가 지구 전체에 오랜 시간, 깊이 침투해 있는 외계인의 간섭으로 인한 영향력을 효과적으로 근절시키지 못했을 때 우리의 영적, 육체적 생존에 미칠 심각하고 황폐한 결과를 사람들이 이해하는 것은 생사가 걸린 중요한 문제입니다. 이 자료에 든 정보들이 인류의 더 밝은 미래를 위한 디딤돌이 될지도 모르겠습니다. 나보다는 당신이 더 현명하고 독창적이며 용감하게 이 정보를 사람들에게 퍼뜨릴 것이라 기대합니다.

신의 가호와 은총이 당신과 함께 하기를 바라며.

2007년 8월 12일
미 공군 의무부대 전역 상사
마틸다 오도넬 맥엘로이

결국 2010년 마틸다 맥엘로이 여사로부터 받은 자료를 바탕으로 로렌스 R. 스펜서는 책의 편저자가 된다. 그 책의 핵심은 에어럴과의 인터뷰 내용이고, 그것에 대해 마틸다 맥엘로이 여사가 개인 소회를 덧붙인 것이다. 놀랍게도 그녀는 에어럴이 끝내 서명하기를 거부한 바로 그 인터뷰 사본을 기지에 남아 있는 내내 매트리스 아래에 숨겨두고 있다가 퇴역할 때 가지고 나와 안락사 직전까지 보관하고 있었다. 그리고 죽기 직전 그것을 책으로 만들어줄 만한 사람을 선정해 마지막 부탁을 하고 세상을 떠난 것이었다. 비밀과 음모의 그늘에 가려 있다가 70여 년 만에 세상에 빛을 보게 된 책, 그것이 2010년 미국에서 출간된 『외계인 인터뷰(Alien Interview)』이다.

---

* 로렌스 R. 스펜서 편저, 『외계인 인터뷰』, 유리타 옮김, 아이커넥, 2013, 47~48쪽.

10

자정 무렵, 시안역 광장은 파장머리의 시장처럼 어설픈 기운이 감돌고 있다. 역사 중앙의 밝은 조명등을 모두 끄고 주변의 보안등만 밝히고 있어 광장 한가운데에는 어둑어둑한 기운이 무겁게 내려앉아 있다. 긴 가로형의 역사(驛舍) 앞에 철제 바리케이드가 설치돼 있고 그 우측 끝에는 방패를 든 무장 경찰들이 주변을 경계하고 있다. 그들과 별도로 바리케이드 바깥쪽에는 몇 명의 공안들이 느리게 걸으며 주변을 순찰하고 있다. 하지만 바리케이드 바깥쪽 광장 곳곳에는 삼삼오오 모여 앉아 술을 마시거나 음식을 먹으며 담소를 나누는 사람들이 여럿 있다.

광장 한복판이라고 가늠되는 지점에는 몸집이 좋은 남자 넷이 바닥에 자리를 잡고 앉아 꼬치구이를 안주로 고량주를 마시고 있다. 몸통과 목통이 커서인가 그들의 술자리가 가장 소란스러운데 주변을 어슬렁거리는 20대로 보이는 공안들은 그들에게 아무런 제지의 말을 하지 못한다. 그러면서도 뭔가 불편한 표정으로 계속 주변을 맴돈다. 얼굴이 앳돼 보이는 공안에게 머리를 박박 밀고 레슬러처럼 몸집이 좋은 사내가 고량주병을 들어 보이며 한마디한다.

"웨이, 니예라이 허이뻬이바!(이봐, 자네도 와서 한잔하지!)"

사내의 말을 못 들은 척 젊은 공안은 슬그머니 등을 돌리고 반대 방향으로 걸음을 옮긴다.

순간, 보리가 네 명이 앉은 술자리 옆에 갑자기 나타난다. 순간이동으로 나타난 상황이지만 그가 현실에 들어선 순간 그의 존재성은 원래부터 그 타임라인에 편재돼 있었던 것처럼 지극히 자연스러워 보인다.

주변 조명이 그리 밝은 상황은 아니지만 낯선 존재가 갑자기 나타난 걸 알아차린 네 명의 사내 중 하나가 두 눈을 휘둥그레 치뜨며 자리에서 일어난다. 손에 고량주병을 들고 공안에게 술을 권하던 바로 그 사내다. 그가 자리에서 일어나자 좌중의 나머지도 보리를 쳐다보며 인상을 찌푸린다.

"웨이, 니예라이 허이뻬이바!"

고량주병을 손에 든 사내가 이번에는 보리에게 술을 권한다.

순간, 광장 입구의 어둠 속에서 흰 린넨 상하의를 착용한 키가 큰 여자가 뛰듯이 빠르게 걸어오는 게 보인다. 하지만 그보다 먼저 보리 옆에 두 명의 남녀가 순간이동으로 나타난다.

점프슈트 차림의 남녀는 민첩한 동작으로 보리의 양옆에서 그의 팔을 잡고 앞으로 이동시킨다. 광장 입구에서 다가오는 여자를 향해 빠르게 다가가 합류한 다음, 보리를 제외한 세 명은 보리를 중심에 두고 밀착 대형으로 붙어 서서 가능한 한 보리가 외부로 보이지 않게 커버한다.

키가 큰 여자가 자신의 어깨에 메고 있던 크로스백에서 세로 20센티미터 가로 30센티미터 정도의 글라스패드를 꺼내 보리의 이마에 댄다. 그러자 패드로부터 10센티미터 정도 입체적인 홀로그램 영상이 떠올라 보리의 신체로부터 발산되는 에너지 진동을 체크한다. 곧이어 옴, 하는 짧은 기계음이 들린 뒤 슉, 하고 뭔가 깊이 빨려 들어가는 소리와 함께 홀로그램이 사라진다.

체크를 끝낸 뒤 여자는 글라스패드를 크로스백에 넣고 그곳에서 다시 작은 알루미늄 케이스를 꺼내 열고 뭔가를 들어낸다. 그녀는 분명 뭔가를 꺼내는 동작을 보였지만 그녀의 손에 들린 것이 육안으로는 보이지 않는다. 그럼에도 불구하고 그녀는 자신의 손에 들린 뭔가를 재빨리 보리에게 씌우는 시늉을 한다.

순간, 보리가 놀라는 소리를 터뜨린다.

"앗, 이게 뭐죠?"

"놀라지 마세요. 이건 투명슈트예요. 이걸 걸쳐야 지구암흑사단의 DNA 파동 추적을 피할 수 있어요. 이걸 착용하지 않으면 목적지까지 이동할 수 없어요. 글라스패드로 확인은 했지만 다시 한 번 묻겠습니다. 당신의 지구명은 뭐죠?"

눈썹이 짙고 굵은 쌍꺼풀을 지닌 그녀가 냉랭한 어조로 묻는다.

"이보리입니다."

"우주명은 뭔가요?"

"글리오세라 마구리안 잉카입니다."

그녀가 묻고 보리가 대답하는 사이, 순간이동으로 나타났던 두 명의 남녀는 이미 사라지고 없다. 보리가 놀라는 표정을 보이자 여자가 즉시 설명한다.

"사라진 두 사람은 우리를 돕는 순간이동 전사들이에요. 그들은 금성에서 지구로 와 지구암흑사단과 대치하는 그룹들을 돕고 있어요. 남자 대원 이름은 오르한, 여자 대원 이름은 나르샤예요. 여기서 우리 목적지까지 이동하는 동안 필요할 때마다 나타나 우리를 도울 거예요."

"그쪽은 누구시죠?"

"당신도 제 이름을 들어본 적 있을 거예요. 제 이름은 송여주입니다."

"아…… 송, 여, 주!"

보리가 놀라 입을 벌리자 그녀가 감정 없는 어조로 다시 입을 연다.

"저는 미션 수행을 돕는 가이드입니다. 당신과의 첫 접선은 여기서 성공했지만 우리 목적지까지 가는 동안 앞으로 여덟 번의 접선을 더 성공해야 해요. 그리고 그때마다 그들에게 투명슈트를 입혀야 안전해져요. 지구에서의 미션 수행이 끝날 때까지 지구명은 사용하지 않고 우주명을 사용하게 돼 있으니 앞으로는 잉카라고만 부를게요. 접수하겠습니까?"

"네, 접수하겠습니다. 어르신께서 저에게 여주 님에 대해……."

잉카가 입을 열자 송여주가 자신의 입에 오른손 검지를 올리며 쉿, 하는 포즈를 취한다. 그런 뒤 짧게 덧붙인다.

"우리는 지금 밤 기차를 타고 다음 접선 장소로 이동해야 해요.

지구암흑사단의 추적을 피하기 위해서는 열차를 이용하는 게 가장 안전해요. 우리 이동 구간이 거의 사람이 없는 사막지대라 열차를 이용하지 않으면 노출되는 지점에서 곧바로 목숨을 잃을 수도 있어요. 아무튼 지금은 긴장을 풀고 사적인 대화를 나눌 시간이 없어요."

말을 하고 나서 그녀는 광장 안쪽으로 앞서 걷기 시작한다. 광장 한복판에서 고량주를 마시던 네 명의 몸집들은 자기들끼리 싸움이 붙어 치고받거나 어깨를 밀며 씨름하는 시늉을 하고 있다. 누명의 공안이 다가와 말리는 것으로도 모자라 방패를 든 무장 경찰 네 명이 빠르게 그들 쪽으로 뛰어가고 있다. 역 광장의 관심이 온통 그쪽으로 쏠리는 사이, 송여주와 잉카는 아무런 검색 절차 없이 바리케이드 안쪽으로 들어선다.

두 사람이 2층으로 올라가자 제복을 입은 젊은 여자 검표원이 두 사람을 향해 서두르라는 손짓을 한다. 열차표를 확인하고 통로를 빠져나가 1번 홈으로 걸어가는 동안 송여주는 한 번도 뒤를 돌아보지 않는다. 그 걸음걸이가 보통 사람과는 비교도 할 수 없을 정도로 빨라 흡사 축지법을 써서 몸을 옮기는 것처럼 가볍고 유연해 보인다. 그녀를 따라가는 잉카의 보폭은 점점 좁혀지고 걸음은 빨라진다.

열차 객차마다 중년으로 보이는 여자 승무원들이 밖으로 나와서 있다. 7호차 옆에 선 뚱뚱한 몸집의 승무원에게 승차권을 다시 보인 뒤 두 사람은 열차에 오른다. 정해진 객실 문을 열자 아무도 없는 4인용 2층 침대 객실이 나타난다. 아래층 두 개의 침대를 손으로 가리키며 송여주가 보리에게 말한다.

"여기 아래층 우측 침대를 사용하세요. 상황이 발생하면 무조건 침대에서 내려와 바닥에 엎드리세요. 절대 침대칸 문을 열고 밖으로 나가면 안 됩니다. 투명슈트를 착용하고 있긴 하지만 암흑사단의 추적과 검색은 지금 이 순간에도 지구 전역으로 펼쳐지고 있을 거예요. 그래서 우리는 검색망이 가장 약한 고비사막과 타클라마칸사막 권역을 거쳐 목적지로 가게 될 거예요. 나머지 여덟 명도 앞으로 이틀 동안 모두 접선해야 하기 때문에 거의 멈출 수 없는 여정이 계속될 테니 잠깐잠깐 눈을 붙이세요. 언제, 어떤 상황이 발생할지 알 수 없기 때문에 옷을 벗고 편하게 잘 수는 없어요."

"계속 이렇게 열차로 이동하나요?"

침대에 걸터앉아 송여주를 올려다보며 잉카가 묻는다.

"다음 접선지까지만 열차를 이용하고 그다음부터는 상황에 따라 변할 거예요. 형제님이 아홉 명의 워크인 중 알파이기 때문에 형제님만 나와 마지막까지 동행하고 나머지는 접선지에서 다시 순간이동 명령을 받아 바로 목적지로 가게 될 거예요."

"제가 알파라니요? 그건 무슨 뜻인가요?"

"시간이 되면 정해진 장소에서 우주연합의 지휘자로부터 각자의 미션에 대해 자세하게 설명받게 될 거예요. 잉카님은 아홉 명 중 알파이므로 개인 미션과 전체 미션 총괄에 대한 책임이 부여될 거예요. 제가 아는 건 거기까지예요."

"위쪽의 2층 침대 두 개는 누가 오기로 되어 있나요?"

"아뇨. 이 객실 전체 네 장의 침대권을 모두 구매했어요. 작전이 휴지기에 접어드는 새벽 시간대에 오르한과 나르샤가 중간중간 나타나 휴식을 취할 거예요."

"그들은 지금 어디 있는 건가요?"

"여러 곳의 접선 예정지 상황을 정찰하고 있죠. 모든 정보들이 다 공유되고 있기 때문에 상황에 따라 접선지가 변경될 수도 있어요. 그렇게 되면 달리는 열차에서 뛰어내리는 상황이 올 수도 있고요."

"이렇게 고속으로 달리는 열차에서 뛰어내린다구요?"

"죽을까 봐 걱정되나요?"

"이렇게 부실한 육체가 그런 상황을 견디지 못할 거라는 건 지구 어린이들도 아는 물리학 상식이니까요."

"걱정 마세요. 당신이 입고 있는 투명슈트는 어떤 물리적 상황에서도 당신이 다치지 않게 보호해 줄 거예요. 그것 자체가 상황을 인지하고 대처하는 의식 센서를 지니고 있으니까요."

"당신도 이 투명슈트를 착용하고 있나요?"

"물론이죠."

그녀는 침대와 침대 사이, 창틀 밑에 놓인 작고 협소한 탁자 위에 자신의 크로스백을 올려놓고 그곳에서 글라스패드만 꺼내 침대 위로 올라간다. 순간, 빙판 위에서 미끄러지듯 열차가 움직이기 시작한다. 그러자 그녀는 침대에서 내려와 출입문 옆에 부착된 실내등 스위치를 눌러 소등한다. 그런 다음 차창 쪽으로 가 밖을 내다보며 좌우를 살핀 뒤 다시 침대로 돌아가 벽에 등을 기대고 잉카와 마주보는 자세로 앉는다. 차창 하단의 작은 보안등에서 밀려나오는 낮은 조도의 등빛이 실내를 동굴처럼 안온하게 만든다.

글라스패드를 들여다보던 송여주가 문득 생각난 것처럼 잉카에게 묻는다.

"아까 역 광장에서 저희 아버지에 대해 얘기하셨는데…… 형제님이 잉카가 아니고 진짜 이보리라면 할 말이 엄청 많았을 텐데, 지금은 그럴 수도 없고, 그럴 필요도 없는 상황이라 생략한 거예요. 지구로 들어와 몇 년 동안 이보리로 살아본 소감은 어떤가요?"

"단적으로 표현하긴 어려운 문제이지만 저는 그분이 남긴 것들로부터 많은 것들을 전수받았어요. 특히 샤카무니의 가르침에 대한 그분의 통찰에 깊이 감동했고, 그것이 우주적인 진리와 연결고리를 이루고 있어 놀라지 않을 수 없었죠."

"우주적인 진리라면 잉카 형제님이 온 시리우스 항성계를 의미하는 건가요?"

"항성계를 나눌 필요도 없이 황금률의 진리를 의미하는 것이니 온 우주에 적용할 수 있는 것이라 할 수 있죠."

"그것이 샤카무니의 가르침과 연관이 있다는 건가요?"

"연관이 있다기보다 우주와 인간의 본질에 관한 한 샤카무니가 가장 근본적인 깨달음을 얻었다는 걸 확인한 거죠. 지구상에 태어났던 모든 사람 중에 그가 가장 깊은 비밀을 간파하고 또한 그것을 중생들에게 일관되게 가르치고 세상을 떠난 거죠. 그는 종교를 창시하지 않았지만 그가 세상을 떠난 후 그의 가르침은 오히려 그의 제자들과 후대 불교로 인해 오리무중 속으로 파묻혀버렸죠. 정말 안타까운 일이 아닐 수 없어요. 지구인들이 영적인 차원 상승을 하려면 그분의 가르침을 오늘날에도 가장 중요한 포인트로 삼아야 할 텐데, 정말 안타까운 일입니다. 근데 여주 님은 아버지를 떠나 어떻게 이런 일을 하게 되었나요? 어르신에게 전해 들은 여주 님의 전력과 이런 일이 어떤 연결고리를 이루고 있는지 모르겠군요."

"아, 그건 아주 단순해요. 저도 샤카무니처럼 우주와 인간의 본질을 알고 싶어한 거죠. 제 삶의 고통과 고뇌에서 벗어나려면 근본을 알아야 한다고 생각한 거고, 그것을 위해 인연의 사슬을 벗어던지고 진리의 길을 찾아 나선 거죠. 처음에는 인도에 명상을 배우러 갔던 것인데 거기서 이상한 에너지의 도움으로 대사단과 섭하게 됐어요. 나중에 알게 된 것이지만 그 길은 제가 찾아 나선 게 아니라 그들 대사단의 부름을 받고 제가 가게 된 것이었어요. 그리고 제가 지구에 태어나게 된 우주적 전력을 알게 되고, 이번 생에서의 미션이 무엇인지도 알게 되고, 그러면서 더 이상 기쁘지도 슬프지도 불행하지도 행복하지도 않은 달관의 상태로 임무를 수행하고 있는 거죠."

"그럼 자밀 대사님도 알고 있겠군요?"

"물론이죠. 자밀 대사님과 형제인 에밀 대사님도 알고 있죠. 원래는 에밀 대사님의 인도를 받았었는데 최근에 지구 상황이 안 좋아지면서 형제분인 자밀 대사님까지 오시게 된 거죠."

"그분들은 어느 항성계에서 오신 건가요?"

"그분들은 항성계가 아니라 무지개몸을 얻은 분들이라 물질우주와 의식우주 전역에서 자유자재할 수 있는 분들이죠. 무지개몸을 지닌 분들은 살아생전 수행이 완전해져서 돌아가실 때 물질적인 몸을 완전히 빛으로 바꾸어 떠난 분들이니까요. 그래서 그분들은 사후에도 아무 구애 없이 온 우주에 자유자재로 현현할 수 있어요. 제가 처음 에밀 대사님을 접했을 때 저는 엄청나게 오열을 터뜨렸었어요."

"왜죠?"

"제가 그토록 알고 싶어했던 바로 그것을 그분이 너무나도 명징하게 알려주셨기 때문이죠. 도대체 인간의 몸을 입고 생명을 움직이게 하는 혼은 무엇이고 영은 무엇인지, 저는 그것을 알아내고 싶어 목숨을 걸고 온 세계를 떠돌고 있었거든요."

"그걸 에밀 대사님을 통해 해결했다는 얘기인가요?"

"저는 그분의 말씀을 지금도 경전처럼 마음에 품고 살고 있어요. 그분은 인간을 영과 혼과 육의 삼위일체적 존재라고 할 때 혼, 즉 마음은 낮은 차원의 육체와 높은 차원의 영의 중간에 자리 잡고 있다고 명징하게 설명하셨어요. 즉, 마음은 보이지 않는 영적 세계와 보이는 물질세계를 연결하는 고리와도 같은 것이라는 가르침이었죠. 혼, 즉 마음이 육체적인 감각 차원에서 활동한다면 그때 마음은 동물적인 욕망과 정욕의 자리가 되고, 영적 차원에서 활동한다면 우주의 근원 에너지와 하나가 될 수 있다는 거였죠.

다시 말하면 인간의 혼, 즉 마음이 영과 육 사이에 긴밀하게 연결되어 있기 때문에 동물보다 더 낮은 차원의 욕망으로 전락할 수도 있고, 평화와 순결과 능력이 풍성한 우주의 근원 에너지와 하나가 되는 차원으로 상승할 수도 있다는 거였어요. 더 이상 나눔과 분리가 존재하지 않는 우주의 근원 에너지에 도달할 때까지 물질 우주의 모든 존재들은 그곳으로 가기 위해 끝없이 돌고 도는 항상

성의 세계를 경험하게 되어 있는 것이죠. 인간의 몸을 입고 있을지라도 영적인 차원을 자각하고 그것과 합일하게 되면 진리를 알기 위한 일체의 감각적 증언이나 인간적 견해가 필요하지 않게 된다고 하셨어요. 그렇게 일체를 이룬 영과 혼, 즉 영혼은 존재의 정상에서 사물의 외적인 형상이 아니라 내적인 비전을 본다고 했어요.[*]

요컨대 지구상에 태어나는 대부분의 인간은 생물학적으로 태어나 생물학적으로 살다 죽지만 살아가는 과정 중에 영적으로 깨어나 다른 차원의 삶을 살기 시작하는 사람들이 있는 것이죠. 혼, 즉 마음은 그 중간에서 자신의 자유의지로 영적인 삶을 지향하건 쾌락적인 삶을 지향하건 선택은 자유이지만 그 모든 것에 인과의 법칙이 적용돼 자작자수 자업자득(自作自受 自業自得)의 삶을 받고 또 받으며 윤회하게 되는 거예요. 그게 성장을 위한 카르마니까요."

말을 멈추고 그녀는 긴장과 경계의 기운이 가득한 눈빛으로 달리는 열차의 차창을 올려다본다. 어둠에 완전하게 물든 창유리 위에 침대칸의 내부가 되비쳐질 뿐 다른 건 전혀 보이지 않는다. 하지만 그 검은 차창 위로 더욱 검은 무엇인가가 느리게 굼실굼실 움직이는 게 보인다.

"위에서도 아래와 같이! 정말 정확하고 적절한 가르침이라는 생각이 드는군요."

고개를 끄덕이며 잉카가 송여주의 전언에 진심으로 공감하는 표

* 베어드 T. 스폴딩, 『초인들의 삶과 가르침을 찾아서』, 정창영·정진성 옮김, 정신세계사, 2005, 232~234쪽 참고.

정을 짓는다.

"잠깐!"

순간, 송여주가 한껏 긴장한 표정으로 어둠이 물든 창을 올려다보며 손을 내밀어 잉카에게 움직이지 말라는 신호를 보낸다. 완전한 어둠에 뒤덮인 차창 위로 바탕보다 밀도가 높고 율동처럼 굼실거리는 물질성이 확연하게 포착된다. 그것들은 아주 느리게 왼쪽에서 오른쪽으로 이동하며 실내를 주시한다.

"저게 뭐죠?"

잉카가 속삭이듯 묻는다.

"블랙클론들이에요. 내부를 탐지하고 있으니 움직이지 말고 그대로 있어요. 투명슈트를 착용하고 있으니 탐지되진 않을 거예요."

두 차례, 세 차례, 탐지의 물결은 꼬리에 꼬리를 물고 계속 이어진다. 그렇게 30분 정도 검은 물결이 차창 위를 흘러간 뒤에 비로소 본래의 바탕색이 되살아난다. 송여주가 글라스패드를 들여다보며 뭔가를 확인한 뒤 차창을 통해 밖을 내다본다. 잉카도 자리에서 일어나 그녀의 뒤에 서서 밖을 내다본다.

차창 밖은 흑요석 같은 어둠에 파묻혀 있었으나 눈을 가까이 가져다대자 검푸른 창공에 무한대로 펼쳐진 별밭이 시선을 단박 사로잡는다. 하지만 끝없는 어둠의 지평 위, 여러 대의 UFO들이 사막 상공을 느리게 순회 비행하거나 정지하거나 탐사조명을 쏘며 뭔가를 찾고 있는 게 보인다.

"수색이 치열하게 전개되고 있군요"

잉카가 송여주 옆에서 낮게 중얼거린다.

"저들에게도 시간이 별로 없으니까요."

"접선 장소가 가까워진 건가요?"

"모르겠어요. 저것들 때문인지 접선 예정지가 계속 변하고 있어요. 어쩌면 저 비행체들은 오르한과 나르샤가 혼선을 주기 위한 움직임에 걸려든 것일 수도 있어요."

"오홋, 저희들 여기 있습니다."

언제 나타난 것인가, 2층 침대에 길게 누운 오르한이 느긋한 어조로 말한다. 나르샤는 반대편 침대에 누운 채 손만 내밀어 흔늘며 아래층에 안부를 전한다.

"저 비행체들은 뭘 찾고 있는 거죠?"

송여주가 글라스패드를 확인한 뒤 2층을 올려다보며 묻는다.

"소형 탐사로봇에 잉카 님의 DNA 파동 카피를 심어 고비사막의 모래 속으로 마구 돌아다니게 해놓고 왔죠. 멍청한 놈들, 지금 두더지 잡기 하고 있는 거예요."

"내 DNA 파동을 어떻게?"

놀란 표정으로 잉카가 묻는다.

"시안역에서 투명슈트를 착용하기 직전에 카피 뜨고 사라졌죠. 우리에게 그런 건 기본입니다."

깊어가는 사막의 밤, 열차는 암흑의 중심부를 향해 질주한다. 불이 꺼진 객실은 달리는 속도와 무관하게 해저처럼 깊고 정밀한 긴장과 침묵이 유지된다. 송여주는 벽에 등을 기댄 채 눈을 붙이고 있고 잉카는 검은 창유리를 올려다보며 내밀한 집중의 시간을 유지한다.

자연스럽게 집중이 지속되자 진동이 고조되면서 잉카의 시야에 선명한 에너지체가 떠오른다. 밝은 빛에 에워싸인 정여진의 모습, 그녀가 명상 자세로 앉아 있는 게 어둠에 뒤덮인 차창 위로 떠오른 것이다. 그것을 응시하던 잉카는 눈을 감고 그녀의 에너지체에 접속한다. 자신의 안위를 위해 그녀가 온 의식을 집중하고 있음을 알아차리고 잉카의 진동 에너지는 한껏 고조된다. 그녀의 에너지체에 접속하자 그녀의 의식이 그의 진동에 동화되어 섬세한 공명 화음을 만들어낸다. 그것이 물결 무늬처럼 밤의 밀도 속으로 스며들어 시와 같은 언어가 된다.

> 내가 지구에 첫 탄생하던 까마득한 시원으로부터
> 환생 게임의 무한 이미지로 돌고 또 돌아도
> 나는 오직 사랑의 힘으로만 나를 밝힐 수 있는 기쁜 에너지!
> 그것으로 당신의 빛이 되어 지금도 먼 길 함께 가나니
> 당신이 사막을 헤맬 때에도, 설산을 떠돌 때에도
> 사랑의 힘으로, 오직 사랑의 힘으로!

※

오전 6시 40분, 열차가 란저우역에 도착한다. 송여주와 잉카는 하차 승객의 가장 뒤쪽에 서서 역사를 빠져나온다. 2층 침대에서

휴식을 취하던 오르한과 나르샤가 사라진 뒤라 두 장의 승차권만 사용하여 그들은 역사 밖으로 나선다. 어느새 부신 햇살이 퍼진 역사 밖에는 나가는 사람들과 기다리는 사람들이 뒤섞여 이른 아침부터 북새통을 이루고 있다.

"여기, 역사 출입문 앞에 서 있으면 돼요."

송여주가 글라스패드를 확인하고 나서 잉카의 걸음을 멈추게 한다.

"누가 오기로 했나요?"

긴장한 표정으로 잉카가 되묻는다.

"지구수호연대의 현지 대원들로부터 차량을 지원받기로 했어요."

"워크인들의 순간이동을 본부와 직결되게 할 수는 없나요? 접선 방식이 너무 비효율적이라는 생각이 드네요."

이해할 수 없다는 표정으로 잉카가 송여주를 본다. 그러자 그녀가 머리를 가로저으며 냉정하게 말한다.

"그건 위험천만한 일이에요. 그 본부는 수천 년 전부터 지구상에 구축된 것인데 그 위치가 드러나게 되면 지구를 수호하기 위한 모든 기반이 무너지게 돼요. 그래서 그 위치는 어느 누구에게도 직접적으로 알려줄 수 없어요. 오직 원시적인 방법을 이용해 본인 확인을 하고 투명슈트를 착용하게 한 다음 순간이동 대원들을 통해 본부로 이송할 뿐이죠. 나중에 본부에 가보면 그 이유를 절로 알게 될 거예요. 그곳도 또 하나의 우주거든요."

그녀의 말을 듣고 잉카는 이해하겠다는 표정으로 천천히 고개를 끄덕인다.

그때 송여주와 잉카 앞으로 초록색 상하 운동복을 입은 두 명의 젊은이가 나타난다. 한 사람은 삭발을 한 상태이고 다른 하나는 검은 선글라스를 착용하고 있다. 검은 선글라스가 한발 앞으로 나서 송여주에게 이상한 손짓을 해 보이며 사인을 한다. 오른손 엄지와 검지, 왼손 엄지와 검지를 사용해 서로 결합하는 모양으로 고리를 만들어 보인 것이다. 그것을 확인하고 송여주는 말없이 고개를 끄덕인 뒤 그들을 따라 나선다.

주차장에 세워진 검은 지프를 타자마자 송여주가 선글라스에게 중국어로 좌표를 말해 준다. 선글라스가 휴대폰으로 좌표를 확인한 다음 운전자인 삭발에게 위치를 알려준다. 지프는 즐비한 회화나무 가로수 너머 붉은 황하가 도심을 가로질러 흐르는 란저우 시내를 빠져나가 빠르게 속력을 높이기 시작한다. 그렇게 50분쯤 달려 나가자 주변에 석벽이 늘어선 사막지대가 나타난다.

지속적으로 글라스패드를 들여다보던 송여주가 삭발에게 속도를 줄이라고 중국어로 말한다. 주변의 개활지가 점점 넓어지면서 사방을 한눈에 일별할 수 있는 상황이 된다. 그러자 송여주가 고개를 갸웃거리며 글라스패드를 빠르게 타이핑한다. 곧이어 그녀가 차를 돌리라고 말한다.

10여 분쯤 달린 뒤 좌측 도로로 접어들자 이전의 개활지와 정반대로 중첩된 석벽지대가 나타난다. 한 그루의 나무도 없이 알몸으로 헐벗은 수직 석벽들이 병풍처럼 늘어서 은폐나 엄폐를 위한 장소로는 최적으로 보인다.

앞으로, 앞으로, 송여주는 글라스패드를 들여다보며 계속 지시한다. 첨탑처럼 뾰족하게 솟아오른 석벽이 있는가 하면 바람막이처럼 가로형으로 펼쳐진 석벽도 있고 봉우리가 오르내림을 반복하며 산세처럼 이어진 석벽도 있다. 그 모든 것들이 수목을 품고 있지 않아 눈에 보이는 전경이 한없이 건조하고 황폐한 사막의 파노라마처럼 보인다.

"스톱!"

그때, 글라스패드를 들여다보던 송여주가 날카롭게 소리친다. 지프가 멈추자마자 그녀는 뒷좌석에서 뛰어내려 사방을 둘러본다. 녹색 운동복들도 내리고 잉카도 내려 그녀처럼 목표물을 찾기 시작한다. 몇 초 뒤, 왼쪽으로 이어진 석벽 중 두 번째 봉우리 위에 푸른 카디건을 걸친 백인 남성이 모습을 드러낸다. 지프로부터 20여 미터 거리, 석벽의 높이도 20미터는 족히 될 것 같다.

목표물 발견과 동시에 송여주는 글라스패드를 손에 든 채 달리기 시작한다. 그 속도가 얼마나 빠른가, 비유로도 설명하기 어렵다. 단 몇 초 만에 그녀는 석벽 아래에 당도하고 그 석벽을 90도 각도로 서서 뛰어 올라간다. 봉우리에 당도하자마자 그녀는 글라스패드를 상대방의 이마에 대고 신원을 확인한다. 신체 진동을 확인하고 지구명과 우주명 등 몇 가지 질문을 건넨 뒤 그녀는 숄더백에서 투명슈트를 꺼내 워크인에게 다짜고짜 덮어씌운다. 그사이, 오르한과 나르샤도 봉우리에 모습을 드러낸다.

몇 초 뒤, 오르한과 나르샤는 좌우에서 워크인의 팔을 잡고 동시에 사라진다. 송여주는 갈 때처럼 빠른 속도로 지프가 있는 곳으로 돌아온다. 세 사람이 합류하는 순간, 상공에 세 대의 원반형

UFO가 나타난다. 그것들은 지프를 감시하듯 상공에 정지한 채 더 이상 움직임을 보이지 않는다. 송여주는 빠른 속도로 글라스패드를 스캔하고 나서 일행에게 말한다.

"사막지대 접선이 더 이상 어려울 것 같으니 잠시 대기하세요. 여기서 빠져나가려면 아무래도 에어스크린을 설치해야 할 것 같은데, 본부에서 그걸 허락할까 모르겠어요. 그걸 설치하면 리프팅 빔이나 레이저 빔을 막을 수는 있겠지만 우리도 이동할 수 없으니 그것이 문제죠."

넷이 지프 안으로 들어가자 세 대의 UFO 중 한 대가 정지 상태에서 우측으로 수평 이동해 지프의 상층부에 자리한다. 그리고 잠시 뒤, 그 하부로부터 리프팅 빔이 하강하기 시작한다. 그사이, 송여주는 글라스패드를 미친 듯 두들겨댄다. 좌표를 치고 촌각을 다투는 다급한 상황임을 알리자마자 지프 전체가 깊은 진공 상태에 빠진 것처럼 외부의 소음이 완전하게 차단된다.

—지정된 좌표, 에어스크린 설치 완료!

전송된 메시지를 확인하고 나서 송여주가 비로소 긴 안도의 한숨을 내쉬며 글라스패드를 좌석에 내려놓는다. 하지만 그것이 그녀의 손에게 떨어져 나오자마자 삐, 삐, 삐, 삐, 빠른 경고음이 울려 나온다. 그녀가 그것을 다시 손에 잡자 화면으로부터 긴 시가형 우주 모선의 홀로그램이 뜬다. 그녀가 허공을 올려다보자 지프를 향해 하강하던 리프팅 빔이 멈추고 거의 동시에 세 대가 시야에서 사라져버린다.

세 대의 UFO가 머물던 그 뒤쪽의 상공에 절반 정도만 몸체를 드러낸 검은 시가형 우주 모선의 거대한 형체가 보인다. 곧이어 외부 소음이 지프 안으로 밀려들고 송여주는 상황 종료라고 짧게 말하고 나서 다시 란저우역으로 이동하라고 운전자에게 지시한다. 지프가 이동을 시작하자 먼 상공에 반만 형체를 드러내고 있던 우주 모선도 안개가 걷히듯 거짓말처럼 모습을 감춘다.

"저게 진짜인가요?"

조수석에 앉아 있던 선글라스가 송여주를 돌아보며 묻는다.

깊은 신상심에서 비로소 벗어난 듯 입가에 엷은 미소를 지으며 송여주가 짧게 대답한다.

"일종의 홀로그램 쇼예요."

오후 4시경, 일행은 란저우역 주차장에 도착한다. 송여주 혼자 지프에서 내려 열차표를 끊으러 가고 나머지 셋은 지프에서 기다린다. 역 광장은 여전히 많은 사람이 붐비지만 아침과 같은 생생한 열기는 느껴지지 않고 나른하고 느즈러진 분위기가 감돈다. 시안역처럼 공안이나 무장 경찰의 모습도 보이지 않는다. 한 세기 전 복장을 하고 있는 듯한 회족(回族)과 티베트족 노인들의 모습이 심심찮게 오가지만 아무도 그들의 복장 따위에는 관심을 기울이지 않는다. 적잖은 아이들과 아낙네들이 역사에서 나오는 사람들에게 접근해 짧은 동안 엄청나게 많은 말을 쏟아내며 숙박업소 호객 행위를 하고 있다. 해가 어느덧 역사 뒤쪽으로 넘어가고 있다.

"차에서 간단히 설명하고 작전을 시작할게요. 우리가 타고 가야 할 열차는 5시 50분에 역으로 들어와요. 그러니까 우리는 5시 30분까지 세 번째 접선자를 찾아 본부로 보내야 해요. 작전지역 좌표가 현재까지는 역 광장으로 뜨는데 변경이 생기면 열차를 타지 못할 수도 있어요. 안전상 사람이 밀집된 곳이 유리하다는 지시인데, 광장에 사람이 많아서 순간이동이 이루어진 뒤에 즉시 찾아내기가 어려워요. 지체되면 지구암흑사단의 추적이 곧바로 이루어질 테니 상황이 굉장히 위태로워질 수 있어요. 블랙클론들이 한꺼번에 부려지면 사람들 사이에서 목표물을 찾아내는 게 불가능해질 수 있는 거죠. 그러니 지금부터 지프에서 내려 역 광장을 4등분하고 서로 수신호를 주고받을 수 있는 지점에 서서 상황에 최대한 집중하세요."

송여주의 지시로 세 사람은 역 광장을 전체적으로 들여다볼 수 있는 위치를 찾는다. 송여주는 세 사람을 전체적으로 조망할 수 있는 역사 출입문 앞에 자리를 잡고 서 있다. 서로 신호를 주고받을 수 있는지 네 사람은 저마다의 위치에서 손을 들어 상대방을 확인해 본다.

해가 역사 뒤편으로 넘어가고 광장에 짙은 그늘이 드리워져도 사람들의 왕래는 줄어들지 않는다. 잠깐만 한눈을 팔아도 나머지 세 사람의 위치를 놓치기 십상인 상황, 긴장은 고조되지만 시간은 한껏 더디 흐른다.

송여주는 글라스패드에서 잠시도 눈을 떼지 않는다. 5시 35분경,

송여주가 글라스패드에서 눈을 떼고 역 광장 주변에 위치한 세 사람에게 다급하게 수신호를 한다. 목표물의 순간이동 명령이 내려졌다는 신호이다.

네 사람은 거의 동시에 광장을 주시하며 목표물의 출현을 확인하려 시선을 집중한다. 전체적으로 100여 명이 넘어 보이는 사람들이 광장에서 움직이거나 움직임을 멈추고 있지만 돌발적으로 나타나는 사람은 보이지 않는다. 보이지 않는 게 아니라 나타나지 않는다.

순간, 송여수가 역사 안쪽으로 몸을 돌린다. 거기, 역사 안쪽의 중심부에 붉은 점퍼를 입은 장신의 흑인이 서 있다. 하지만 그 순간 높은 역사 천장으로부터 검은 기체가 빠르게 내려앉으며 붉은 점퍼의 전신을 뒤덮기 시작한다. 송여주가 그 앞에 당도했을 때 그의 전신은 이미 검은 기체에 뒤덮여 손을 쓸 수 없는 상황이 된다.

순간, 오르한과 나르샤가 나타나 가늘고 예리한 빔이 발사되는 은빛 스틱으로 검은 기체 덩어리를 반으로 가른다. 절개 부분을 통해 붉은 점퍼의 모습이 드러나자 오르한과 나르샤가 그의 양쪽 팔을 잡고 끌어내려 한다. 하지만 검은 기체는 순식간에 다시 원래의 형상으로 복원되면서 붉은 점퍼는 다시 기체 속으로 파묻혀버린다. 그의 양팔을 한쪽씩 잡은 오르한과 나르샤의 양손도 검은 기체 속에 함께 파묻혀버린다.

붉은 점퍼를 포박한 검은 기체가 상단으로부터 빠르게 사라지기 시작한다. 불과 2~3초 만에, 놀랍게도 붉은 점퍼를 잡고 있던 오르한과 나르샤까지 동시에 사라져버리고 만다. 역사 안에 있던 사람들은 이 모든 상황이 너무나도 찰나적으로 이루어져 자신들이 실제적인 장면을 본 것인지 지나가는 그림자를 본 것인지도 분간하지 못한 채 저마다의 상황에 집중한다.

송여주는 글라스패드로 상황을 전송하고 뒤늦게 역사 안으로 뛰어 들어온 세 사람은 그녀를 에워싼다. 하지만 송여주는 글라스패드에서 시선을 떼지 않고 변화하는 좌표와 순간이동 전사들의 이동 상황을 주시한다. 그들은 고비사막 쪽으로 빠르게 이동하다가 일정한 지점에서 갑자기 이동을 멈춘다. 두 개의 붉은 점이 깜빡거리다가 빠르게 반대 방향으로 사라진다. 더 이상 위치 추적이 되지 않는다. 그러자 송여주는 비로소 안도의 한숨을 내쉬며 고개를 들고 자신을 에워싼 세 사람을 보며 다소 고조된 어조로 말한다.

"오르한과 나르샤가 목표물을 구해 본부로 이송했어요. 이제 잉카 님과 나는 열차를 타고 이동하면 돼요. 모두 수고했어요."

거기서 송여주와 잉카는 지구수호연대 대원들과 악수를 하고 헤어진다. 상하 녹색 운동복을 입은 두 사람은 가볍게 손을 들어 보인 뒤 역사를 빠져나가고 송여주는 역사 매점에서 몇 개의 생수와 빵, 음료 등을 구입한다.

5시 50분.

열차를 타기 위해 송여주와 잉카가 개찰구를 빠져나갈 때 역사 뒤편으로 밀려드는 늦은 오후의 양광이 황금빛 양탄자처럼 두 사람의 발에 밟힌다. 그 순간, 송여주의 글라스패드에 짧은 메시지 수신음이 들리고 그녀는 곧바로 그것을 확인한다. 그런 뒤 잉카에게 짧게 전한다.

"목표물 본부 도착, 신원 확인 완료!"

10#

　　어머니가 요양병원에서 안정적인 상태를 보임에 따라 나는 다시 소설 작업을 재개할 궁리를 했다. 하지만 무뎌진 촉수를 벼리고 잃어버린 정서를 되찾기 위해 이전 작업 분량을 읽고 또 읽었지만 기이하게도 그것들은 나의 것이 아닌 양 한없이 낯설게 느껴지기만 했다. 그리하여 막막함과 먹먹함 그리고 소설에 대한 두려움만 점점 깊어져 갔다.

　　요컨대 창작 불능의 시간대에 나는 붙박여 있었다. 내 의식의 상층부에 자리 잡고 있던 가장 큰 두려움은 나로 하여금 이 소설을 쓰지 못하게 하는 어떤 힘이 작용하는 게 아닐까, 하는 것이었다. 어머니가 갑자기 의식을 잃고 응급실로 실려 가던 날부터 나를 엄습한 그 두려움은 예기치 않게 발생하는 상황들 때문에 더욱 심화되고 있었다.

　　그래도 써야 한다, 그냥 써라. 나는 주문을 외듯 내 자신을 독려

하고 또 독려했지만 작업은 뜻대로 펼쳐지지 않았다. 그래서 엉덩이 질긴 놈이 이긴다는 심보로 소설이 써지지 않음에도 불구하고 줄기차게 의자에 붙어 앉아 노트북 모니터를 노려보았다. 그런다고 될 일이 아닌데, 한마디로 무식하게 버틴 것이었다.

어머니가 요양병원으로 옮긴 지 한 달쯤 지난 어느 날 오후, 나는 대나무나 왕골로 만들어진 방석을 사러 집 근처의 대형 마트로 갔다. 의자에 앉아 있는 시간이 길어지자 엉덩이에 땀이 차고 땀띠가 올라오는 것 같아서였다.

마트에서 왕골 방석 두 개를 산 뒤 밖으로 나와 지상 주차장으로 걸어가는데 좌측에서 느닷없이 검정색 승용차가 나타나 나를 들이받았다. 나는 이미 길을 건너 주차장으로 들어설 즈음인데 갑자기 좌측에서 승용차가 돌진한 것이었다.

커브 지점에서 차량 우측면에 허리를 부딪친 나는 보닛 위로 튕겨 올라 한 바퀴 회전한 뒤 앞유리 철제 프레임에 좌측 어깨까지 부딪치고 빠르게 노면으로 굴러떨어졌다. 차량에 부딪쳐 허공으로 솟아오르던 찰나 회오리처럼 엄습한 극심한 어지러움, 그 아득한 순간에도 나는 '아, 또 소설을 못 쓰게 하는구나!' 하는 내면의 절규를 들었다.

누가 나의 소설 작업을 방해하기 위해 테러를 자행한 것인가? 놀랍게도 나를 가격한 차량은 멈추지 않고 그대로 진행하고 있었다. 나는 노면에 나가떨어져 있다가 차량이 이동하는 걸 보며 극심한 충격감에 사로잡히지 않을 수 없었다. 그래서 신체 부위의 어디가 어떻게 되었는지 살필 겨를도 없이 안간힘을 다해 자리에서 일어나

뒤뚱거리며 뛰기 시작했다. 다행히 마트 주차장 길이라 차는 서행하고 있었고 나는 곧이어 차량의 뒤쪽 보닛을 손바닥으로 세차게 내려칠 수 있었다. 그 순간 나의 분노는 극에 달해 있었다. 사람을 치고 그대로 도주하다니, 이런 인간 말종이 어디 있는가!

차량이 정지한 뒤 나는 운전석 옆으로 가 글라스를 손바닥으로 다시 두들겼다. 곧이어 운전석 글라스가 내려가면서 운전자의 얼굴이 나타났다. 운전자의 얼굴을 보는 순간, 나는 모든 걸 한순간에 알아차릴 수 있었다. 아무리 낮게 본다고 해도 80대 중후반쯤으로 보이는 운전자가 생뚱맞은 표정으로 나를 올려다보며 외려 언성을 높였다.

"왜 남의 차를 두들겨대느냐고!"

"왜 남의 차를 두들겨대느냐고?"

나는 전체적인 정황을 단박 알아차렸지만 뺑소니에 대한 분노만은 견딜 수 없어 나도 모르게 소리를 지르기 시작했다. 소설이 안 써지는 데 대한 분노, 소설을 쓰지 못하게 만드는 정황에 대한 분노, 요컨대 그 모든 것들에 대한 분노가 일거에 해일처럼 일어나 노인에게 고함으로 쏟아지기 시작한 것이었다. 그러자 노인이 도어를 열고 밖으로 나왔다. 그러고는 참으로 무심한 표정으로 나에게 이렇게 반문했다.

"내가 언제 당신을 받았다는 겁니까? 증거 있어요?"

순간, 나는 이 노인이 노인이라서 상황을 인지하지 못한 게 아니라 모든 걸 알고 있으면서도 의도적으로 오리발을 내밀고 있다고 판단하지 않을 수 없었다. 그래서 분노가 더욱 가열차게 치밀어 올랐다. 그때 이 상황을 처음부터 지켜보고 있던 어떤 30대 여성이 내가 마트 앞에 떨어뜨린 왕골 방석 두 개를 주워 내게 가져다주며 이 사람이 이 차에 치인 게 맞다고 노인에게 말했다. 하지만 노인은 자신은 모르는 일이라며 여전히 오리발을 내밀었다.

나는 대화가 안 통하는 힘겨운 인간을 만났다는 판단을 하며 차량의 전면 보닛 앞으로 가 상태를 살폈다. 예상대로 내가 두 장의 왕골 방석을 잡은 채 그 위를 구르는 동안 생긴 희끗희끗한 스크래치가 검정 바탕의 도장 위에 드넓게 펼쳐져 있었다.

내가 스크래치를 보라고 하자 비로소 노인은 상황을 받아들이기 시작했다. 하지만 다음 순간 노인은 나에게 어떻게 해주길 바라냐고 물었고, 그 순간 조수석 문이 열리며 깡마르고 등이 굽은 노인의 아내가 밖으로 나왔다. 그녀는 무표정한 얼굴로 남편에게 보험회사에 전화하라고 말했다.

나로서도 그게 좋을 것 같아 동의했다. 하지만 노인은 자신의 휴대폰에 저장된 보험회사 전화번호도 찾아내지 못한 채 10분 이상을 헤맸다. 할 수 없이 내가 그의 폰을 건네받아 보험회사 전화번호를 찾고 그곳으로 전화를 걸어 사건 접수를 도와주었다.

그때로부터 30분 정도, 주차장에 서서 보험회사 직원을 기다리는 동안 노인과 나는 가해자와 피해자가 아니라 인생의 선후배 사이에서나 오갈 법한 대화를 주고받았다. 그것은 참으로 예기치 않은 상황, 예기치 않은 장소에서 이루어진 뜻밖의 대화가 아닐 수 없었다.

"나는 정말 내가 사람을 받았다는 걸 몰랐어요. 내가 인생을 아무리 잘못 살았다 해도 사람을 받아놓고 그냥 갈 만한 사람은 아닙니다. 나에게는 출가한 딸들이 셋이나 있는데 걔네들이 한결같이 나에게 운전을 하지 말라고 해요. 나이가 여든여덟이니 운전을 한다는 게 말이 안 되지만 저 사람 병원 가는 일, 산책시키는 일, 마트에 가는 일 모두 이 차에 의존하는데 달리 어쩌겠습니까. 자식이 셋이라도 모두 출가외인이니 그저 전화로 잔소리들이나 늘어놓지 손발이 되어주지는 못하는 거죠. 빨리 죽는 게 좋은데…… 오래 사는 게 너무 힘이 듭니다."

나는 노인의 말을 듣고 마음이 허물어져 그 자리에서 곧바로 좀 전의 내 행동을 사과했다. 사고가 난 직후 차량이 멈추지 않고 계속 진행하는 걸 보고 너무 놀라고 당황해서 나도 모르게 언성을 높여 정말 죄송하다고 말하지 않을 수 없었다.

노인의 얼굴을 보니 세상을 점잖게 살아온 사람의 표정이 역력했다. 그가 사람을 치고도 오리발을 내밀고 있다고 판단한 좀 전의 내 자신이 한심하게 되새겨졌다. 그는 세무공무원으로 살아온 인생에 대해서도 말하고, 자신의 자식들에 대해서도 말하고, 아내의 건강에 대해서도 말했다.

더 이상 할 말이 없어진 나는 그의 말을 차분히 들어주고 간간히 이해와 동조의 의사 표시를 했다. 그 마지막에 그는 길게 한숨을 내쉬고 나서 거의 혼잣말처럼 이렇게 중얼거렸다.

"세상 사는 게 너무 힘들어……. 이젠 정말 그만 살고 가고 싶은데…… 인생이 너무 가혹해."

보험사 직원이 오고 태블릿으로 진행하는 간단한 서류 작성을 끝낸 뒤 노인과 나는 전화번호를 주고받고 헤어졌다. 그리고 월요일 오전에 보험사로부터 걸려온 전화를 받고 나는 그들이 제시한 기본 금액 50만 원을 합의금으로 받아들였다. 이후 아무런 이의를 제기하지 않겠다고 고분고분 합의를 해준 것이었다. 지속적으로 그런 통화에 시달리는 게 귀찮고 짜증나고 힘들 것 같아서였는데 문제는 합의를 하고 난 이틀 뒤부터 생겨나기 시작했다. 이틀이 지난 뒤부터 최초 가격당한 허리 부분에 극심한 통증이 생겨나기 시작한 때문이었다. 나와 함께 사고를 당한 두 장의 왕골 방석은 의젓한 자태로 의자에 올라앉아 나를 기다리고 있었지만 나는 허리 통증 때문에 더 이상 의자에 앉을 수 없었다. 그리하여 보름 이상 통증에 시달리며 나는 오직 한 가지 생각으로 치를 떨지 않을 수 없었다.

아, 이렇게, 다시, 또…… 소설을 못 쓰게 만드는구나!

어머니를 요양병원으로 옮긴 지 두 달 반 정도 지난 어느 날 밤이었다. 나는 잠을 자다가 어머니가 운명하셨다는 기막힌 전화를 받았다. 오전 4시 40분. 이틀 전에 뵈러 갔을 때 여전히 의식은 없었지만 입으로 알 수 없는 허밍을 하고 계셨고 특별한 이상이 없다는 얘기를 병원 측으로부터 전해 듣고 왔는데 이게 무슨 날벼락인가.

정신없이 운전을 해 병원으로 가는 동안 다시 전화가 걸려왔다. 심장 정지 확인이 끝나 산소 호흡기를 제거하려 하는데 동의하겠냐는 것이었다. 동의하겠다고 대답하자 어머니가 이미 손 닿을 수 없는, 소통할 수 없는 다른 차원으로 넘어가 버렸다는 생각이 엄습하며 알 수 없는 한기가 느껴지기 시작했다. 명치께가 뻐근해지며 발작이라고 느껴질 정도로 어깻죽지가 덜덜거렸다.

요양병원에 당도하자 어머니는 이미 별실로 옮겨져 있었다. 내가 별실로 들어서자 간호사가 흰 시트를 걷어 얼굴을 볼 수 있게 해주었다. 언뜻 미색의 기운이 느껴지는 맑고 깨끗한 얼굴, 그 표정이 너무나도 평온해 보여 나는 순간적으로 깊은 충격을 받았다. 임종의 순간이 어떠하였기에 이렇게도 해맑고 평안한 표정을 지을 수 있단 말인가. 그 표정을 보고 나는 깊은 안도의 한숨을 내쉬었다. 누군가 어머니를 모시러 오고, 그를 알아본 바로 그 순간의 표정처럼 이를 데 없이 밝고 환하고 기쁨이 어린 얼굴이었다. 그 표정을 보고 나서 죽음의 고통을 떠올릴 사람은 아무도 없을 터였다.

사무장의 주선으로 대학병원 장례식장이 결정되고 20분 정도 나는 어머니 곁에 더 머물렀다. 장의지도사가 당도해 어머니 얼굴에 다시 시트를 덮을 때까지 어머니의 평안한 얼굴을 지켜보았다. 물론 그것은 나의 뇌리에 영원히 지워지지 않을, 그러니까 내가 평생 지켜본 어머니 표정 중 가장 완벽한 것으로 각인된 뒤였다.

운구차에 동승해 병원으로 간 뒤부터 장례에 필요한 잡다한 행정 절차가 시작되었다. 사망진단서, 가족관계증명서를 떼고 어머니 화장을 어디서 할 것인지, 장지를 어디로 정할 것인지 등등을 처리하기 위해 장의지도사가 시키는 대로 분주하게 움직였다. 가족들이 있었지만 서류와 계약상 필요한 모든 절차는 내가 진행하지 않을 수 없었다. 아버지가 국가유공자였기 때문에 호국원에 유해가 모셔져 있었고 어머니도 돌아가시면 그곳에 합장하기로 이미 예정되어 있어 장지를 별도로 준비하거나 결정할 일은 없어서 그나마 다행이었다. 단, 그곳에 합장하기 위해서는 어머니의 사망진단서와 함께 혼인확인증명서, 반명함판 사진이 필요하다고 해 그것까지 별도로 준비하지 않을 수 없었다.

장례 절차는 새로울 게 없었다. 문상객들이 오고가고, 맞배를 하고, 그들의 자리에 앉아 감사의 담소를 나누는 일은 일견 신선한 감정을 느끼게 했다. 세파의 흐름 때문에 오랫동안 못 본 얼굴들을 많이 볼 수 있어서 과거가 재생되는 듯한 기이한 느낌이 들 때도 있었다. 하지만 그들이 물결처럼 흘러들었다 물결처럼 빠져나가고 밤이 되면 진정한 죽음의 밀도가 느껴지기 시작했다. 그제야 비로소 나는 어머니 영정을 올려다보며 빈소 앞에 홀로 앉아 어머니의 인생을 반추할 수 있었다. 하지만 죽음과 마주한다는 것은 한없이 막막한 일이었다. 그것도 어머니의 일생을 반추한다는 것이 나에게는 너무 막막해서 불가능한 일처럼 여겨졌다.

위대한 영가(靈駕).

나의 뇌리에 떠오르는 말은 오직 그것 하나밖에 없었다. 그 대상이 누구이든, 예컨대 노숙자이건 갑부이건 교수이건 살인범이건, 모질고 가혹한 운명을 살다 떠난 모든 존재들을 나는 그렇게 호칭했다. 그들에게 주어진 배역, 그들에게 주어진 역할을 의식하고, 그것이 그들의 자발적 선택이 아니라 운명의 인과 때문에 생겨난 것이라는 숙성된 믿음이 내 안에는 있었다. 돌고 도는 운명의 축이 인과이고, 그것이 우주 전체에 적용되는 운명의 법칙이라는 생각이었다. 자고 깨고 자고 깨고 하면서 죽을 때까지 뺑뺑이 도는 인간의 운명과 우주의 허공에 매달려 끊임없이 자전하고 공전하는 행성의 운명이 하등 다를 게 없다고 생각하며 깊어진 견해였다.

빈소 앞에 앉아 어머니를 반추하던 새벽, 나는 어머니의 운명은 '정리할 수 없는 것'이라는 결론에 도달했다. 정리할 수 없는 게 아니라 어떻게 정리해도 그것이 온전할 수 없을 것이라는 결론이었다. 내가 '나'라고 말하는 것도 불가능한 일인데 나 아닌 존재의 운명을 어떻게 정리할 수 있단 말인가.

발인하는 날 새벽, 나는 잠깐 눈을 붙였다가 새벽 3시경에 잠에서 깨어났다. 지하 장례식장 전체가 깊은 고요 속에 가라앉아 있었다. 잠시 앉아 있다가 머리를 털고 일어나 화장실로 가 찬물로 세수하고 돌아와 어머니 빈소 앞에 앉아 명상을 시작했다. 이제 몇 시간 뒤면 어머니 시신이 화장장으로 옮겨져 지상에서 유지하던 형상이 한 줌 재로 돌아갈 터였다. 이별의 순간이 다가온다고 생각하니 명상에 집중이 되지 않았다. 애를 써도 되지 않고 기를 써도 되지 않았다. 명상이 무리라는 생각이 들어 두 눈을 뜬 채 망연하게 촛불에 시선을 고정했다. 그때 한 가지 궁금증이 명료하게 뇌리에 떠올랐다.

이제 어머니는 어디로 가는 것일까.

인간이 영혼육의 삼위일체로 이루어진 존재가 맞다면, 그래서 어머니의 혼이 육체를 벗어나게 된다면 그 혼은 어디로 이동하게 되는지 나는 모르고 있었다. 그토록 많은 책을 읽고 탐구했건만 내 어머니의 실체적 죽음 앞에서 나는 단지 무지몽매한 인간처럼 앉아 있을 뿐이었다. 저승, 영계, 아스트랄계 따위의 언어들이 파노라마처럼 뇌리를 스쳐갔지만 그 모든 것들이 그 순간에는 말짱 허무맹랑한 언어적 허구로 스러질 뿐이었다. 그 순간, 지극히 명료한 한 가닥 빛줄기가 나의 눈앞을 스쳐갔다. 어머니의 운명에 대한 의구심과 그것에 대한 답이 그 빛줄기에는 함께 내재돼 있었다.

어머니의 운명은 무엇이었을까.

그것은 죽음이었다. 두말할 나위 없이, 누구에게나 찾아오는 죽음이었다. 그것이 가장 확실한 운명이고 그것이 가장 확실한 인생의 종지부였다. 죽음처럼 확실한 운명이 달리 어디 있으랴.

누구나 다 죽는다. 하루하루 우리는 죽음을 향해, 그 운명의 종지부를 향해 다가가고 있는 중이다. 그럼에도 불구하고 인간은 영원히 죽지 않을 것처럼 자기 연극에 올인하고 자기 연기에 몰입한다. 운명인 죽음, 죽음인 운명을 외면한 채 평생 안 죽을 것처럼 지랄하고 발광하며 사는 것이다.

모든 것이 죽음을 담보로 한 것이니 참으로 황당한 연극이고 연기가 아닐 수 없다. 더욱 놀라운 것은 이 자명한 극적 조건을 명백하게 알고 있으면서도 전혀 모르는 것처럼 천연덕스럽게 살아가니 이것이야말로 짜고 치는 고스톱이 아닐 수 없다. 누구나 죽는다는 패를 뻔히 알고 있으면서도 그 상황극에서 깨어나지 못한 채 지랄발광을 계속하며 살아가니 인생이란 얼마나 어처구니없는 광대극인가.

그 순간, 나는 한없이 답답한 심정으로 에어럴에게 텔레파시를 보냈다. 언제까지가 될지 알 수 없지만 나의 작업이 끝날 때까지 그녀가 나에게 도움의 에너지를 제공할 것이라고 한 메시지가 불현듯 기억에서 되살아난 때문이었다. 아무 때나 내가 텔레파시를 보내면 그녀는 자유자재로 나타나 나와 함께 존재할 수 있다고 했었다.

정신을 집중하고 미간에 에너지를 모아 송과체로 올려보내 전송하자 그 순간 그녀가 곧바로 내 앞에 나타났다. 놀라운 일이었지만 그녀는 지속적으로 나에게 일어나는 특별한 상황들과 연결돼 있었다고 했다. 그래서 그녀는 어머니가 죽음 이후에 어디로 가는지에 대한 나의 궁금증도 이미 감지하고 그것에 대해 분명한 메시지를 주고 싶었지만, 죽음을 슬픔의 대상으로만 받아들이는 나의 의식적 장애가 너무 심해 함부로 메시지를 전달하기 어려웠다고 했다. 그래서 나는 단도직입적으로 묻지 않을 수 없었다.

"지구인들의 죽음과 그 이후의 상황에 대한 당신의 메시지는 1947년의 그것과 여전히 동일한가요?"

"세월이 많이 흘렀지만 크게 달라진 건 없어요. 그동안 지구의 상황은 더 열악해졌고 지구를 옥죄고 있는 소수의 지배세력들과 외계세력들은 지구암흑사단을 앞세워 인위적인 종말을 만들기 위해 최후의 시간 앞으로 전력질주하고 있어요. 그들은 이제 태양계를 벗어나 다른 우주에까지 나쁜 영향을 미치고 있어요. 지구인들의 행성감옥 생활은 우주적인 관점에서 영구불변의 상황에 놓여 있어요. 어느 누구도 이 행성감옥 시스템을 해체하고 싶어하지 않기 때문이죠. 오히려 행성감옥 시스템이 해체될까 봐 지구암흑사단을 도우려는 세력들도 있어요."

"그래서 지구인들 중에는 죽고 싶어하는 사람들이 부지기수예요. 그런데 내 어머니처럼 자연스럽게 생을 마친 사람은 어디로 가게 되나요? 지구의 상황도 상황이지만 지금 이 순간 내가 알고 싶은 건 오직 그것뿐이에요. 어제와 오늘, 나는 듣기만 해도 해탈할 수 있다는 티베트 사자의 서를 여기 빈소에 울려 퍼지게 할 생각까지 했었어요. 낭송하는 소리를 듣는 것만으로도 누구나 해탈할 수 있다는 바로 그 바르도 퇴돌 말이죠. 그런 게 정말 가능한 일인가요?"

"전혀 근거 없는 가르침이죠. 그건 인간들을 사로잡고 죽음이 실재하는 일인 것처럼 믿게 만드는 어이없는 진실의 차단막이죠. 사람은 죽으면 혼에 주입된 최면의 길, 즉 '빛의 길'이라 불리는 통로를 따라 행성감옥을 통제하는 세력들의 영역으로 되돌아가게 되어 있어요. 그리고 그곳에서 이번 생의 기억을 삭제당하고 '빛으로 돌아가라'는 최면 주입을 당하고 다시 지구에 태어나는 윤회를 되풀이할 뿐이죠. 당신 어머니도 어김없이 그 과정을 되풀이하게 됩니다."

"결국 1947년에 당신이 인류에게 전한 메시지 내용과 아무것도 달라진 게 없군요."

"당신들이 달라지지 않는데 무엇이 달라지길 원하나요?"

1947년 로즈웰에서 생포되었을 당시 그녀는 지구인들의 사후 상황에 관해 놀랍고 끔찍한 메시지를 전했었다. 지구를 행성감옥으로 통제하는 외계 세력이 은하계 끝까지 설치해 놓은 전자 지배장(electronic force field) 때문에 지구에서 육체적인 죽음을 맞이해도 혼은 일종의 전자 그물망(electronic net)에 걸려 지구를 빠져나가지 못하게 돼 있다고 했다. 뿐만 아니라 생포당한 뒤 수십억 볼트의 전기로 기억을 깡그리 지워버려 정체성은 물론 무한에 가까운 과거 축적 경험까지 삭제당한다고 했다. 그런 과정을 거쳐 영적 존재로 기능할 수 있는 능력 자체를 불능으로 만들어버린다는 것. 그렇게 전생의 기억을 완전히 삭제당한 뒤 '빛으로 돌아가라'는 의식 최면 요법을 받고 즉시 지구에 태어나 살다가 죽으면 다시 그곳으로 되돌아간다는 것. 요컨대 그것이 윤회의 진실이라는 것이었다. 그래서 대개의 임사 체험자들이 죽은 뒤 빛의 통로나 터널로 들어가는 공통된 경험을 한다는 것이었는데 그것이 '천국'이나 '저승' 따위로 인간 세상에 개념화된 외계 세력의 최면 구조라는 일깨움이었다.

에어럴이 전해준 메시지 중 가장 끔찍한 것은 그렇게 전자 그물망에 갇혀 살아가는 지구인들은 자신의 영적 근원을 상실하게 돼 지구에서 탈출하는 것이 불가능해진다는 것이었다. 요컨대 지구는 전 우주상에서 가장 끔찍한 마인드컨트롤 행성감옥이라는 것.

대부분의 우주 행성들에는 그것이 휴머노이드 육체이건 아니건 한 종류의 존재들만 사는데 지구상에는 온갖 종류의 인종, 문화, 언어, 도덕, 종교, 정치적 경향성이 뒤섞여 있고 그것은 외계 세력에 저항하거나 불필요해진 우주적 불가촉천민들—다양한 범죄자, 여러 행성 정부에 저항하는 개혁가, 완벽해진 우주문명으로 인해 더이상 필요 없게 된 예술가, 지식인, 발명가, 관리자 등등—을 지구에 폐기 처분한 결과라고 했다. 은하계 전 지역과 인근 은하계들 그리고 시리우스, 알데바란, 플레이아데스, 오리온, 드라코니스와 같은 행성계 혹은 수많은 다른 행성들이 그런 문제적 존재들을 지구에 버리고 있다는 것이었다. 요컨대 지구가 우주 전역의 쓰레기 처리장이 되었다는 것!

지구인들이 이 행성감옥에서 탈출할 수 있는 유일무이한 방법은 '잃어버린 나, 잃어버린 신성'을 되찾는 길뿐이라고 했다. 놀랍게도 에어럴이 그 방법을 찾아내 이 행성감옥에서 탈출한 사람으로 꼽은 두 명이 샤카무니와 노자였다. 약 2500년 전 샤카무니에 의해 가장 중요하고 의미 있는 지구 탈출 구조가 마련되었지만 그 본래적 가르침이 세월이 흐르는 동안 왜곡되거나 수정되거나 방기되어 그 가르침은 오히려 불쌍한 중생들을 노예화하고 통제하여 자기 잇속만 차리는 사제들에 의해 기계적인 종교로 전락해 버렸다는 것이었다. 노자는 기억 삭제와 최면 요법의 영향을 모두 극복하고 지구를 탈출한 위대한 인간이라는 메시지와 함께 에어럴은 노자의 가르침까지 전파했었다.

보는 자는 보지 못할 것이며
듣는 자는 듣지 못할 것이며
찾는 자는 붙잡지 못할 것이다.

무형의 무존재, 움직임의 움직임 없는 근원이다.

영의 무한한 본질이 생명의 근원이다.

영은 영 스스로이다. 영은 영 그 자체이다.

벽이 생기고 방을 만든다.

그럼에도 그 속에 생긴 공간이 가장 중요하다.

행동은 무언가에 무엇도 아닌 힘에 의해 드러난다.

무엇도 아닌 영 그대로가 모든 형상의 근원이다.

사람은 육신이 있기 때문에 엄청난 고통을 겪는다.

육신이 없다면 무슨 고통이 있겠는가?

영보다 육신을 더 아끼면,

그 자는 육체가 되고 영은 길을 잃는다.

그 자신, 그 영이 환영을 만들어낸다.

인간의 착각은 현실이 환영이 아니라고 생각하는 것이다.

환영을 창조하고 현실보다 더 그럴싸하게 만드는 자는

영의 길을 따라 천국으로 가는 길을 발견한다.[*]

나는 에어럴의 1947년 메시지를 기억해 내고 비로소 어머니의 사후 행로를 짐작할 수 있었다. 어머니의 혼이 지구를 빠져나가지 못하고 다시 지구로 되돌아온다는 결론, 그렇게 허망하게 돌고 돌고 또 돈다는 결론, 그것이 인간에게 주어지는 허망한 인생이고 또한 운명이라는 결론. 나는 순간적으로 빈소를 때려 부수고 싶은 강

---

[*]   로렌스 R. 스펜서 편저, 『외계인 인터뷰』, 유리타 옮김, 아이커넥, 2013, 168~169쪽.

럴한 충동을 느꼈다. 그것을 감지한 에어럴이 지극히 낮고 안정된 진동으로 나에게 깊은 메시지를 전했다.

"지금 당신을 사로잡고 있는 분노와 상실감은 감옥의 그림자에서 생겨난 것이에요. 당신의 어머니는 죽지 않았고 죽을 수도 없는 존재이니 당신이 감옥 망상에서 깨어나면 슬픔도 상실감도 모두 부질없는 것으로 소멸될 거예요. 감옥행성을 운영하는 존재들이 가장 두려워하는 것이 바로 그것, 지구인들이 기억을 회복하고 깨어나는 것이죠. 기억을 회복하고 깨어난다는 건 당신들 안의 창조적 신성을 되찾는 일이니까요."

"이런 쓰레기 감옥행성에서 어떻게 잃어버린 나를 되찾으라는 것이죠? 그게 가능키나 한 일인가요?"

"모든 경전을 버리고 모든 과학을 버리고 오직 마음에 귀의해 봐요. 마음의 본질은 허구적인 지식체계를 거부하고 오직 근원으로 귀의하고자 하는 본성이 있기 때문에 이 엄청난 지구상의 세뇌와 마취에서 깨어나게 하는 복원력을 지니고 있어요."

"허황한 언어적 수사, 사탕발림처럼 들리네요."

"믿거나 말거나 자유이지만 그것만이 4000조 년 동안 변하지 않는 이 우주의 본질이라는 걸 잊으면 안 돼요. 죽음은 형질의 변화일 뿐 이 우주에 죽음은 존재하지 않아요. 실제적인 죽음이 존재한다면 이 지구상에 버려지는 존재들도 다 죽음으로 처리되었겠죠. 죽음이 없기 때문에 버리는 존재들도 그들을 관리할 수밖에 없는 거예요. 이 지구는 전 우주의 실험실 같은 곳이죠."

"지구상의 인간이 실험 대상이란 말인가요?"

"우주연합의 다양한 지파들이 지금 이 순간에도 지구인들의 DNA 구조를 실험 대상으로 삼고 있어요. 20지파가 넘어서 그 실험은 선하게 진행되는 측면도 있고 부정적으로 진행되는 측면도 있고 아주 악하게 진행되는 측면도 있어요. 하지만 우주의 어느 누구도 지구라는 행성감옥의 인간들에게 가해지는 그 다양한 실험을 제어하거나 방해하지 않아요. 인류를 개량하기 위한 작업이라고 하지만 그건 그들의 관점이지 지구인의 관점은 아니라는 게 문제일 뿐이죠."

"도대체 인간의 DNA가 어때서 저희들이 제멋대로 실험을 한다는 것이죠? 그게 우주적으로 앞선 문명이 할 짓인가요?"

"당신들의 DNA 구조는 고작 이중나선으로 되어 있지만 12중 나선으로 된 DNA도 있어요. 당신들의 DNA 구조에서 얼마나 많은 기능들이 잘려 나갔는지 아직도 모르겠어요? 하지만 이중나선만으로도 당신들은 깨어날 수 있고 잃어버린 기억을 회복할 수 있어요. 깨어나지 않는 한 행성감옥은 사라지지 않아요. 행성감옥이 당신들의 마음 안에 설치돼 있으니까요."

"행성감옥 생활을 하는 지구인들에게는 그게 너무 모호하고 추상적인 얘기 아닌가요?"

"문제의 핵심이 바로 그거예요. 지구인들을 통제하는 세력들은 당신들이 영과 혼에 대해 제대로 깨치는 것을 수천 년 동안 방해해 왔어요. 그것을 적극적으로 방해하는 감옥의 두 가지 쇠창살이 바로 과학과 종교죠. 혼도 영도 모두 당신들 안에 있는데 그것을 보지 못하게 하기 위해 종교를 통해서는 영을 왜곡하게 만들고 과학을 활용해서는 오직 물질적인 것만 중시하고 그것을 수치상으로 증명함으로써 물질 이외의 것을 부정적인 것으로 인식하게 만들죠. 영과 혼의 중요성을 외면하게 만드는 거예요. 바로 그 영과 혼이 지구에서 탈출할 수 있는 진정한 두 개의 날개라는 걸 인간들이 알게 될까 봐 그들은 두려워하는 거죠. 지구상에 진정한 교육이 존재할 수 있다면 오직 그 두 가지에 대한 교육이 항구적으로 이루어져야 할 텐데 지구인들은 아직도 영과 혼을 분간하지 못한 채 무지몽매한 상태로 살고 있어요. 내 영혼이 어쩌고저쩌고 읊조리면서도 그들은 그것이 얼마나 어마어마한 가능성을 지닌 것인지도 모르고, 바로 그것들이 자신의 본질이라는 것도 모른 채 살고 있는 것이죠. 이제 아시겠어요?"

그 순간 빈소에 켜져 있던 모든 촛불들이 흔들렸고 거의 동시에 나는 오열을 터뜨리기 시작했다. 걷잡을 수 없는 에너지가 명치끝으로부터 치밀어 목구멍이 찢어질 것 같은 울음이 터져 나왔다. 나의 상체는 맥없이 앞으로 무너져 이마가 빈소 앞의 마룻바닥에 쿵 소리가 날 정도로 세차게 부딪쳤다.

이마를 마룻바닥에 댄 채 나는 격하게 어깨를 들썩이며 꺽꺽거렸다. 오장육부가 다 쏟아져 나오는 듯한 오열은 이곳저곳에서 쪽잠을 자던 일가친척들을 모조리 깨우고 종내 그들까지 내 주변으로 모여들어 함께 오열하는 진풍경을 연출해 냈다.

발인 새벽.

어머니가 돌아가시고 보름쯤 지난 뒤부터 나는 소설 작업을 재개했다. 내가 재개한 것이 아니라 누군가에 의해 재개당한 것이라는 생각이 들 정도로 작업은 무미건조하게 전개되었다. 엄청난 일들이 나를 스쳐갔지만 그런 것들에 대한 감정도 건조하게 메말라 내 자신이 문장을 추출하는 기계 같다는 생각이 들 정도였다. 소설을 쓸 때의 내 정서적 밀도와 농도를 알고 있는 나로서는 참으로 기이한 일이라는 생각을 하지 않을 수 없었지만 그런 것마저도 무의미한 것으로 간과하게 만들었다. 묻지도 말고 따지지도 말고 그냥 써라, 누군가 나에게 그런 말을 지속적으로 주입하고 있는 것 같았다.

갈등을 야기할 만한 문제의식은 두드러지지 않았다. 어쨌든 써야 하고, 무조건 쓰는 게 도리라는 생각만 들었다. 목적의식이나 다른 궁리가 없었다. 상위자아에 대한 불만도 없고 실재감도 없었다. 그토록 치열하고 예민하던 모든 문제들이 언제 어떤 경로를 거쳐 소멸되었는지 도무지 가늠할 수 없었다. 나는 그저 세상사의 풍파를 겪었을 뿐인데 그 과정에서 아주 중요한 어떤 기운이 내게서 소멸된 것 같다는 느낌을 떨쳐버릴 수 없었다. 내게 있던 것이 없어진 듯한 그 느낌은 너무나도 확연했지만 나는 그것이 무엇인지 도무지 가늠할 수 없었다. 내 작업 테이블 앞의 벽면에는 언제, 왜 썼는지 알 수 없는 사인펜 글씨가 노란 포스트잇 안에 너무나도 선명하게 붙박여 있었다.

—그냥, 써라!

저 문장을 내가 쓴 것인가, 기억이 명료하지 않았다. 나는 어떤 기운에 단단히 사로잡혀 있었고 그 에너지는 나로 하여금 무조건 쓰라고, 그것이 너의 도리를 다할 수 있는 최선의 길이라고 강조하고 있었다. 요컨대 그냥 쓰라는 건 묻지도 따지지도 말라는 요구였다. 실제로 나는 그렇게 하고 있었고, 그것에 대해 아무런 심리적 갈등도 느끼지 않고 있었다. 황당하고 참담한 상황이었지만 나는 그것조차도 문제시하지 못한 채 누군가의 글을 대신 써주는 듯한 기이한 행위를 지속해 가고 있었다.

내가 작업을 전개하는 동안 이보리는 잉카가 되어 있었다. 그것은 물론 나의 의도와 무관한, 꿈에서도 떠올릴 수 없는 전개였다. 잉카의 우주명이란 것도 나는 처음 접하게 되었는데 그것을 받아 적긴 했지만 나로서는 두 번 다시 기억해 낼 수 없는 기이한 이름이었다.

요컨대 소설의 내용이 나의 의식세계를 완전히 벗어난 상황에서 전개되고 있었다. 잘 만들어진 우주게임이나 SF영화를 보는 것처럼 나는 소설을 쓰면서도 그것을 구경하는 관전자가 되어 있었다. 이 소설이 도대체 어디로 가고자 하는 것인가, 나로서는 따라가는 것마저도 두려워 자판을 두들기는 동안 여러 번 심계항진이 일어나는 걸 느끼곤 했다.

이제 내가 믿고 의존할 수 있는 유일무이한 대상은 에어럴뿐이었다. 그래서 이 통제 불능의 소설에 대해 나는 때로는 두려움을 토로하고 때로는 푸념을 늘어놓곤 했다. 하지만 그녀도 그 부분에 대해서만큼은 선명한 메시지를 전해주지 않았다. 왜 그러는 것인가, 내가 항변할 때마다 그녀는 내가 환영을 창조하고 있기 때문이라고 이해할 수 없는 메시지를 전했다. 그래서 내가 환영을 창조하는 일이 무엇이냐고 물으면 그녀는 그것이 창조주의 일이라고 더욱 알 수 없는 메시지를 전해 왔다. 그러다가 내가 모든 걸 체념하고 우울한 표정에 사로잡히면 그녀는 이런 메시지를 마지막으로 전하고 거짓말처럼 사라지곤 했다.

"지금 당신에게서 이루어지는 창조가 우수석 시공산을 만들어 내고 그 안에 형체와 형상과 에너지를 불어넣고 있어요. 이 무변광대한 우주에서는 그 모든 것들이 의식적으로 살아 움직이는 생명이 되죠. 당신은 당신이 창조하는 환영 속에 있고, 그런 환영은 무수히 많은 다른 우주적 환영들과 겹치거나 공존하거나 병렬적으로 존재하면서 무한대로 펼쳐지죠. 그것은 절대 멈출 수 없는 것이고, 환영의 무한 창조가 멈추어지지 않기 때문에 이 우주는 무한 스토리코스모스로 펼쳐지는 것이죠.

당신이 지금 창조하는 환영 속에서 무수한 생명들이 탄생하는 것처럼 당신도 누군가 창조한 환영 속에서 탄생한 생명 중 하나이죠. 하지만 아무것도 두려워할 필요는 없어요. 우주에서는 그 모든 것이 즐거운 창조 게임이니까요. 환영의 창조, 창조의 환영이 없었다면 이 우주는 결코 생겨나지도 않았을 거예요. 그러니 그 알 수 없는 근원성에 대해서는 묻지도 말고 따지지도 말고 즐겁게 창조하세요. 그것만이 당신의 환영을 더욱 깊게 만들어줄 테니까요. 지구식으로, 파이팅!"

11

아침 7시 46분, 둔황역에 열차가 도착한다. 엄청나게 많은 승객들이 봇물처럼 객차에서 쏟아져 나와 역사로 들어간다. 천천히 가는 사람보다 뭔가에 쫓기듯 걸음을 총총히 옮기거나 아예 달리기를 하듯 뛰는 사람들도 있다. 어지럽고 산만하고 뒤숭숭한 조짐이 어떤 파국의 정점을 향해 빠르게 치닫는 것 같다.

송여주와 잉카가 뒤늦게 역사로 들어서려 하지만 발 디딜 틈이 보이지 않는다. 열차에서 하차한 승객들이 역사를 빠져나가지 않고 고인 물처럼 모두 한데 모여 고개를 쳐든 채 허공의 한 지점을 쳐다보고 있다. 넋이 나간 듯한 표정, 경악한 표정, 공포에 질린 표정, 미간을 일그러뜨리며 눈물을 흘리는 표정 등등이 한 공간 안에 밀집돼 거대한 집단 히스테리 현장을 보는 것 같다.

송여주와 잉카는 역사 안으로 들어가지 못한 채 안쪽의 사람들을 살핀다. 사람들이 쳐다보는 내부의 벽면이 역사 밖에 서 있는 송여주와 잉카에게는 보이지 않는다. 하지만 열차에서 내린 승객들은 채 1~2분도 지나지 않아 벼락을 맞은 사람들처럼 등을 돌리고 미친 듯 역사를 빠져나가기 시작한다. 아비규환도 잠시, 역사 내부에 빠르게 빈자리가 생기기 시작한다.

비로소 안쪽으로 들어선 송여주와 잉카도 벽면의 대형 스크린을 올려다본다. 언뜻 재난 영화의 한 장면 같은 영상이 지나간다. 지진이 일어난 대도시, 쓰러진 거대 빌딩과 엿가락처럼 늘어진 고가도로, 갈라지고 꺼져버린 지면을 배경으로 나뒹구는 차량과 시신들, 곧이어 화산 폭발 장면이 지나가고 도시 전체를 덮치는 거대한 쓰나미 장면이 연속적으로 펼쳐진다. 해저의 메탄가스가 폭발하고 그것이 휘발성 가스 구름에 옮겨 붙어 공중 폭발하는 장면까지 이어진다. 하늘 전체가 폭발하는 것 같다. 방송을 진행하는 여자 앵커는 눈물을 흘리며 말을 잇지 못하고 남자 앵커는 악을 쓰듯 상황을 전하며 알아들을 수 없는 고함을 중간중간 반복적으로 터뜨린다.

잉카가 송여주를 돌아보자 그녀는 어느새 글라스패드를 꺼내 들여다보고 있다. 다음 순간 그녀는 날카롭게 긴장된 표정으로 잉카의 손을 잡고 역사 출입구 쪽으로 달린다. 하지만 출입구 앞에 당도하자마자 그녀는 반사적으로 걸음을 멈춘다.

시야를 분간하기 어려울 정도로 황사가 가득한 역 광장, 분주하게 오가는 사람들 사이에 움직이지 않고 고정된 자세로 서 있는 존재들이 있다. 블랙클론. 황사 속에 솟아오른 털귀신그물버섯처럼 그들은 한없이 음험해 보인다.

그때 주차장 쪽에서 녹색 운동복 차림의 두 사람이 역 광장 안으로 들어서는 게 보인다. 어제와 달리 하나는 여자, 하나는 남자이다. 송여주가 위험을 감지하고 그들에게 손을 흔들며 오지 말라는 시늉을 하지만 속수무책, 그들이 역 광장으로 들어서자마자 주변에 붙박여 있던 블랙클론들이 좌우로 빠르게 이동하며 순식간에 그들을 에워싼다. 개체이던 그것들이 합체하며 두 사람을 검은 기체 속으로 파묻어 거짓말처럼 광장에서 사라지게 만든다.

"우리 작전이 노출됐어요. 사람들이 많은 곳을 접선 장소로 활용하려는 계획이 노출됐으니 본부에서 접선 방향을 전체적으로 수정할 거예요. 다시 안으로 들어가요."

송여주가 먼저 역사 안으로 들어간다.

"저 뉴스들은 대체 뭐죠?"

잉카가 대형 TV 화면을 올려다보며 송여주에게 묻는다.

"지구의 지축이 흔들리기 시작해 세계 도처에서 재난이 생겨나고 있다는 뉴스예요. 지축이 갑작스럽게 이동을 시작하면 종말적인 상황이 올 수도 있는데 본부에서 어떤 지시를 내릴지 모르겠어요. 캘리포니아, 하와이, 인도네시아, 코스타리카, 멕시코, 페루, 필리핀, 일본…… 환태평양 화산대가 전체적으로 불안정하다고 하네요. 전세계 화산의 90퍼센트, 지진대의 80퍼센트, 세계 인구의 3분의 1이저 지역에 밀집돼 있는데 어떻게 이런 일이……."

TV를 올려다보며 혼잣말을 하듯 송여주는 중얼거린다. 글라스 패드에서 연해 경고음이 울리고 그녀는 그것을 들여다본다. 메시지를 확인한 뒤 그녀는 사람이 없는 역사의 구석 쪽으로 빠르게 걸음을 옮긴다. 잉카도 그녀를 뒤따라간다.

"이쪽, 내 정면으로 와서 서요. 시간이 없어요. 작전 지시가 전체적으로 변경됐어요."

송어주가 글라스패드에서 시선을 떼고 잉카를 정면으로 주시한다.

"무슨 일이죠?"

잉카가 놀라는 표정으로 묻는다.

"지금부터 알파 잉카 형제님이 나머지 워크인 접선 작선을 수행하라는 본부의 명령이 하달됐어요. 지구 전체의 상황이 극도로 불안정해졌기 때문에 워크인 이송 작전을 변경하고 지금 이 순간부터 잉카 형제님이 워크인들을 접선하고 신원을 확인한 뒤 오르한과 나르샤에게 그들을 인도해 줘야 해요. 나는 순간이동을 할 수없지만 형제님은 그게 가능하니 그렇게 하면 접선 장소를 광범위하게 확장할 수 있고 시간도 단축할 수 있어요. 자, 이 글라스패드를 정면으로 보세요."

송어주는 글라스패드를 들어 잉카의 이마 앞에 가져다댄다. 그러자 글라스패드가 진동하며 종료와 동시에 재부팅된다. 곧이어 글라스패드 전면으로 홀로그램이 부상하며 지시자의 형상이 나타난다. 푸르스름한 영상 안에 뜬 지시자는 이음선이 없는 제복 차림의 머리털이 없는 인간 형상의 우주인이다. 그는 아무 말도 하지 않지만 텔레파시로 잉카는 메시지를 전달받는다.

─이 순간부터 글라스패드는 알파 잉카의 유전자 진동과 부합하여 의사소통하게 된다. 이 글라스패드를 소유한 존재가 생각하

는 것이 본부에 전달되고 본부의 지시 사항도 글라스패드를 통해 의식 상태로 알파 잉카에게 전달된다. 좌표와 작전 상황 파악을 위해 글라스패드는 스스로 의식적인 활동을 하고 접선자의 이동 상황도 전 우주적으로 실시간 파악된다. 이 시간부로 알파 잉카를 지구 암흑사단 제거를 위한 타임라인 복구 작전의 워크인 유닛 팀장으로 임명한다. 접선 종료!

홀로그램이 가라앉은 뒤, 잉카는 이전과 사뭇 다른 표정으로 송여주에게 묻는다.

"지축이 흔들리기 시작했다는 게 곧 지구의 종말을 의미하는 건가요?"

"남극이 북극이 되고 북극이 남극이 된다는 건 지구 전체가 뒤집힌다는 걸 의미하니 종말과 다를 바 없는 상황이 오는 거죠. 하지만 그걸 종말이 아니라 새로운 세상의 시작이라고 예언한 사람들도 있고 자연의 섭리라고 말하는 사람들도 있어요. 뭐가 어찌됐건 현실적으로 생명체가 살아남기 힘든 상황이 올 거라는 것만은 분명하죠."

"그럼 워크인 이송 작전을 모두 완수한 뒤 여주 님이 마지막으로 나와 접선할 지점은 어디인가요?"

"아직 정해지지 않아 저도 알 수 없어요. 다만 제가 가야 할 다음 이동 지역에 대한 메시지를 전달받았어요. 하지만 그것도 알려줄 수 없어요. 저는 여기서 기차를 타고 곧바로 그곳으로 이동할게요. 지구 전체의 진동이 극심하게 불안정한 상태이니 무사히 작전을 완수하고 오세요."

송여주는 자신의 크로스백에 들어 있던 투명슈트 케이스를 꺼내 잉카에게 건넨다. 그 순간 잉카의 복장이 은빛 점프슈트 차림으로 바뀐다. 그는 송여주가 건네는 케이스를 받아 자신의 허리 벨트에 부착한다. 그리고 다급한 어조로 말한다.

"시간이 많지 않으니 저는 다음 접선 예정지로 곧바로 이동합니다. 이동 메시지가 떨어졌어요."

말을 마치자마자 잉카는 송여주의 시야에서 사라진다. 송여주가 매표구 앞으로 이동하려고 크로스백을 고쳐 메는 순간, 블랙클론들이 역사 안으로 밀려들기 시작한다.

송여주는 동작을 멈추고 그들을 관망한다. 그들이 역사 안을 파동으로 감지하며 빠르게 움직이는 동안 그녀는 서너 걸음 뒤쪽으로 물러나 벽에 완전히 등을 붙여버린다.

곧이어 블랙클론들의 흐름이 물결처럼 그녀 앞을 지나가지만 아무 이상도 감지하지 못한 듯 그들은 멈추지 않는다. 그녀가 착용한 투명슈트의 파동 감지 차단 효과가 나타난 것이다. 블랙클론들에게 그녀는 벽과 하나인 상태로 감지된다.

블랙클론들이 사라지고 난 뒤, 그녀는 재빨리 매표구 앞으로 가 자신의 행선지를 말한다.

"카슈가르!"

황량한 사막지대, 사방이 황사에 뒤덮여 시야를 분간하기 어렵다. 잉카는 남북으로 길게 이어진 산을 배경으로 서 있지만 눈을 씻고 찾아봐도 녹음은 보이지 않는다. 황사 속에 자태를 드러내고 있는 산도 자세히 보면 모래로 이루어진 산이다. 황사는 정체되어 있지만 그 내부의 모래산은 소리를 내지 않고 스멀스멀 쉬지 않고 움직인다. 어느 한순간도 같은 자태로 존재하지 않는 산, 이름하여 '움직이는 모래산'이다.

잉카는 네 번째 워크인과 접선하기 위해 글라스패드에서 전해지는 정보를 실시간 의식으로 수신한다. 좌표가 물 흐르듯 변하며 환경적인 요인을 반영하고, 전자스크린 감시망의 변동 상황을 스캔하다가 돌발적으로 접선 좌표가 정해진다.

순간, 잉카는 다시 이동을 감행한다. 움푹 꺼진 모래산 한가운데 초승달 모양의 오아시스가 나타난다.

순간, 좌표는 다시 이동한다. 낡은 오두막 앞에 낙타 두 마리가 앉아 있고 그 앞의 수레 위에 몸집이 유난히 작아 보이는 노인이 얼굴에 무명천을 뒤집어쓴 채 낮잠을 자고 있다.

순간, 좌표가 다시 변하고 잉카는 좌우에 사막을 낀 끝없는 직선 도로 위에 서 있다. 그곳은 황사가 없어 대기가 맑고 주변의 풍경도 선명하다. 도로가 무한 직선처럼 이어져 언뜻 앞으로 나아가는 게 아니라 공중으로 솟아오르는 듯 아찔한 느낌을 준다. 바로 그 지점에서 돌발적인 접선 명령이 떨어진다.

콘택트!

텅 빈 직선 도로 위에는 오가는 차량이 한 대도 없다. 좌우를 살피자 검은 대지와 검은 산들이 펼쳐져 있다. 글라스패드에 '흑고비(Black Gobi Des.)'라고 뜬다. 그 검은 대지와 검은 산 중간 지대에 돌연 한 여자가 나타난다. 카키색 바바리 차림에 긴 생머리가 바람에 흩날리는 백인 여성.

잉카는 다시 순간이동으로 그녀 앞에 나타난다. 글라스패드로 유전자 진동을 확인하고 지구명과 우주명을 물은 뒤 그녀에게 투명슈트를 입힌다. 순간, 오르한과 나르샤가 나타나 자동적인 움직임처럼 그녀의 양쪽 팔을 잡고 시야에서 사라진다.

네 번째 워크인 접선을 완료한 뒤부터 한동안 다음 접선 예정지에 관한 정보가 전달되지 않는다. 잉카는 잠시 움직임 없이 서 있다가 직선 도로를 따라 걷기 시작한다. 고립무원의 절대 고독을 떠올리게 하는 검은 대지와 검은 산이 지구의 풍광이 아니라 불모의 행성처럼 한없이 낯설게 보인다.

순간, 잉카 옆에 오르한과 나르샤가 나타난다.

"접선도 없는데 어쩐 일이죠?"

놀란 표정으로 잉카가 묻는다.

"알파 잉카 님에게 미션이 부여되지 않으면 저희도 작전 중지 상태입니다. 이렇게 황량한 사막 길을 혼자 걷고 있으니 저희가 어찌 안 나타날 수 있겠습니까?"

금발에 피부가 유난히 희고 맑은 오르한이 웃으며 말한다.

붉은색이 감도는 머리카락을 뒤로 묶은 나르샤도 웃으며 덧붙인다.

"알파 잉카 님도 이젠 같은 팀이잖아요."

그 순간, 지축 진동으로 지구 전체의 에너지 파동이 극심한 난조를 보여 잠정적으로 순간이동 작전을 중단하니 대기하라는 지시가 잉카에게 전달된다. 잉카는 그것을 오르한과 나르샤에게 전한다. 그들도 예상하고 있었던 듯 별다른 반응을 보이지 않는다. 그렇게 그들은 끝이 보이지 않는 직선 도로를 따라 걷는다. 무한 직선 도로를 상징하는 무빙워크가 설치된 연극 무대 위에서 세 사람이 희망 없는 현실에 대해 대화를 주고받는 부조리 연극이 펼쳐지는 것 같다.

잉카 : 지구 전체에 불온한 에너지가 고조되는 게 느껴집니다.

오르한 : 일촉즉발의 상황에 처해 있죠. 조만간 지구암흑사단의 수뇌부가 화성으로 도피하는 우주선을 발사할 계획이라는 정보가 입수돼서 본부에서도 작전을 서두르고 있습니다.

잉카 : 지구암흑사단의 수뇌부가 화성으로 간다고요?

오르한 : 알파 잉카 님도 워크인 접선이 완료되면 작전에 필요한 모든 정보를 본부에서 입력받게 될 겁니다. 지구암흑사단은 이미 1960년대 초부터 달과 화성의 지하에 기지 건설을 시작해 지금은 여러 개의 기지가 존재합니다. 일단 화성에 대피해 있다가 지축 이동을 통한 지구의 지각 재구성 상황이 종료되면 돌아와 전 세계를 단일 정부로 만들어 지배하겠다는 게 저들의 계획인 거죠. 지각 재

구성 환난 중에 지구 인구가 엄청나게 줄어들 테니 그런 게 얼마든지 가능하다고 믿는 겁니다. 아주 오래전 지구에 아눈나키들이 내려와 대홍수가 났을 때 우주선을 타고 도피했다 되돌아온 것과 비슷한 계획이죠.

잉카 : 그럼 지각 재구성 작업도 저들의 계획인가요?

오르한 : 그건 지구의 차원 상승과 관련된 근원 에너지의 변화 과정인데, 바로 그것을 지구암흑사단이 자신들의 기회로 만들기 위해 동시에 작전을 펼치는 것이죠.

잉카 : 동시 작전?

오르한 : 지구암흑사단이 악성 외계인들로부터 전수받은 초과학 기술을 총동원해 환난을 더욱 가중시키는 거죠. 지진과 해일을 직접 일으킬 수 있는 기상 무기까지 그들이 소유하고 있기 때문에 그런 재앙을 인위적으로 일으키는 건 얼마든지 가능합니다.

잉카 : 지각 변동까지 그들이 주도할 수 있다는 건가요?

오르한 : 지각 변동에 편승해 지진, 화산 폭발, 쓰나미 같은 것들을 기상 무기로 더욱 증폭시킬 수 있죠.

잉카 : 워크인 작전의 내적 필연성이 이해가 되는군요.

나르샤 : 맞습니다. 그래서 우주연합의 대작전이 시작된 거죠. 워크인 작전은 우주연합이 지구상의 문제에 직접 개입하는 게 우주 대법칙에 어긋나기 때문에 고안된 작전이니까요.

잉카 : 그렇군요. 그런데 형제님들은 금성에서 지구로 와 활동한 지 얼마나 되었나요?

나르샤 : 저는 온 지 얼마 되지 않았고 오르한은 지구 활동 전사

중 최고참에 속해요.

잉카 : 지구에서 활동하는 금성인의 숫자가 적지 않다는 의미로 군요.

오르한 : 지금 전 세계에 대략 6000명 이상 활동하고 있습니다.

잉카 : 무엇을 위해 활동하는지는 묻지 않아도 알겠군요. 지구를 보호할 목적일 테니까요.

오르한 : 여러 가지가 있지만 지구상의 핵 사용 오류를 제지하는 게 가장 큰 목적이죠. 실제로 우리는 잘못 결정된 지구인들의 핵 사용을 몇 차례 제지하거나 제거한 적도 있어요. 지구인들은 핵 사용 결정을 내릴 때 그 결정의 여파가 지구뿐 아니라 우주 전체에 미칠 수 있다는 걸 전혀 고려하지 않아요. 배려하지도 않지만 무지해서 모르는 경우가 대부분이죠. 어린아이들이 안전핀이 뽑힌 수류탄을 들고 노는 것과 다를 게 없어요. 더욱 끔찍한 것은 지구암흑사단이 그 모든 위험을 알면서도 멈추지 않는다는 것이죠. 오직 힘의 우위에 대한 압도적인 갈망 때문에 그들은 언제나 아이들보다 못한 판단에 도달합니다.

잉카 : 만약 프리에너지 기술을 사용한다면 지금처럼 지구인들이 노예적인 삶을 살지 않을 수 있을까요?

나르샤 : 그건 너무나도 당연한 일이죠. 지구상에서 사용하는 주요 에너지원이 화석연료인데 단지 그것을 돈 한 푼 안 드는 프리에너지로 대체한다면 사람들이 지금처럼 기를 쓰고 돈을 벌기 위해 경쟁하지 않아도 되는 산업 기반이 마련되는 거죠. 뿐만 아니라 지금 우리가 사용하는 순간이동 기술까지 전수받는다면 온 세계의

인구 밀집 지역에서 일어나는 공해와 대도시 문제가 말끔히 해소될 거예요. 순간이동을 할 수 있는데 무엇 하러 숨 막히는 대도시의 인간 밀집 지역에서 살며 비싼 주택 비용과 생활 유지 비용을 감당하겠어요? 순간이동 기술만 사용할 수 있다면 지구 반대편에 살면서도 얼마든지 연애하고 사랑을 나눌 수 있을 거예요. 안 그런가요?

잉카 : 지구인들이 들으면 가슴이 설렐 정도로 낭만적인 얘기네요. 프리에너지와 순간이동 기술만 있으면 직장을 다니지 않아도 되고, 힘들여 논을 벌시 낳아노 뇌ㅗ, 너느 굿이긴 짜신이 윈티ㄴ 지역에 살면 되니 말 그대로 지상낙원이 실현되는 거군요.

오르한 : 그런 기반이 있어야 지구인들의 차원 상승이 가능해질 텐데 정말 안타까워요. 이미 오래전부터 지구암흑사단은 악성 외계인들에게 전수받은 프리에너지와 반중력, 순간이동 기술을 사용하고 있는데 그것을 지구인들에게 철저하게 숨기고 있는 것이죠.

순간, 잉카의 모습이 사라진다.
잉카가 사라진 직후, 오르한과 나르샤도 동시에 사라진다.

정오 무렵, 잉카는 천산산맥 동쪽의 이슬람 사원 마당에 나타난다. 사원 곳곳에 나이 든 위구르족 노인들이 무슬림 모자 타키야를 쓰고 삼삼오오 모여 앉아 머리를 맞대고 있다. 모종의 음모를 꾸미는 사람들처럼 하나같이 등을 보인 채 뭔가를 수군거리고 있다. 그들 뒤쪽으로 모스크 건물이 보이고 그 입구에 여러 명의 무장 경찰들이 주변을 순찰하고 있다.

순간, 좌표가 변하고 잉카는 천산산맥 북쪽의 오래된 고성에 모습을 나타낸다. 양쪽 강물이 교차하는 중심에 형성된 고성은 끝없이 펼쳐져 있지만 그 폐허의 어디에서도 사람의 모습은 찾아볼 수 없다. 전체가 흙으로 만들어진 생토(生土) 구조물들은 허물어지고 터만 남겨져 황량하기 짝이 없다.

순간, 접선 명령이 떨어진다. 잉카는 폐허가 된 토성의 구조물들을 내다보지만 접선 대상자는 보이지 않는다. 주변을 둘러본 뒤, 좀 더 높은 경사면으로 올라가는 동안 어디선가 헬프, 헬프, 하는 남자 목소리가 들린다. 경사면으로 올라가 다시 내다보자 무너진 토성의 중간 지대쯤에서 접선 대상자가 손을 흔들고 있다. 전신은 보이지 않고 검은 옷을 착용한 팔만 부분적으로 보인다.

그 지점을 향해 잉카는 다시 이동한다. 거의 동시에 오르한과 나르샤가 접선 대상자 앞에 나타난다. 그는 긴 장발에 콧수염을 기른 일본인인데, 신원 확인 절차가 진행되는 동안 연속해서 어깨를 움찔거리며 칙쇼, 칙쇼, 하는 말을 입 밖으로 낸다. 그것을 들은 체만 체 오르한과 나르샤는 그를 잡고 사라진다.

순간, 접선을 좀 더 빨리 진행하라는 본부의 명령이 잉카에게 전해진다. 지정되는 좌표로 곧바로 이동하자 어두컴컴하고 협소한 지하 수로가 나타난다. 몇 개의 수직 기둥이 보이고 흐르는 물소리가 들린다. 곧이어 전방에 검은 그림자들이 움직이기 시작한다. 통로를 가득 메운 채 그것들은 앞으로 앞으로 밀려온다. 뒤를 돌아보자 그곳에서도 동일한 움직임이 보인다. 진퇴양난의 상황이다.

그것들을 블랙클론이라고 단정한 순간, 잉카는 다시 이동하여 원추형의 높은 탑 위에 나타난다. 아래쪽으로는 나선형 계단이 아득하게 내려다보인다. 그곳으로도 블랙클론들이 꾸역꾸역 기어오르고 있다.

순간, 접선 명령이 떨어진다. 잉카는 40여 미터 정도의 나선 계단을 내려다보며 블랙클론들이 위로 올라오는 속도를 계산한다. 접선 대상이 빨리 나타나지 않으면 좁은 전망대에 갇힌 채 꼼짝없이 블랙클론들에게 포박당할 공산이 크다.

블랙클론들이 점점 빠르게 치밀어 오르는 걸 보며 잉카는 의식적으로 위험하다는 메시지를 보낸다. 하지만 그것에 대한 응답이 오지 않는다. 블랙클론들은 어느새 탑 꼭대기에 이르러 내부 공간이 검은 기류에 뒤덮이기 시작한다.

바로 그 순간, 접선 대상자가 나타난다. 키가 크고 다갈색 피부를 지닌 폴리네시안 여성이다. 그녀는 좀 전까지 전통 공연을 하다 온 것처럼 히비스커스나무 껍질로 만든 스커트에 판다누스 잎사귀로 만든 화관을 쓰고 있다.

검은 기류가 주변을 에워싸는 와중에도 잉카는 촌각을 다투며 그녀의 신원 확인 절차를 끝내고 투명슈트를 그녀에게 입힌다. 하지만 오르한과 나르샤가 낚아채듯 그녀를 데리고 사라진 직후 잉카는 더 이상 시야를 확보하지 못한다. 아무것도 보이지 않는 상태,

블랙클론의 기류 속에 완전히 갇혀버린 것이다.

의식불명 상태로 빠져 들어가던 순간, 단말마의 비명과 같은 정여진의 외침이 잉카의 의식 속으로 날아와 박힌다.

"잉카!"

엄청난 에너지 파동을 느끼며 잉카는 정신을 차린다. 정여진의 에너지가 그를 빈틈없이 에워싸고 있다. 그 순간, 잉카가 착용한 점프슈트로부터 경고 메시지가 살아난다.

—위기 감지!

점프슈트가 위기 상황을 감지해 모든 이음선을 봉쇄한 다음 스스로 대응 방안을 강구한다.

—열선 고조, 최고 3000도 이상!

메시지는 계속된다.

—내부 온도 저하 기능 작동!

블랙클론의 기류가 점프슈트에서 찰나적으로 밀려나온 3000도 이상의 열선에 증발해 버린다. 그러자 잉카의 시야가 다시 확보된다. 하지만 블랙클론의 기류는 끊임없이 생성되어 잉카가 미처 순간이동할 틈을 주지 않는다. 다시 시야를 상실한 잉카는 완전한 어둠 속에 포박당한 채 점프슈트의 자체 대응 메시지를 전달받는다.

—원인무효물질 에너지 분사!

순간, 탑의 전망대 안을 메우고 있던 블랙클론의 자취가 완전히 사라져버린다. '원인무효물질 에너지'가 무엇인지 잉카는 묻지만 점프슈트는 상황 종료를 알릴 뿐 그의 궁금증에 더 이상 응대하지 않는다.

순간, 접선 명령이 다시 하달된다. 블랙클론 퇴치가 본부에 전달되고 그것을 근거로 탑 전망대의 좌표가 다시 한 번 접선 장소로 지정된다. 잉카는 자세를 가다듬고 전방을 내다본다. 먼 곳의 설산과 이슬람풍의 도시 전망이 한눈에 내려다보인다. 사막지대임에도 불구하고 도시에는 녹지가 꽤 많이 보인다. 붉은 바탕에 한자어와 위구르어를 섞어 쓴 대형 현수막도 보인다.

순간, 탑 전망대 안으로 접선 대상자가 나타난다. 한눈에 아메리칸 인디언 혈통을 지녔다는 걸 알게 하는 거구의 남성이다. 그는 나타나자마자 반사적으로 상체를 굽히며 선두석인 자세를 취한다. 잉카가 안심하라고 말한 뒤 글라스패드로 유전자 진동을 확인하고 지구명과 우주명을 묻는 동안에도 그는 여전히 불안정한 표정으로 주변을 두리번거린다.

오르한과 나르샤가 나타나 그의 양팔을 잡자 그는 반사적으로 그것을 뿌리치며 한 걸음 뒤로 물러난다. 그러자 오르한이 자신의 벨트에서 은빛 스틱을 꺼내 인디안 후예의 이마에 대고 플래시를 터뜨리자 그는 밝게 웃으며 이내 고분고분해진다. 다시 양팔을 잡힌 채 사라지기 직전 그는 니코틴에 변색된 누런 치아를 드러내고 히죽히죽 웃는다.

동일한 장소에서 두 명의 접선을 완료한 잉카는 다시 순간이동으로 좌우에 황량한 사막이 펼쳐진 톨게이트 전방에 모습을 드러낸다. 톨게이트 상단에 '염수구(鹽水溝)'라는 한자 표지판이 나붙어 있다. 톨게이트에 서 있던 두 명의 무장 경찰이 잉카를 발견하고 뭐라고 중국말로 소리를 지른다. 손짓으로 미루어 자신들이 있는 곳으로 오라는 시늉인 듯하다.

좌표 변경, 잉카는 다시 이동한다.

병풍처럼 기암괴석이 즐비하게 펼쳐진 사막지대가 나타난다. 기암괴석의 표면에는 풍화가 아니라 해조류의 영향으로 생긴 물결무늬가 실제 물결 같은 착각을 불러일으킨다. 그 일대의 사막 전체가 한때 해저였음을 알려주듯 염수계곡 앞쪽으로 허연 소금기가 말라붙은 오래된 강바닥도 보인다. 주변을 살피고 글라스패드를 확인한 잉카는 좌표가 빠르게 변하는 걸 보며 다시 순간이동한다.

이질사암(泥質沙岩)의 적갈색 협곡 지대가 나타난다. 거대하고 기괴한 협곡 사이로 한 사람이 간신히 들락거릴 정도의 통로가 나 있다. 바닥에는 물기가 촉촉한 모래가 이어지고 위로는 기기묘묘한 협곡의 틈새로 예리한 빛줄기가 밀려든다. 사막지대와 달리 서늘한 공기가 협곡을 가득 메우고 있다. 해발 2000미터 가까운 높이의 그 협곡이 한때 해저산맥이었다는 건 협곡 전체에 아로새겨진 붉은 물결무늬만으로도 쉽사리 알아차릴 수있다.

협곡 틈새에 서서 잉카는 전방을 주시한다. 하지만 협곡의 어긋남으로 전방 시야가 확보되지 않자 그는 옆으로 서서 협곡의 틈바구니로 들어간다. 그러자 바로 앞, 협곡의 틈바구니에 청색 눈의 금발 북유럽인이 끼어 허공으로 헛손질을 하고 있다. 신장이 2미터 이상으로 보이는 거구의 남성이다.

잉카가 그에게 다가가 한쪽 어깨와 팔을 잡고 그를 밖으로 당긴다. 하지만 쉽사리 그의 몸은 협곡에서 빠져나오지 못한다. 협곡 안쪽은 동굴처럼 깊은 어둠이 들어차 있다.

그때 오르한과 나르샤가 동굴 안쪽에 나타나 잉카에게 소리친다.

"밖이 아니고 안쪽으로 밀어주세요. 이쪽은 면적이 확보된 상태입니다. 저희도 동시에 당길게요."

순간적으로 양쪽에서 힘을 쓰자 남자는 허망할 정도로 쉽게 동굴 안쪽으로 밀려 들어간다. 곧이어 오르한과 나르샤가 그를 이송한 뒤 잉카는 글라스패드를 들어 지구 전체의 상황을 알려달라고 의식으로 텔레파시를 보낸다. 그러자 지구 전역에서 일어나고 있는 지진과 화산 폭발, 쓰나미와 해일 상황이 세계지도 위에 붉은 색상으로 표시된다. 남극과 북극의 지축이 흔들리는 상황도 붉은 축의 좌우 요동으로 표시된다. 하지만 다음 순간, 좌표가 변하며 이동 지시가 떨어진다.

해질 무렵, 도로 좌우로 펼쳐진 사막지대에 잉카는 모습을 드러낸다. 안개처럼 희뿌연 황사가 허공에 떠 있다. 사막이 내려다보이는 좌측 언덕지대 곳곳에 붉은 황토의 거대한 폐허가 남아 있다. '쑤바스(苏巴什)고성'이라고 쓰인 한자 팻말이 보이지만 좌우 지지대 중 우측이 부러진 채 옆으로 쓰러져 있다. 그 표지판 아래쪽에 위진(魏晉) 시대에 만들어지고 수당(隋唐) 시대에 번성했으며 한때 1만여 명의 승려가 이곳에 있었다는 글귀가 흐릿하게 남아 있다.

잉카가 주변을 둘러보던 그때, 좌측 사찰 터전 중 건물 형체가 비교적 구체적으로 남아 있는 구조물 위에 누군가 등을 보인 채 나타난다. 석양을 마주보고 있어 처음에는 잘 보이지 않았으나 곧이어 그가 그것을 비켜서며 반대편으로 돌아서자 자줏빛 티베트 승려복을 몸에 두른 20대 삭발승의 모습이 확연하게 드러난다.

"옴 타레 투 타레 투레 스바하(Om Tare Tuttare Ture Svaha)."

잉카가 삭발승 앞으로 이동하자마자 젊은 승려는 진언을 한다.

"그게 무슨 뜻입니까?"

"피안을 향해 가는 모든 여행자들에게 축복 있으라는 타라 여신의 진언입니다. 타라 여신은 영적인 길을 가는 모든 사람들을 위험과 고통으로부터 보호해 주는 여신입니다."

"아, 그렇군요. 감사하고 또 감사합니다, 형제님!"

잉카가 그의 손을 잡는 순간, 오르한과 나르샤가 나타나 승려의 양쪽 팔을 잡는다. 그러자 승려는 그들에게도 똑같은 진언을 한다. 그 진언이 끝나자마자 세 사람이 동시에 사라진다.

혼자 남은 잉카는 해가 지는 서쪽을 올려다보며 막막한 표정으로 길게 한숨을 내쉰다. 그런 뒤 다시 글라스패드를 들여다본다. 워크인 접선 미션이 종료되었음을 알리는 원(圓) 안의 브이(V) 문양과 함께 잉카의 마지막 접선 장소가 예고된다.

타클라마칸, 곤륜산, 타지키스탄, 키르기스스탄, 아프가니스탄, 파키스탄, 인도와의 접경 지역 좌표가 흐르지만 정확한 지역을 지정하지 않은 채 좌표의 수치는 계속 변한다. 의도적인 혼돈을 일으키기 위해서인 듯 배경과 중심이 좌표 위에서 쉬지 않고 숨바꼭질을 하고 있다.

파키스탄 카라코람 하이웨이와 연결된 지역이 눈길을 끌지만 곧이어 파미르고원이 배경처럼 지나가면서 중심성은 사라진다. 마지막 좌표가 중국의 끝을 향해 가고 있다는 것만 분명하게 알아차릴 수 있다.

잉카는 폐허가 된 사원지대에 서서 해가 떨어지는 서쪽을 응시한다. 붉은 기운이 내려앉는 황토 폐허에서는 기이한 온기와 밀도가 되살아난다. 왕성한 기운이 감돌던 오래된 과거의 시공간이 그 폐허 위에 재생되는 것 같다. 하지만 사막 쪽에서 바람이 불어오면서 황사가 이동하고, 이둑발까지 내려앉으며 폐허의 현재성은 극도로 강조된다.

기온이 떨어지며 섬뜩한 기운이 사방에 들어찬다. 그리하여 한때 1만여 명의 승려가 구도를 위해 오가던 지대에 이제 잉카 혼자 남아 타임라인이 완전히 다른 행성에 불시착한 우주인처럼 난감한 표정으로 폐허의 정수리로 넘어가는 석양을 주시한다. 행성 안의 낯선 행성, 지구인이라곤 보이지 않는 황량한 사막지대에 워크인이 혼자 서서 핏빛 낙조를 지키고 있다.

사막에 어둠이 내린 뒤, 잉카는 허공에 금빛으로 밝게 떠오른 정여진의 에너지체를 본다. 그는 진동을 고조시켜 그녀의 에너지체에 접속한다. 그녀는 자신의 방에 여전히 명상 자세로 앉아 잉카의 에너지 진동에 공명한다. 잉카의 에너지와 그녀의 에너지가 동화되어 공명하는 동안 그녀는 움직임 없이 뜨거운 눈물을 흘린다.

잉카는 그녀의 에너지체로부터 길고 긴 지구의 역사, 까마득한 환생의 터널을 쉬지 않고 돌고 도는 정여진의 환생 이미지를 되새긴다. 그 험난한 경로가 만들어낸 사랑의 빛이 시리우스 항성계의 빛보다 더 밝게, 더 뜨겁게 자신을 감싸고 있음을 잉카는 온몸으로 느낀다. 그것이 말이 되어, 선율이 되어, 이름이 되어 그의 입에서 흘러나온다.

"티아맛, 이브…… 에덴의 당신!"

11#

지구 종말 상황을 누가 만든 것일까.

그 문제 때문에 나는 이 시간이 당도하기를 얼마나 간절히 기다렸는지 모른다. 내가 쓰고 있음에도 불구하고 도저히 내가 쓸 수 없는, 나라면 결코 쓰지 않을, 그러니까 나의 의도와 완전히 다른 내용이 소설에 펼쳐지고 있었기 때문이다. 나를 고통스럽게 만든 문제의 핵심은 지축 이동, 다시 말해 지구 종말 직전의 환난 상황이었다. 내가 의도하고 내가 원하는 대로 소설을 쓸 수 있다면 나는 '종말'이라는 어휘도 사용하지 않을 것이다. 그와 같은 소설적 상황을 원천적으로 만들지 않을 것이라는 말이다.

나는 20세기 말을 보내며 종말론에 관한 숱한 정신적 경험을 했다. 그리고 그 경험의 대가로 종말론 혐오자가 되었다. 무엇인가를 혐오한다는 것은 그것에 대한 깊은 관심을 반영하는 것이다. 그것까지 부정할 필요가 있을까.

20대 때 나를 사로잡았던 대표적인 몇 가지 종말론이 있었다. 노스트라다무스, 에드거 케이시(Edgar Cayce), 격암 남사고(格庵 南師古), 루스 몽고메리(Ruth Montgomery) 등등. 물론 그 외에도 숱한 종말론들이 있었지만 그것들을 이 자리에 모두 불러올 필요는 없으리라. 왜냐하면 종말적 상황은 대동소이하고 종말 이후의 상황도 대동소이하기 때문이다. 누가 누구를 커닝하거나 모사한 것처럼 그들의 주장이 내게는 흡사한 구조를 지니고 있는 것처럼 여겨졌다. 끔찍한 재앙과 종말, 그리고 새로운 세상의 열림—그것이 그것이었나.

한때 이런저런 종말론에 경도됐다 빠져나온 사람들을 나는 '정신적 종말 체험자'라고 부른다. 물리적으로 경험하는 종말보다 정신적으로 체험하는 종말이 훨씬 리얼할 수 있다는 게 나의 지론이다.

종말론에 경도되면 세상살이가 시시하고 허무하고 불안해서 현실적인 삶에 집중하기가 어려워진다. 그래서 술에 빠지는 사람, 전재산을 사이비 종교에 헌납하는 사람, 자살하는 사람, 심지어 일가족이 함께 자살하거나 종교 집단 전체가 자살하는 경우까지 있다. 물론 다 미친 짓이다. 한때 잠시 빠져들 수 있지만 계속 그러면 정말 인생에 종말이 오는 것이다. 지구 종말보다 더 무서운 것, 그것이 정신적 종말이 아니고 달리 무엇이겠는가.

1999의 해, 일곱 번째 달에
하늘에서 공포의 대왕이 내려오리라.
앙골모아의 대왕을 부활시키려고 그 전후의 기간에

마르스는 행복의 이름으로 지배하려 하리라.[*]

이것이 적중률 99.9퍼센트 운운하던 노스트라다무스 예언 중 가장 압도적인 것이었다. 사람들은 그것을 '1999년의 지구 종말'로 받아들였지만 그해 내내 하늘에서 '공포의 대왕'은 내려오지 않았다. 그러자 허접한 노스트라다무스 연구가들이 1999라는 숫자가 연도가 아니라 '더 깊은 의미의 무엇'이라는 잡다하고 구구한 해석들을 쏟아내기 시작했다. 이루어지지 않은 예언에 집착하는 인간들이 항상 그렇듯.

노스트라다무스에 견줄 만하다고 한국의 예언 신봉자들이 내세우는 조선 중기 학자 격암 남사고의 『격암유록(格庵遺錄)』에는 '해와 달이 빛을 잃어버리고 어두운 안개가 하늘을 덮는' 끔찍한 예언이 펼쳐진다. 세계 만국에 퍼지는 토사와 천식, 흑사병으로 열 가구에 한 집도 살아남기 힘든 상황, '하늘에서 불이 날아 떨어져 인간을 태우니 10리를 지나가도 한 사람 보기가 힘'든 종말적 정황의 연속이다.

예언의 격조가 느껴지지 않는 상투적인 장면들, 어디선가 많이 본 듯한 환난 장면들인데 그럼 그렇지, 하고 무릎을 치게 만드는 일이 있었다. 1977년에 국립중앙도서관에 소장된 『격암유록』은 위서일 가능성이 높다고 판명되는 일이 생겨 신뢰도가 죽어버린 것이

---

[*] 노스트라다무스, 『백시선(百詩選)』 10권 72편, www.futuresworld.co.kr/board/202244

다. 그러니 길게 언급할 필요가 없으리라.*

　20세기 미국이 낳은—'가장 위대한 예언가'라는 수식이 붙은—에드거 케이시에 대해서는 인터넷 검색을 하면 차고 넘치는 자료를 접하게 될 것이다. 그는 최면 상태에서 환자들을 리딩(reading)하며 질병을 고쳐 '잠자는 예언가'라고 불렸는데, 그가 생전에 남긴 1만 4000건이 넘는 예언들은 모두 파일로 정리되어 버지니아주의 도서관에 보관되어 있다고 한다.

　에드거 케이시는 미국의 로스앤젤레스, 샌프란시스코, 뉴욕이 파괴되고 미국 서부가 갈라질 것이라는 예언을 남겼을 뿐만 아니라 대서양과 태평양에 각각 육지가 나타날 것이라고 예언했다. 그리고 많은 나라의 해안선 대부분이 해저가 될 것이고 일본의 대부분이 바다 속으로 '반드시(must)' 가라앉을 것이라고 예언했다. 하지만 그의 예언 중 세인들의 관심을 가장 많이 끈 것은 누가 뭐라 해도 지구 자전축의 변화에 관한 것이라 하지 않을 수 없다.

　"극이 이동합니다. 극이동이 생길 때 '새로운 사이클'이 생깁니다. 이는 곧 '재조정의 시기'가 시작되는 것입니다."**

---

* 위키백과, 『격암유록』 내용에 따르면, 오늘날 대한민국의 역사학계에서는 다음과 같은 근거로 『격암유록』을 위서로 간주하고 있다. ① 남사고가 직접 쓴 원본이 발견되지 않고 필사본만이 발견되어 1977년이 되어서야 국립중앙도서관에 소장되었다. ② 한자 표기법 일부가 현대어로 되어 있고, 일부 내용에 기독교의 성경을 베낀 흔적이다. 한국에 성경이 처음 전래된 것은 남사고가 죽은 지 200년 이상이 지난 19세기 초반이다. ③ 특정 종교인과 종교 단체를 구체적으로 가리키는 표현이 빈번하게 등장한다.
** 안경전, 『이것이 개벽이다』, 상생출판, 2014, 106쪽 재인용.

에드거 케이시가 남긴 결정적인 예언이다. 지질학적 관점에서 지구 자전축의 변화는 회전하는 지구에 흔들림을 조성하고, 지구가 새로운 각도의 진로에 순응할 때 지구상에는 대변동이 일어난다는 게 학자들의 견해이다. 대재앙의 주원인이 지구의 경사이며 그로 인한 격변에 의해 한때 사막이었던 지역이 대양이 되고 바다였던 지역이 건조지대가 된다는 것이다.

루스 몽고메리는 한때 언론인이었다가 유명한 영능력자가 된 미국인인데 그녀에 관해 인터넷 검색을 하면 그녀가 남긴 많은 자료를 접할 수 있을 것이다. 그녀가 상위 지도령들로부터 받아 적은 자동기술(Automatic Writing)을 바탕으로 출간한 『우리들 사이의 이방인(*Strangers Among Us*)』이라는 저술에는 지구의 극이동에 관해 매우 상세한 언급이 나온다.

지구 극이동 그 자체는 '눈 깜짝할 사이(wink of an eye)'에 마치 지구가 한쪽으로 넘어지는 것처럼 일어날 것이다. 낮인 지역에서는 지구가 공전궤도상에서 새로운 위치로 이동하는 순간, 머리 위에 있던 태양이 순간적으로 거꾸로 이동하는 것처럼 보일 것이다. 안전한 지역에서 피난하고 있는 일부 사람들은 지구 표면의 진동과 떨림을 직접 보게 될 것이며, 또 어떤 지역에서는 바닷물이 부글부글 끓어오르고 대양의 물이 치솟아 올라 육지 위로 쏟아부어지는 것을 보게 될 것이다. 또한 지구 내부에서의 폭발은 바다 표면에 새로운 육지를 솟아오르게 할 것이다. 한쪽은 바닷물이 육지를 먹어 삼키고, 한쪽에서는 바닷물이 육지를 토해 낸다고 생각하면 된다.

혜성이 지구와 충돌한 것처럼 지구는 본래의 공전궤도를 이탈하여 요동칠 것이다. 지구 극이동이 일어날 때, 밤인 지역에서는 하늘의 별들이 마구 흔들려 땅에 떨어지는 듯하고, 다음 날 새벽이 밝아 올 때는 지평선에서 떠오르는 태양이 전혀 엉뚱한 방향에서 솟아오르는 것을 목격하게 될 것이다.[*]

요컨대 에드거 케이시가 강조하는 내용이나 루스 몽고메리가 강조하는 내용은 같은 것이다. 지구의 극이동이 죽이동이고 죽이농이 극이동이다. 축이 바뀌면서 지구 전체가 뒤집혀 남극이 북극이 되고 북극이 남극이 된다는 말이다. 지진, 화산 폭발, 해일, 쓰나미 같은 것들이 모두 내부의 지축 변동에 의해 일어난다는 것. 하지만 에드거 케이시나 루스 몽고메리가 언제 적 사람인가. 두 사람 다 한 세기 이전에 태어난 사람들이다. 그래서 나는 한 세기가 더 지난 현재적 관점에서 그들이 예언한 지축 변동이 지금 어떻게 진행되고 있는지 인터넷 검색을 하지 않을 수 없었다.

살펴본 결과, 아직도 극이동에 관해서는 예언에 의존하는 언설이 압도적으로 많았다. 가장 최근의 과학적 근거로 제시되는 것이라곤 지구의 자기장 이동이 캐나다에서 시베리아 쪽으로 급격히 빨라지고 있다는 것뿐이었다. 하지만 자기장 이동이 왜 급격하게 빨라지는지에 대해 과학자들은 알지 못한다는 것이다.

---

[*] 루쓰 몽고메리, 『우리들 사이의 이방인』, 229~230쪽(안경전, 『이것이 개벽이다』, 상생출판, 2014, 112~113쪽 재인용).

이쯤 되면 지구의 극이동이나 축이동에 관한 그들의 예언은 말짱 도루묵 신세를 면키 어려울 것이다. 한 세기가 지나도 실현되지 않는 예언이라면 나도 하겠다며 나서는 사람들이 부지기수로 생겨날지도 모르겠다. 실현되거나 말거나 내가 죽은 뒤인데 무슨 상관이란 말인가, 하는 심보. 한 세기가 지나도록 실현되지 않는 예언, 요컨대 실현 기한이 제한되지 않는다면 어느 누가 예언을 못하겠는가.

종말이 정말 피할 수 없는 것이냐고 절박하게 묻는 왕비에게 노스트라다무스는 이렇게 어처구니없는 대답을 한다.

모르겠습니다. 그것은 아직 안개 속 저 먼 곳에 있습니다. 나타날지의 여부도 모르겠습니다.[*]

종말이 올까 봐 전전긍긍하는 지구인들을 볼모로 삼는 그런 정도의 예언이라면 나도 얼마든지 할 수 있을 것 같다. 명색 소설가인데 환난 상황을 극적으로 그려내자면 예언가들보다 몇 배 끔찍하고 리얼한 장면을 그려낼 수 있을 것이다. 지진과 화산 폭발, 해일과 쓰나미, 악성 전염병, 가라앉는 대륙과 솟아오르는 대륙 따위의 상투적인 재료야 천년만년 변함없이 우려먹을 수 있는 것들이니 대단한 창의력이 필요하지도 않을 것이다. 실현되지 않을 경우

---

[*] 고도 벤, 『지구 최후의 날』, 강은형 옮김, 동호서관, 1981, 290쪽(안경전, 『이것이 개벽이다』, 상생출판, 2014, 67쪽 재인용).

를 대비해 애매모호한 대답을 미리 마련해 두는 것도 또한 어려운 일이 아닐 것이다.

—하늘의 가호가 있다면 그 종말의 환난 속에서도 반드시 구원의 길은 열릴 것입니다(ㅋㅋ).

✳

1991년, 소설가로 등단한 지 3년도 되지 않았을 때 나는 세상에 종말이 올 거라는 구체적인 말을 처음 전해 들었다. 그해 5월 5일에 나는 『샤갈의 마을에 내리는 눈』이라는 첫 번째 소설집을 내고 그 것이 세상으로부터 관심을 받게 돼 이제 조금 날개를 펴나 하고 한 껏 옥죄었던 가슴을 펴던 시기였으니 종말 예언은 청천 하늘에 날 벼락 같은 것이 아닐 수 없었다.

등단을 하던 서른 살에 나는 광산촌에서 중등교사로 재직하고 있었는데 당선 통지를 받은 이틀 뒤 곧바로 사표를 내고 무작정 상 경을 감행했다. 평생 소설만 쓰고 살리라던 20대 때부터의 꿈을 실 현하기 위해 겁 없이 전업 작가의 길로 나선 것이었다. 뒤이어 결혼 을 하고 아이를 낳게 되면서부터 전업 작가로서의 내 삶은 생활이 아니라 절박한 생존의 나날로 뒤바뀌기 시작했다. 소설가인 동시 에 가장이고 가장인 동시에 소설가라는 건 두 가지 모두 최악이라 는 말과 다를 게 없었다. 가장이므로 소설가의 직분에 전념하기 어렵고, 소설가이기 때문에 가장으로서의 직분에 전념하기 어려웠다는 말이다.

뒷날, 등단하고 첫 책이 나오기 전까지의 3년을 나는 '식칼의 시대'라고 동료 작가들에게 후일담처럼 말하곤 했다. 월급도 없고 물려받은 재산도 없고 오로지 원고 수입에 의존해야 했지만 신인이라 청탁은 1년에 두세 건 정도가 고작이던 그 무렵 나는 날마다 뜬 눈으로 밤을 지새우곤 했다. 좋은 소설을 써야 한다는 강박 때문에 잠을 잘 수 없었고, 아이와 아내를 부양해야 한다는 강박 때문에 또한 잠을 잘 수 없었다. 그래서 소설이 써지건 안 써지건 아침이 올 때까지 잠을 자지 않았고 무엇이건 만들어내려 기를 쓰지 않을 수 없었다.

그런데 날마다 새벽 2~3시경만 되면 견딜 수 없이 졸음이 쏟아지곤 했다. 지금이 잠을 잘 때인가, 나는 머리를 세차게 뒤흔들어대곤 했지만 졸음은 해일보다 무섭게 나를 덮치곤 했다. 찬물로 세수하고, 찬물에 아예 머리를 통째로 담그기도 했지만 별 효과가 없었다. 그러던 어느 날 서늘한 발상 하나가 섬광처럼 뇌리를 스쳐갔다.

다음 날 나는 달동네 아래 노점상이 즐비한 거리로 내려가 스테인리스 식칼을 하나 샀다. 집에 있는 식칼을 써도 되겠지만 음식을 만드는 데 사용하는 것과 소설을 쓰는 데 사용하는 것을 구분할 필요가 있겠다는 생각이 들어서였다. 그 식칼을 테이블 서랍에 넣어 두고 심야 작업을 하다가 새벽 2~3시경이 되면 그것을 꺼내 테이블 위에 올려놓곤 했다. 그리고 졸음이 쏟아지면 그것을 들어 이마에 대고 뺨에 대고 목에 대면서 그 서늘한 식칼의 냉감으로 맑은 정신을 추스르곤 했다. 그런 순간마다 나의 의식을 찔러대던 단 하나의 문장.

— 살아남아야 한다!

그 무렵 대한민국 전역으로 퍼져나가던 종말의 시한은 1992년 10월 28일 자정이었다. 1991년 5월 5일에 첫 소설집이 출간되어 바야흐로 세상에 빛을 보려 하던 그즈음에 종말이 온다니, 식칼의 냉기로 정신을 다잡으며 세파를 견뎌온 나로서는 억울하고 황당해서 참을 수가 없었다. 오직 '살아남아야 한다'는 다짐으로 밤마다 이를 악물고 견뎌 간신히 빛을 보기 시작한 인간 앞에 갑자기 '게임 끝!'을 선언하는 것과 그것은 하등 다를 게 없었다. 하고많은 시기를 두고 왜 하필 지금이란 말인가!

나는 그때부터 그 지정된 날짜에 붙박여 하루하루 뉴스의 흐름을 지켜보았다. 객관적으로 지켜보기만 한 게 아니라 온갖 감정을 억누른 채 오직 종말의 실현 여부에만 촉각을 곤두세우기 시작한 것이었다. 다미선교회라는 곳에서 시작된 그 종말의 연월일시는 한 목사의 예언으로부터 촉발된 것이었다. 다미선교회의 '다미'는 '다가올 미래'의 약자였는데, 그 선교회 중심에 말세 종교의 교주와 다를 바 없는 한 목사가 존재하고 있었다.

그 목사가 예언한 1992년 10월 28일 자정은 종말 직전, 즉 예수에 의한 공중들림이 성사되는 시간이었다. 그 공중들림을 이름하여 '휴거(携擧)'라 했는데 그 전대미문의 말을 창안한 목사가 이장림이었다. 그는 연월일시까지 지정하는 도박과 다를 바 없는 예언을 퍼뜨리기 시작해 한 국가 전체를 비이성적인 열광의 도가니로 몰아넣었다.

문제의 1992년 10월 28일, 서울 마포구의 다미선교회에서는 9시부터 본격적으로 휴거를 맞이하기 위한 행사가 시작되었다. 미국, 일본, 캐나다 등지에서 온 500여 명을 포함, 총 1500명 정도의 사람들이 모여 예배를 시작했다. 휴거를 위해 흰옷을 입고 온 사람들이 많았다. 예배 시작 직후, 허공의 불빛 속으로 나방 한 마리가 날아오르자 한 신도가 '나방이 휴거되고 있다!'고 외쳤고 주변의 광신도들은 감격하여 박수를 치며 일제히 '할렐루야!'를 연발했다. 그렇게 박수 치고 노래하고 기도하며 선교회에 모인 사람들은 공중들림을 갈망했다. 하지만 자정이 되고, 자정이 지나도 공중들림은 일어나지 않았다. 그저 공중만 쳐다보며 그 황당한 20세기 말의 해프닝은 그렇게 막을 내리고 말았다.

그날 자정이 지나도록 나는 TV를 지켜보며 자리를 떠나지 않았다. 혹시 휴거가 일어나지 않을까, 하는 우려보다 그 황당한 예언 사기극의 종말을 분명하게 목도하고 싶어서였다. 그것이 이 세상에 살아남기 위해 혼신을 다하며 살아온 한 인간으로서 보여줄 수 있는 냉정한 관망의 자세였다. 뿐만 아니라 그날 이후에 일어날 모든 종류의 종말론에 당당하게 대처할 수 있는 심리적 기반을 만들 수 있는 다짐의 시간이기도 했다.

그날 새벽, 나는 소주를 마시며 맹세했다. 나 살아 있는 동안 나타나는 모든 종류의 종말론에 침을 뱉어주리라! 실제로 종말이 닥쳐온다고 해도 그 마지막 순간까지 나는 살아남으려는 노력을 포기하지 않으리라!

나는 그렇게 종말론 혐오자가 되었다.

✳

　종말론 혐오자의 소설에 종말 상황이 나타난다는 것은 보통 일
이 아니었다. 나는 나의 소행이 아니라고 확신하고 있었지만 문제의
핵심은 '나'가 아니었다. 나는 지속적으로 그런 불안감을 떨쳐버릴
수 없었다. 나 아닌 누군가의 힘, 누군가의 의도가 소설을 내 의도
와 완전히 다르게 몰아가고 있다는 걸 나로서는 부정할 수 없었다.
　내 갈등의 진원지에 나의 상위자아가 있었다. 내 상위자아의 의
도가 나의 소설에 개입하여 그와 같은 결과가 생긴 것이라고 나는
은연중에도 유추하고 있었다. 하지만 안타깝게도 절연 선언 이후
나는 어떤 방식으로도 상위자아와 접속하지 못하고 있었다. 명상
도 제대로 되지 않고 분자코드도 활성화되지 않았다. 자각몽을 위
해 이중 호흡을 하며 유체계 접속을 시도했지만 그것도 매번 허사
로 돌아가 불유쾌한 기감(氣感)만 남았다.
　나에게 남겨진 것은 오직 두 가지뿐이었다. 작가의 육성을 풀어
낼 수 있는 이 영역과 에어럴. 내 자신의 정황에 대해 언급할 수 있
는 이런 영역이 설정된 것도 기이하지만 그것이 누구의 의도에 의
해 설정된 것이건 나는 이 공간을 참으로 다행스럽게 생각하지 않
을 수 없었다. 이것이 있어 그나마 여기까지 온 것이지 이보리와 잉

카 스토리만 나와 무관하게 뻗어나갔다면 나는 진즉에 소설을 작
파하고 말았을 것이다. 뿐만 아니라 이 영역이 있어 에어럴을 만날
수 있었고 그녀를 통해 황당한 소설 전개에 대한 나의 의구심을 들
쑤셔볼 수 있었다. 할 수만 있다면 나는 왕따당하고 있는 나의 작
가적 입장과 인간적 처지를 어떻게든 만회하고 회복하고 싶었다.

가을 태풍으로 비바람이 휘몰아치던 밤, 나는 지구 종말적 상황
에 대한 의구심을 풀기 위해 에어럴에게 접선 메시지를 보냈다. 새
벽 1시 40분, 거실 한가운데 불을 끄고 앉아 있다가 가늘게 눈을
떴다. 주변의 에너지 파동이 거의 느껴지지 않았지만 나는 어둠 속
에서도 그녀의 존재감을 분명하게 느낄 수 있었다. 종말적 상황 때
문에 기분이 한껏 침잠해 있었는데 에어럴은 그런 정황을 무시한
채 단도직입적으로 핵심을 찔렀다.

"알고 싶어하는 문제의 핵심에 세 겹의 층이 드리워져 있군요. 상
상력이 창조의 근원인데 그것은 약해지고, 창조에 대한 불신은 커
지고, 자신의 존재감에 회의감만 커지고 있어요. 아무 문제도 아닌
것을 혼자 들쑤시고 혼자 동굴을 파는 형국이네요."

"지구 종말적 상황을 아무것도 아닌 것으로 치부하는 건 당신네
행성이 아니기 때문인가요?"

"당신의 고뇌는 소설에서 비롯된 것인데 당신은 그것을 지구 전
체의 실제 상황으로 비약하고 있잖아요. 당신이 종말론 혐오자라
는 것과 소설 속 상황은 아무런 상관이 없는 것 아닌가요? 당신은
소설을 반드시 자기 경험의 근거하에서만 쓰나요?"

거기서 나는 말문이 막혔다. 에어럴은 나의 심중을 완전히 꿰뚫

어 보고 있었다. 어둡고 깊은 종말론적 의식의 해저로부터 빛이 있는 수면 밖으로 부상할 필요가 있었다. 그래서 나를 벗어나 객관적으로 확인하고 싶은 상황에 의식의 초점을 맞추었다. 그러자 에어럴이 밝은 기운을 내뿜으며 흡족한 반응을 나타냈다. 그래서 나는 화급한 심정으로 묻지 않을 수 없었다.

"지구의 모든 역사를 통틀어 실제로 지축이 뒤바뀐 적 있나요? 지진과 화산 폭발, 해일과 쓰나미 같은 것이 온 세상을 휩쓸어 바다가 육지가 되고 육지가 바다가 되는 그런 상황 말이쇼."

"현재 지구의 모든 지표 형상이 그런 과정을 거쳐 만들어진 거예요. 히말라야나 티베트 같은 고원지대가 까마득한 과거에 해저에 있었다면 믿겠어요? 그런 걸 거치지 않고 어떻게 지금과 같은 오대양 육대주의 형상이 만들어졌겠어요? 물질은 기본적으로 형태를 바꿀 뿐 그 에너지가 파괴되지 않기 때문에 산맥의 융기와 침강, 대륙의 위치 변화, 극의 이동, 강이나 계곡, 협곡의 변화, 만년설과 대양이 나타나고 사라지는 등등의 지구적 격변은 지구가 생긴 이래 지금껏 쉬지 않고 지속되고 있어요."

"그럼 미래에도 그런 일들이 일어날 수 있다는 건가요? 노스트라다무스나 에드거 케이시 같은 예언가들의 말처럼?"

"얼마든지 일어날 수 있죠. 이 지구는 전 우주에서 가장 불안정한 행성이기 때문에 우주문명이 무한하게 뿌리를 내리기에는 부적합한 시공간이에요. 전 우주에서 지구처럼 쉬지 않고 지진이 나고 화산이 터지고 태풍, 산불, 해일, 쓰나미 같은 게 발생하고 눈에 보이지도 않는 바이러스가 창궐해 단기간에 수십만, 수백만, 수천만

명이 목숨을 잃는 행성은 존재하지 않아요. 그것이 지구를 행성 감옥으로 사용하는 이유이기도 하죠."

"그럼 지구상에서 실제적으로 종말 상황이 일어난 건 언제인가요?"

"그것은 정확하지 않지만 기원전 7만 5000년 이전에 있었던 아틀란티스와 레무리아에 관한 정보입니다. 그들은 지구상에 존재한 동시대의 문명이었지만 어떤 인과로 인해 영원히 지상에서 사라져버렸어요. 고차원의 우주문명이 타 행성에 식민지를 건설할 수 없다는 우주대법칙을 어겨 우주의 상위 세력이 파괴시켜 버린 것인지 아니면 거대한 해저 화산 폭발로 인한 대홍수에 의해 사라져버린 것인지 정확하지 않습니다. 노아의 홍수를 비롯해 대홍수에 얽힌 많은 전설들과 동양계 인종의 시조가 아틀란티스와 레무리아 대륙의 생존자들이라는 단서만 남기고 당대의 모든 것이 대양 속으로 사라져버린 것이죠."

"우주 상위 세력이 파괴시켰다는 건 그렇다 쳐도 단지 해저 화산 폭발로 그와 같은 종말 상황이 올 수 있다는 건 잘 믿어지지 않네요."

"그건 현대의 인류가 경험해 보지 못한 영역의 일이니 상상하기 어렵겠죠. 그렇게 거대한 화산 폭발은 엄청난 유독가스를 발생시켜 지구 전역을 뒤덮고 성층권까지 덮어버리죠. 뿐만 아니라 화산 폭발로 생기는 잔여물들은 태양에서 나오는 방사선을 우주로 되돌아가게 만들어 오랫동안 밤낮으로 비가 내리고 지구 전체의 기온이 떨어져 빙하기와 생명체의 멸종을 불러옵니다. 이런 영향은 수천 년간 지속되죠. 요컨대 지구 행성 전체의 무수한 형태 격변이 야기되는 거예요."

"과거에도 그렇고 앞으로도 그럴 수 있다면 이 지구상에 사는 인류는 도대체 무엇을 위해 왜 살아야 하는 건가요?"

그 순간, 과거 7600만 년 동안 171번의 지구 자기 역전이 발생했다고 한 어떤 과학자의 말이 떠올라 나는 짜증을 내듯 묻지 않을 수 없었다. 도대체 우리더러 뭘 어쩌라는 말이냐!

"종말을 두려움의 대상으로 받아들일 필요는 없어요. 종말이란 말은 허언입니다. 왜냐하면 물질우주의 가장 큰 원칙 중 하나는 '에너지는 창조되지만 파괴되지 않는다'는 거예요. 물질은 파괴되어도 물질 에너지는 사라지지 않아요. 그와 마찬가지로 설령 물질세계의 종말이 온다고 해도 당신의 혼과 영은 영원히 건재해요. 지구의 형상이 바뀌듯 당신이 입고 벗는 몸이 바뀔 뿐이니까요. 그렇게 우주라는 환영의 놀이터는 무한대로 확장되고 우주적인 게임과 스토리도 또한 무한대로 펼쳐지죠. 그러니 종말이라는 말, 종말이라는 공포와 두려움, 종말이라는 위협은 모두 종말을 맞이해야 마땅해요. 더 이상 무슨 말이 필요하겠어요?"

나는 종말이라는 개념 자체가 지구상에서 사라져야 한다는 에어럴의 메시지에 퍼뜩 정신을 차렸다. 더 이상 무슨 말이 필요하겠냐는 그녀의 메시지에 나는 완전 동의했다. 그래서 기운을 차리고 내 문제의 핵심에 대해 묻지 않을 수 없었다.

"종말이 그토록 무익하고 무의미하고 무개념적인 것인데 도대체 내 소설에서는 왜 나의 의도와 상관없이 그런 종말적 전개가 진행되고 있는 건가요?"

나의 물음에 에어럴은 선뜻 응대하지 않았다. 그녀의 무반응에 나도 더 이상 어떻게 할 수가 없었다. 하지만 다음 순간 나의 뇌리를 스쳐가는 섬광 같은 발상이 있어 나는 그녀에게 제안하지 않을 수 없었다.

"혹시 내가 쓰는 소설에 내가 모르는 어떤 에너지가 간여하고 있는지 확인해 줄 수 있나요? 다른 차원이나 제삼의 존재, 아무튼 지금 내가 겪고 있는 이 문제에 대해……."

나의 의사 전달이 끝나기도 전에 휙, 에어럴은 나의 시야에서 촛불이 꺼지듯 사라져버렸다.

12

쑤바스고성의 어둠 속에서 잉카는 지각이 진동하는 걸 느낀다. 미미하지만 먼 곳에서 오는 진동이 밤의 밀도에 스며들어 음험한 기운을 자아낸다. 만월의 조명에 희붐하게 드러난 사막의 풍광은 신비스러운 아마빛 흐름을 닮아 있다. 원근도 없고 경계도 없고 구분도 없는 세계 속으로 한없이 비현실적인 달빛까지 흐르고 있다. 흐르지 못하는 것은 오직 하나, 이동 명령을 기다리는 잉카뿐이다.

육안으로 식별하기 어려운 먼 지평 위 상공에 몇 개의 불빛이 회전 대형으로 빠르게 움직이는 게 보인다. 빛의 밝기와 움직임으로 미루어 비행물체가 틀림없어 보이지만 종류를 가늠하기 어려운 거리이다. 순간, 글라스패드가 진동하지만 그것은 거의 동시에 멈추어버린다. 그것을 들어올리자 화면 전체가 붉은 색감으로 경고 상태를 표시한다.

글라스패드를 다시 내리려는 순간, 강렬한 알람이 살아난다. 화면을 들여다보자 좌표가 빠르게 변하며 일정 지역을 중심으로 선회한다. 중국과 파키스탄의 접경 지역에 머물던 좌표가 순간적으로 곤륜산과 타지키스탄 지역에 머물다가 다시 아프가니스탄, 인도 접경 지역으로 빠르게 이동한다. 그러다가 카라코람 하이웨이 근처, 바로 그 지역에서 좌표가 멈춘다. 순간이동 위험 부담률이 89퍼센트로 표시되지만 이동 명령은 떨어진다.

텔레포트!

잉카는 깊은 현기증을 느끼며 순간이동한다. 위험 부담률이 낮을 때는 육체 상태를 자각할 겨를도 없이 순간이동이 이루어지지만 89퍼센트에서의 이동 명령에는 육체가 뒤틀리는 듯 깊은 통증이 수반된다. 불완전한 진동으로 인해 이동이 멈추어지는 찰나가 있는 것 같았지만 상상을 초월하는 장력을 받으며 그는 쑤바스고성과 완연히 다른 시공간에 모습을 드러낸다.

글라스패드의 좌표는 해발 3200미터의 부룬쿨(Bulunkul)호수를 가리키고 있다. 월광이 내려앉은 호면이 청옥처럼 신비스러운 색감을 밀어내고 건너편에는 밤인데도 부신 빛을 발하는 백사산(白沙山)이 완만한 능선을 드러내며 한없이 부드러운 자태를 과시한다. 호수 주변에는 밤인데도 달빛을 받아 천공을 뚫을 듯 가공할 위세를 드러낸 설산들이 병풍처럼 둘러쳐져 있다. 글라스패드의 좌표에 의하면 주변의 설산들은 7000미터가 넘는 파미르고원의 대표 주봉들이다.

잉카 앞에 다섯 필의 말이 서 있고 그 말 위에 네 명의 사람들이 앉아 있다. 달을 등지고 있지만 중무장한 차림으로 미루어 세 명은 남자이고 한 명은 여자라는 걸 알 수 있다. 남자들은 무슬림 터 번에 군용 점퍼를 착용하고 등 뒤에 총까지 메고 있어 언뜻 파르티 잔을 떠올리게 한다. 그들과 달리 여자는 검은 파카에 달린 후드를 뒤집어쓰고 있지만 비무장 상태이다. 그녀가 말에서 뛰어내려 빠른 걸음으로 잉카를 향해 다가온다. 한 걸음 한 걸음 다가오는 동안 그녀가 송여주임이 분명하게 드러난다.

"무사히 돌아오셔서 다행이네요. 여기서부터 3600미터 지점까지 는 말을 타고 이동해야 합니다. 시간이 없으니 서둘러야 해요."

"본부가 거기 있나요?"

잉카가 뒤쪽의 남자들을 올려다보며 묻는다.

"아뇨. 거기 당도하면 다시 다른 상태의 진입 방식이 나타나요. 고정된 출입구가 없고 항상 이동식이라 움직이는 좌표를 보고 명 령에 따라야 해요."

"저들은 누구죠?"

"우리를 돕는 타지키스탄 산악인들이에요. 걱정할 것 없으니 저 들의 에스코트를 받으면 돼요. 말을 따로 준비했으니 어서 타세요."

"말 타는 걸 배운 적이 없는데 괜찮을까요?"

"잘 길들여진 말이고 속력을 내서 달릴 수도 없는 산악도로이니 10분 이내에 편안해질 거예요. 걱정 말고 타세요."

잉카가 목덜미에 검은 반점이 있는 흰 말에 오르자 산악인 한 명 이 앞장서고 그 뒤에 송여주와 잉카, 나머지 산악인 두 명이 차례 로 늘어선 대형으로 일행은 이동을 시작한다. 멀리 7000미터가 넘 는 파미르고원의 설산들이 펼쳐진 검푸른 허공을 향해 일렬종대의 행렬이 공중부양 상태로 이동하는 것 같다.

"이렇게 높은 산중에 기지가 있다는 게 믿어지지 않는군요. 도저히 그런 구조물을 만들 만한 지형이 아닌 것 같은데요."

10여 분쯤 지난 뒤, 승마 자세에 어느 정도 익숙해진 듯 잉카가 앞쪽의 송여주에게 말을 건다.

"그곳에서 지낸 지 여러 해인데 저도 그곳의 존재성이 잘 믿어지지 않아요. 그곳이 어떤 곳인지 저도 전체적으로 모르고, 그것에 대해 설명할 수 없어요. 그냥 내가 머무르는 3밀도의 시공간에 대해서만 알아요."

"거기도 서로 밀도가 다른 시공간이 있나요?"

"여러 종의 존재들이 드나들기 때문에 어느 정도까지 있는지, 어떤 종들이 있는지 전체적으로 저는 몰라요. 어떤 층에는 아예 산소가 없다는 얘기를 들은 적도 있어요."

"말만 들어서는 도무지 감을 잡기가 어렵군요."

"저도 전모를 모르니 그럴 수밖에요. 제가 아는 건 기지가 지구 시간으로 수천 년 전부터 구축되었다는 것뿐이에요."

"저렇게 천공으로 치솟은 파미르고원 설산에다가요?"

"인간이 접근할 수 없는 지대의 어떤 설산들은 실재하는 산이 아니고 홀로그램과 비슷한 전자 환영 스크린으로 만들어진 것도 있어요. 일종의 전자 차폐막이죠. 인간들의 육안으로는 도저히 식별이 불가능하죠. 문제는 인간이 아니라 같은 외계인들 간의 전투 때문에 그런 은폐가 필요한 거라는 거죠."

"지구상에서도 전투를 한다는 말인가요?"

"고대로부터 엄청난 전투가 지구상에서 벌어졌다고 하는데 그럴 경우 양쪽 모두 우주적인 에너지 보상 법칙을 받게 돼 있어 심각한 대가를 치러야 한다고 들었어요. 그래서 완전히 멸망한 우주종족도 있다고 하더군요. 자신들보다 낮은 차원의 지구상에다 식민지를 만든다거나 전쟁을 벌인다거나 지구인들을 노예로 부리는 일은 우주대법칙에 위배되는 일이라 현재는 가능하면 지구상에서의 전투를 자제하고 있다고 하더군요."

"우주대법칙이 엄혹하다는 건 그들도 잘 알고 있을 테니까요."

"표면적으로는 지키는 척하지만 지구인들을 이용하는 외계 세력들의 뿌리가 지구의 역사만큼이나 깊어서 좀체 근절되지 않는다는 게 문제죠. 지구가 평화롭지 못한 건 그것을 방해하는 외계 세력이 근절되지 않기 때문이에요."

"그런데 저를 만난 이후 내내 보안에 신경을 쓰다가 갑자기 이렇게 많은 얘기를 들려주는 이유가 뭐죠?"

"지금은 제가 글라스패드 소지자가 아니고 알파 잉카 님이 인솔자니까요. 책임으로부터 자유로워졌다는 얘기죠."

"자유로워졌다니 저에게도 기분 좋은 상승감이 느껴지는군요."

"이제 기지로 들어가게 되면 알파 잉카 님과 저는 같은 공간에 머물지 못하게 돼요. 다시 만날 수 있을지 없을지 그것도 알 수 없어요. 그래서…… 그러니까 그런 거죠. 사람이니까요."

"사람이니까요, 라는 말이 참 좋게 들리네요. 인간에 대한 자긍심이랄까, 인간만이 지닐 수 있는 고유의 감정에 대한 존중심이랄까, 아무튼 저에 대한 배려라고 생각하고 감사히 받겠습니다."

"작전이 언제 어떤 방식으로 어떻게 진행될지 모르겠지만 형제님이 무사하기를 빌게요. 그런데 이건 시안에서 처음 만나 이동할 때부터 묻고 싶었던 건데…… 시리우스는 어떤 곳인가요? 시리우스는 우주에서도 높은 정신적 차원을 유지하는 곳이라는 얘기를 들은 적이 있지만 실제로 그곳에서 온 분을 뵈니 직접 듣고 싶은 마음이 저도 모르게 강해지네요."

만월이 파미르 주봉을 넘어가기 전 송여주는 조심스러운 어조로 묻는다.

"아, 시리우스!…… 여주 님 질문을 받으니 저도 갑자기 고향 행성에 대한 기억이 자극을 받네요. 시리우스는 아홉 개의 항성으로 이루어진 다성계(多星系) 성단이에요. 시리우스 성단에는 A 태양계와 B 태양계가 있는데 제 고향 행성은 B 태양계 안에 있어요. 지구와 비슷한 점도 있지만 결정적으로 다른 점은 프라나(prana)라고 불리는 생명 에너지가 풍부하다는 거죠. 프라나 에너지가 풍부해서 잠은 하루 한두 시간 정도 자지만 수명은 보통 3000~4000년 정도 돼요. 자신이 지혜를 완성했다고 생각하면 수명을 스스로 결정하고 더 높은 차원으로 상승하기 위해 다른 차원이나 은하계로 가기도 하죠. 시리우스는 영적 완성을 지향하는 영들이 반드시 거쳐 가야 하는 중요한 코스 중의 하나이지만 필요할 경우 낮은 차원의 존재들을 돕는 과정에 참여해 그들의 진화를 돕기도 합니다. 저도 그런 경로를 통해 지구로 들어왔기 때문에 돌아가면 다시 차원 상승을 위한 과정에 참여하게 될 겁니다."

"만약, 혹시라도 이번 워크인 작전 중에 뭐가 잘못되면…… 그러니까……."

송여주는 말을 잇지 못하고 말끝을 흐린다.

"아, 작전 중에 제가 죽기라도 하면 고향 행성으로 돌아갈 수 없지 않겠느냐, 그걸 말하려는 거죠?"

"미안해요. 제가 지구인이라 너무 무지한 게 많아서 생긴 궁금증이에요."

"그런 건 아무 걱정하지 않아도 돼요. 이 우주에 죽음이란 존재하지 않기 때문이죠. 지금 제가 시구상에서 입고 있는 이 육체가 파손된다 해도 저를 이루는 근본은 아무 손상을 입지 않아요. 그 것은 어떤 경우에도 물질적인 손상을 입을 수 없는 근원 에너지로 만들어진 것일 뿐만 아니라 그것의 일부이기 때문이죠. 간단히 말해 모든 생명의 근원은 불멸이라고 해도 무방하죠. 그건 여주 님도 마찬가지인데, 다만 지구에 붙박여 있는 상황이 달라 궤도 순환 중인 거죠."

"지구에서 벗어나기 힘들다는 얘기죠?"

"그건…… 결국 그런 얘기죠. 지구인들의 전체적인 의식 상승과 태양계의 에너지 장이 바뀌면 해결될 수 있는 문제이고 지금은 그런 시간이 비교적 빠르게 진행되고 있으니 너무 비관할 필요는 없어요."

"지구인들에게는 비관이라는 말이 어울리지 않아요. 무한궤도처럼 되돌아오는 환생의 문제가 비관의 대상이라는 의식조차 지니지 못한 채 하루하루 고통스럽게 살아가는 사람이 대부분이니까요. 수명이 길다는 것 말고 시리우스 존재들이 지구인들과 다른 점은 없나요?"

"물론 있죠. 가장 근원적인 문제에서 완전히 달라요."

"근원적인 문제가 뭐죠?"

"시리우스인들은 자기 스스로 육체를 빛의 몸으로 전환시킬 수 있는 능력이 있어요. 가시적인 몸에서 비가시적인 에너지 상태로 바꿀 수 있는 능력, 다시 말해 의식의 진동수를 증가시킬 수 있는 능력이 있는 거죠."

"오, 그건 정말 대단한 능력이로군요. 자밀 대사님처럼 자유자재로 몸 상태를 바꿀 수 있다는 거니까요."

"그런 셈이죠. 지구인들 중에도 분자코드가 활성화되어 자신의 상위자아인 영과 소통하는 사람들이 있는데 시리우스의 존재들은 스스로 완전한 의식 상태로 들어가는 게 가능합니다. 스스로 영적인 상태가 되는 것이죠. 지구인들도 근원적으로 그것이 가능할 수 있는데 무수한 유전적 실험과 돌연변이 실험이 지구상에서 행해져 대부분 접속이 끊긴 상태입니다. 지구인들은 현재 두 개의 나선 구조를 지닌 신체 안에 살고 있지만 원래는 12나선의 DNA 구조를 지녀 상위자아들과 완전한 빛의 소통을 할 수 있었죠. 하지만 많은 고차원 우주인들의 도움이 진행되고 있으니까 지구인들도 다시 영적 상승의 시기를 맞이하게 될 거예요. 지구인들이 스스로 깨어나야 한다는 대전제하에 우주연합도 큰 도움을 주고 있으니까요."

"지구인들이 스스로 깨칠 수 있을까요? 그런 합집합적인 결론은 이상론에 가깝지 않나요?"

"아뇨. 현재 지구 태양계가 우주 광자대(Photon Belt)라는 거대한 빛의 지대 혹은 에너지장을 향해 가고 있기 때문에 차원의 변화는 피할 수 없는 현실이 될 거예요. 그렇게 되면 모든 인간의 차크라 안에 잠재된 에테르 유전학적 기호가 활성화돼 진정한 영적 진화가 이루어지고 영혼계의 파장이 동시에 높아질 겁니다. 저는 그걸 믿습니다."

"와, 잉카 형제님 말만 들어도 영적 진동이 엄청나게 고조되는 것 같아요. 지옥 같은 지구에서 날마다 고통받으며 살아가는 지구인들이 영적으로 깨어나 진화하고 차원 상승하는 날이 정말 왔으면 좋겠어요. 반드시, 꼭!"

"광자대는 이미 오고 있고 지구 태양계는 이미 그곳으로 가고 있어요. 그 오고감은 우주의 섭리 같은 것이라 그사이에는 비켜설 수 있는 여지가 없어요. 제가 이곳에 와 있다는 게 그 증거 중의 하나이기도 하고요."

두 사람이 대화를 주고받는 와중, 선두에 선 산악인이 말을 멈추고 손을 들어 정지신호를 보낸다. 만월이 파미르고원 주봉을 넘어가기 직전, 달빛에 드넓고 검은 호면이 드러난다. 잉카의 글라스 패드는 현재 위치를 해발 3600미터 카라쿨(Karakul)호수로 표기하고 괄호 안에 '검은 호수(Black Lake)'라고 병기하고 있다. 그 옆에 해발 7546미터의 무스타가타(Mustag Ata)산과 7469미터의 콩구르(Kongur)산이 표시되어 있다.

호수 옆에 당도했을 때, 선두에 서 있던 산악인이 말을 돌려 송여주에게 다가온다. 그리고 위구르어로 뭐라고 말을 하자 송여주도 위구르어로 고개를 끄덕이며 대답을 하고 서로 악수를 한다. 그런 뒤 송여주는 말에서 내리며 잉카에게도 내리라고 말한다.

"이제 여기서부터는 알파 잉카 님이 선두에 서야 해요."

말에서 내린 잉카에게 송여주가 말한다. 그사이 세 명의 산악인은 송여주와 잉카에게 손을 흔든 뒤 사람이 타지 않은 두 마리의 말을 이끌고 다시 하산하기 시작한다. 만월이 파미르 주봉을 넘어간 뒤라 육안으로는 사방을 분간하기 어렵다.

"이런 어둠 속에서 어떤 방식의 방향 지시가 가능할까요?"

잉카가 난감한 어조로 말을 하는 사이 그의 손에 들린 글라스패드가 전체적으로 빛을 발한다. 그리고 그 광원으로부터 플래시 같은 한 줄기 백광이 밀려나와 방향을 지시한다.

호수를 좌측에 두고 우측으로 계속 진행, 눈에 덮인 협곡 사이로 두 사람은 접어든다. 협곡에서는 사람이 처절하게 우는 듯한 기이한 바람 소리와 냉기가 밀려나와 두 사람의 발걸음을 더디게 한다. 하지만 내비게이션 역할을 하는 백광은 계속 전방을 지시한다. 그리고 어느 지점에 도달하자 협곡이 끝나고 믿어지지 않는 개활 분지가 나타난다. 백광은 그 분지의 중심을 가리키고 두 사람은 조심스러운 걸음걸이로 그곳으로 향한다.

이윽고 두 사람이 분지의 중심에 섰을 때 끝을 올려다보기 어려울 정도의 세 줄기 수직 절벽이 나타난다. 두 사람이 그 위용에 놀라 당황한 표정으로 위를 쳐다보는 순간, 가장 앞쪽으로 돌출된 절벽이 그들 앞으로 이동하기 시작한다. 가장 앞쪽의 절벽이 앞으로 이동하는 동안 우측의 절벽이 중심으로 이동해 그 자리를 메우고 다시 좌측의 절벽이 우측으로 이동해 그 자리를 메우는 믿어지지 않는 장면이 펼쳐진다. 세 개 절벽의 쉼 없는 이동이 뒤섞여 어느 것이 어떤 경로로 이동하는지 지속적으로 추적하기 어려운 상황이다. 믿어지지 않는 순간, 믿어지지 않는 장면을 보고 잉카는 고개를 쳐든 채 놀라 뒷걸음치기 시작한다.

순간, 송여주가 낮게 소리친다.

"움직이지 마세요. 저건 실재가 아니에요. 전자 환영 스크린이 있다고 아까 말했잖아요."

송여주의 말을 듣고 잉카는 걸음을 멈춘다.

"본부 진입을 항상 이런 식으로 하나요?"

극도로 긴장한 어조로 잉카가 묻는다.

"아뇨. 매번 달라요. 리프팅 빔을 이용하거나 호수 밑으로 내려가 터널을 따라 이동한 적도 있어요."

"이런 진입이 처음이라는 건가요?"

"네, 이런 건 저도 처음이에요."

세 개의 수직 절벽이 지속적으로 이동하며 다가왔을 때 잉카의 손에 들린 글라스패드에서 연해 녹색 불빛이 반짝인다. 그리고 다음 순간, 그들 앞으로 바투 밀려온 수직 절벽이 움직임을 멈추고 그 하부에 녹색 조명이 밝혀진 입구가 나타난다. 그리고 두 사람은 인력에 이끌리듯 그 안으로 들어간다. 그러자 입구는 순식간에 사라지고 두 사람을 내포한 시공간이 수평으로 이동을 시작한다.

몇 초가 지난 뒤 이동이 멈추어지자 천공이 열리듯 상부로부터 녹색 조명이 흘러내린다. 두 사람이 고개를 들고 올려다보자 끝이 보이지 않는 원통형의 통로가 위로 한없이 길게 뻗어 있다. 좀 전까

지 머물던 파미르고원 지대와 완연히 다른 내부 공간에는 깊은 정
적과 긴장감, 그리고 일말의 파동도 느껴지지 않는 녹색 조명만 들
어차 있다.

그때, 잉카에게 텔레파시가 전해진다.

―알파 잉카 진입 완료! 분리 이동 개시!

순간 잉카와 송여주가 발을 딛고 서 있는 원형판이 상승하기 시
작한다. 자력을 이용한 부상처럼 흔들림도 소음도 없이 두 사람은
녹색 통로를 따라 위로 올라간다. 그렇게 몇 초 동안 이동하다가 원
형판이 갑자기 멈추고 우측으로 다시 입구가 나타난다.

순간, 송여주가 잉카의 손을 잡으며 낮게 말한다.

"이제 헤어져야 해요. 임무를 완수하고 반드시 무사 귀환하길 빌
게요. 다시 만나게 되길!"

그녀의 말에 잉카가 뭐라고 응대를 하려고 하지만 그녀는 뭔가
에 이끌리듯 입구 안으로 빠르게 사라진다. 송여주가 사라지자마
자 원형판은 다시 상승하고 지상으로부터 송여주가 내린 지점까지
보다 두세 배 이상 상승한 뒤에야 비로소 움직임을 멈춘다. 원형판
이 멈추자마자 우측에 입구가 나타나고 잉카는 자동적으로 그 안
으로 이끌려 들어간다.

안으로 들어서자 밀폐된 공간의 상하좌우로부터 부드러운 미풍
이 밀려나온다. 그와 함께 노랑, 빨강, 파랑, 녹색의 조명이 번갈아
가며 정지한 잉카를 훑고 간다. 곧이어 전신 탈의를 하라는 메시지
가 잉카에게 전달된다. 탈의를 하는 동안 우측에서 선반이 밀려나
오고 잉카는 거기에다 입고 온 점프슈트와 투명슈트 케이스, 글라

스패드를 올린다. 그 일이 끝나자 밀폐된 공간의 문이 열리고 백광으로 끝없이 펼쳐진 내부 공간이 나타난다. 그곳이 '빛의 평원'이라는 메시지가 잉카에게 전달된다.

잉카가 빛의 평원으로 들어섬과 동시에 그의 앞으로 휜 구체가 날아와 정지한다. 잉카는 직감적으로 그 구체가 생명을 지닌 존재이며 자신을 인도하기 위해 나타났다는 걸 알아차린다.

구체가 30센티미터 정도 앞서 이동하며 잉카를 인도하는 동안 잉카는 내부를 살핀다. 하지만 사방에 온통 백광의 빛이 충만해 사물에 대한 구분이나 분간이 불가능해 보인다. 사물이나 존재가 있는지 모르겠으나 그런 게 존재한다고 해도 백광의 밝기에 파묻혀 경계를 구분하기 어렵다.

구체를 따라 한동안 걷던 잉카 앞에 처음으로 식별이 가능한 물상들이 나타난다. 온통 백광으로 충만한 공간 한가운데 아홉 개의 흰 직사각형 캡슐들이 일렬로 배열돼 있다. 잉카는 고개를 숙이고 그것들을 내려다보지만 내부는 들여다보이지 않는다. 다만 캡슐 표면 하단에 그리스 알파벳이 크리스털 돋을새김으로 나붙어 있는 걸 확인할 수 있을 뿐이다. 알파, 베타, 감마, 델타, 엡실론, 지타, 이타, 씨타, 요타.

잉카 앞에 떠 있던 구체가 잉카로 하여금 알파 캡슐 안으로 들어가라는 메시지를 보낸다. 잉카가 알파 캡슐 앞으로 다가가자 캡슐 표면이 자동으로 올라간다. 잉카가 캡슐 안으로 들어가 반듯하게 눕자마자 캡슐 표면이 부드럽게 내려앉는다. 잉카는 아주 긴 여정이 비로소 끝났다는 표정으로 자연스럽게 눈을 감는다. 그러자 그의 이마 위에 따뜻한 기운이 내려앉고 그의 전신으로 신선한 생체 에너지가 밀려든다. 곧이어 아홉 명의 워크인 전사 전체를 향한 우주연합 함대사령관의 메시지가 전달된다.

"우주인이라면 누구나 아는 지식의 범주에 속하는 것이지만 원래 지구는 전 은하계 생명체들의 빠른 진화를 도모하기 위해 특별하게 계획된 행성이었다. 아틀란티스 시대에 지구상에서 이루어진 야비한 유전자 조작은 RNA/DNA 단백질 가닥을 변형시켜 단지 두 가닥만 남김으로써 상위 영체와 인간의 의식을 분리시켜 버렸다. 그 실험에서 뇌 회로 안의 여러 결절들도 그때 동시에 훼손당했다. 그리하여 지구인들은 세포핵 속에 있는 유전자의 RNA/DNA 단백질 구조와 신체의 의식 공동파(空洞波)가 조화로운 공명을 하지 못하는 불안정한 삶을 살고 있는 것이다.

아틀란티스 외계종은 결국 물에 수장당하는 것으로 악행에 대한 에너지 보상 법칙을 치르고 지구상에서 사라져버렸다. 이후 지구인들을 대상으로 한 유전자 실험은 우주연합의 여러 종파에서 지속적으로 이어지고 있다. 하지만 그사이에 애초의 우주 계획과 다른 불순한 세력들이 다시 지구를 식민지화하고, 지구인들을 노예화하고, 지구상의 광물을 착취하거나 지구 생명체들을 실험용으로 도륙하거나 교배하는 일들을 서슴지 않았다. 그중 많은 종족이 우주에서 제거되었지만 아직도 이 지구상에는 불순한 외계 세력들이 암약하고 있다.

이와 같은 현 상황의 심각성에 대해 우리 우주연합은 상위 영단의 허가를 받고 이 작전을 진행하고 있다는 걸 워크인 전사 여러분은 모두 주지해야 한다. 여러분이 우주연합의 여러 항성계로부터 차출되어 온 이유가 있지만 여러분 하나하나가 지구를 살리는 데 기여하는 빛의 일꾼이라는 사실을 망각해서는 안 된다. 여러분 존재의 주관자는 상위 영단이고 여러분의 희생과 노고는 항상 보살핌 속에 있을 것이니 깊고 심오한 격려 속에서 무한 에너지를 얻게 될 것이다.

우리는 지구암흑사단과 그에 결탁한 외계 세력들에게 전면적인 선전포고를 하였다. 우리의 선전포고는 우주전쟁을 복석으로 하는 것이 아니라 그들이 전면전을 위해 가용 병력 모두를 출동시킬 때 달과 화성과 지구상에서 워크인 전사들이 작전을 개시하게 하기 위한 일종의 연막 전술이다. 일종의 유인술이지만 필요할 경우 전쟁도 불사할 것이다. 우주연합은 기회를 창출하는 것이니 실제로 작전을 진행하는 워크인 전사들은 이 창조적인 기회를 백분 활용하여 지구상의 평화에 기여하기 바란다.

워크인 전사들이여, 처음부터 끝까지 완전하게 건재하라!"

잉카는 눈을 뜨자마자 변화된 상황을 감지한다. 그는 격납고의 1인용 소형 우주비행선 조정석에 앉아 있고 알몸이었던 그의 몸에는 부드러울 뿐만 아니라 신축성이 육체와 동일하게 느껴지는 금속성 전신 타이즈가 착용되어 있다. 우주연합 함대사령관의 메시지를 접한 뒤부터 현재까지 의식의 차단이 있었고 그사이에 여러 가지 변화와 이동이 있었다는 걸 유추할 수 있는 상황.

지극히 편안하고 안정감이 느껴지는 조종석에서 그는 순간적으로 그 소형 우주비행선이 자신의 의식과 연결되어 있다는 걸 자각한다. 자신이 자각한 것인지 비행선이 그것을 자각하게 만든 것인지 구분하기 어려울 정도의 동조 현상을 느낀 것이다.

순간, 워크인 작전 전담지휘관의 메시지가 전달된다.

"워크인 전사 여러분, 이번 작전의 전담지휘관 케리 발 토루소이다. 지금부터 여러분의 작전에 필요한 기본 사항에 대해 간단히 설명하겠다. 우주연합 함대사령관님의 메시지가 전달된 이후 여러분의 의식은 한동안 차단되어 있었다. 의식 휴지기에 워크인 작전 미션과 비행선 운행에 필요한 기본 사항 등이 여러분의 뇌에 이미 입력되었다.

워크인 전사 여러분은 우리 우주연합군의 전투 비행선들이 지구 암흑사단의 비행선들과 지구 궤도 밖의 우주 공간에서 공식적인 전투를 진행하는 동안 여러분 각자에게 배정된 기지로 침투해 '원인무효물질 에너지 분사 작전'을 진행해야 한다.

지구를 위시하여 지구 태양계 내에는 지구암흑사단이 지난 반세기 이상 구축한 수도 없이 많은 기지와 시설이 있다. 우리는 그 모든 기지와 시설을 이번 작전을 통해 모두 소거할 것이다. 이번 작전을 위해 우주연합이 개발한 원인무효물질 에너지는 모든 물질의 양자 구조를 원천적으로 해체하여 그 기능을 붕괴시킴으로써 그것들이 소멸되는 걸 지켜볼 수 있게 할 것이다. 원인무효물질 에너지를 개발하는 데는 오랜 시간이 걸렸지만 그 효율성은 타임라인을 수정하는 것보다 지대하다. 하지만 위험 부담률이 크다는 것도 반드시 명심해야 한다.

여러분의 비행선은 가시적으로 보이지 않게 운행되지만 보이지 않는 상황이 보이는 상황보다 더 위험할 수 있다. 지구암흑사단이 구축한 모든 기지 시설에 촘촘한 전자감시망이 보이지 않게 설치되어 있기 때문이나. 그것에 노출될 경우 여러분이 조종하는 우주선도 감당할 수 없는 과부하 상태에 노출될 수 있다. 전자감시망에 포획당하면 비행선의 전자감응시스템에 교란이 일어날 것이고 그것으로 인해 비행사와 비행선 간의 의식 교류도 차단될 것이다. 그런 상황이 올 경우, 본부에서는 비행선을 통째로 순간이동시킬 것이다.

작전 본부에서 모든 상황을 모니터링하겠지만 전자감시망에 포획당하고 순간이동이 일어나는 그 간극의 시차가 문제가 될 수 있다. 순간이동이 한 템포 늦게 진행될 경우, 여러분은 저들에게 포획당해 미래를 알 수 없는 상황에 처할 수도 있다. 하지만 그 간극이 1초의 127분의 1이니 너무 걱정할 필요는 없다. 그 시간은 여러분이 의식할 수도, 자각할 수도 없는 순간이기 때문이다.

가장 위험한 작전 구역은 알파 잉카가 전담하게 된 남극기지이다. 현재 지축이 심하게 진동하고 있는 상황이고 지구 전체의 지각이 영향을 받아 지진과 화산 폭발이 지속적으로 발생하고 있다. 우리는 이것이 지구암흑사단의 진동가속기에 의해 이루어지고 있다고 판단한다. 하지만 그렇지 않고 자연스럽게 일어나고 있는 실제 상황일 수도 있다.

만약 인위적으로 가속되고 있는 상황이 아니라 실제 상황이라면 어느 순간 지구 전체에 지축 이동이 일어나 남극과 북극이 교체되는 종말적인 상황이 올 수도 있다. 뿐만 아니라 남극기지에는 지구 암흑사단이 최후의 상황에 대처하기 위해 오래전부터 비밀리에 저장해 온 엄청난 양의 핵폭탄 저장고가 있다. 만약 지구암흑사단이 인위적인 지축 이동을 강행하려 할 경우 그들은 반드시 그 핵폭탄 저장고를 폭파시키고 화성 식민지로 탈출할 것이다.

이 모든 점을 감안하여 알파 잉카가 성취하는 작전 내용에 따라 지구암흑사단과 벌이는 우주전쟁은 결정적인 영향을 받게 될 것이다. 전사 여러분의 의식 자장은 하나로 연결되어 서로의 작전 진행 상황을 감지할 수 있으니 마지막 순간까지 작전에 대한 집중력을 유지하라. 이상!"

작전 전담지휘관의 메시지에 이어 작전 가이드가 마지막으로 원인무효물질 에너지의 분사에 대해 설명한다.

"이것이 이번 작전에 있어 가장 중요한 부분이다. 원인무효물질 에너지의 분사 장치는 비행선에 신경섬유처럼 미세하게 설계되어 있고 조종자의 의식에 따라 작동하게 되어 있다. 그 물질 에너지가 비행선에 장착되어 있는 게 아니라 생성 시스템이 설계되어 있기 때문에 여러분이 의식으로 원할 경우 그것은 즉시 생성·분사된다. 그 분사 속도와 반경은 상상을 초월할 정도로 빨라 1초에 반경 400킬로미터에 달하는 영역에 분사할 수 있다. 그것이 분사된 지역에서는 물질 에너지의 양자적 붕괴가 일어나 그 기지나 시설이 생성되기 이전의 형상으로 되돌아가 타임라인이 후퇴하는 현상을 보게 되지만 지구 전체의 타임라인에 혼선을 초래하는 건 아니니 걱정할 필요는 없다."

작전 가이드의 설명이 끝난 후, 비행선 바깥으로 거대한 천공 영상이 나타난다. 단순한 자료 영상인지 빛의 평원이 열리면서 나타난 실제 상황인지 분간하기 어렵다. 그곳에 크기를 형용하기 어려울 정도로 거대한 우주 모선과 함대사령관을 위시한 지휘부, 그리고 수만 명의 승무원들이 도열해 있다. 그 장면이 나타나자 아홉 대의 워크인 비행선들에 일제히 녹색 조명이 들어온다. 작전이 개시되기 직전, 일종의 출정식 같은 장면이 몇 초간 지나간 뒤 순간적으로 내외부의 모든 빛이 사라진다.

완전한 암흑 속, 우주 모선이 있던 공간에 파미르고원이 나타나고 그 전체 시공간이 검게 물들어가는 게 보인다. 7000미터가 넘는 주봉들과 지구 기지가 검은 에너지 물결로 빠르게 잠식당하고 있다. 그것은 블랙클론의 에너지 파동이다. 기지 외부에 전자 환영 에어스크린이 설치돼 있어 내부 공격이 이루어지지 않지만 기지의 위치가 노출되었다는 걸 누구나 알아차릴 수 있다. 지구암흑사단의 공격으로 갑작스럽게 기지 내외부에 빛이 사라진 것이다. 일체의 에너지 차단 상태.

작전 전담지휘관의 명령이 하달된다.

"지구암흑사단에 기지 위치가 노출됐다! 공격 가능성은 낮지만 모든 기지 시설은 작동을 멈추고 대응 전략이 하달될 때까지 대기하라. 모든 계층의 기지 종사자들은 활동을 멈추어라!"

깊은 어둠 속, 고조되는 긴장감 속에서 파미르고원을 뒤덮어가는 검은 물결의 움직임만 기괴한 형상으로 두드러진다. 작전 개시가 지체되고 기지는 전체적으로 활동 정지 상태에 빠져든다. 만년설에 뒤덮여 있던 파미르고원의 주봉들까지 검은 물결이 뒤덮어 전체적으로 비관적인 상황이 되어간다.

순간, 잉카의 의식 속에 이상한 에너지가 개재된다. 알파 의식의 발현! 그는 그 에너지의 영향을 받은 즉시 전담지휘관에게 자신의 의견을 제시한다.

"워크인 접선 과정에서 저 블랙클론 기류를 투명슈트에 장착된 원인무효물질 에너지로 제거한 경험이 있습니다. 저희가 출격하여 저것들을 제거하는 게 마땅하지 않을까요?"

작전 전담지휘관이 즉시 응답한다.

"좋은 발상이지만 원인무효물질 에너지는 지구암흑사단이 지구와 달, 화성 등지에 구축해 놓은 기지와 시설 전체를 공격 목표로 삼는 것이기 때문에 그 대상을 분할하거나 분별하여 분사할 수 없다. 즉, 지금 출격하여 저 블랙클론들에게 원인무효물질 에너지를 분사할 경우 이 기지는 물론 파미르고원 전체가 손상을 받게 될 것이다. 파미르고원은 지구의 지각 변동사에서 구축된 아름다운 지구의 자원이니 저것까지 손상을 입혀서는 안 된다는 것이다."

잉카는 즉시 알겠다고 응답하고 다시 상황을 주시한다. 대응 전략은 전달되지 않고 상황은 더 불온한 쪽으로 전개된다. 검은 기류가 파미르고원을 전체적으로 뒤덮은 직후 상공에 지구암흑사단의

UFO 다섯 대가 낮게 내려앉아 정지 상태로 머물며 긴장감을 더욱 고조시킨다. 무엇이 어떤 쪽으로 전개될지 알 수 없는 일촉즉발의 상황이다.

순간, 기지 스크린에 출정식을 시연하던 거대한 우주 모선이 다시 나타난다. 그것이 배경이 되자 전면에 정지해 있던 다섯 대의 UFO는 빛을 발하는 백열전구들처럼 작아 보인다. 검은 모선의 하부로부터 밝은 불빛들이 소용돌이를 이루며 돌아가기 시작하자 다섯 대의 UFO가 거짓말처럼 순간이동으로 사라져버린다. 곧이어 파미르고원을 뒤덮고 있던 검은 기류도 일제히 걷혀버린다. 어둠 속에서도 아름다운 자태를 잃지 않는 파미르고원의 설산들이 되살아나자 모선은 다시 비물질 상태로 감쪽같이 사라져버린다. 기지의 불빛이 되살아나고 시설 전체의 에너지가 재가동되면서 모든 것은 원상 복구된다.

순간, 워크인 전사들에게 명령이 하달된다.

"워크인 작전 개시!"

12#

그날 새벽, 눈을 뜨고 상체를 일으키자마자 캄캄한 어둠 속에서 빛을 발하는 디지털시계의 자판을 응시했다. 4시 44분을 가리키는 4 : 44가 선뜩하게 시선을 사로잡은 때문이었다. 이처럼 같은 숫자가 배열된 시간을 자주 목격하는 일이 나에게는 이미 여러 해 전부터 되풀이되고 있었다. 새벽에는 주로 디지털시계 자판에서 그것을 목격하고 활동 시간대에는 휴대폰을 통해 그것을 목격했다. 1 : 11, 2 : 22, 3 : 33, 4 : 44, 5 : 55, 11 : 11……. 오전과 오후, 6시부터 9시까지는 그런 현상이 일어나지 않았다. 6 : 66, 7 : 77, 8 : 88, 9 : 99 같은 시간은 존재하지 않으니까. 그 모든 동일 숫자의 열두 번 배열을 다 목격하는 게 아니라 하루 중 서너 번, 많은 경우 네다섯 번씩 그런 현상을 경험한 것이었다.

20년 넘게 명상을 지속해 오며 나는 우주 에너지에 많이 적응하거나 동화되었다. 그것이 지구상에 충만한 에너지와 근원적으로 다른 차원의 에너지라는 것도 체감할 수 있었다. 그 에너지를 기(氣)라고 부르기도 하지만 나는 그런 걸 중시하지 않는다. 그 에너지는 지구에 충만한 에너지층을 밀고 들어와 명상자에게 진입하고 그것이 충만해지면 명상자의 심신은 3차원 밀도에서 벗어나 우주 에너지와 동화된다.

에너지 차원에서 일어나는 그와 같은 현상과 달리 시공간적인 경험을 할 때도 많다. 그것은 물론 명상 에너지가 충만해진 뒤에 일어나는 다차원적인 경험이다. 나는 그것을 간난히 '내면 선익'이라고 압축해 표현한다. 외부 경험인 것 같지만 실제로는 내부 경험이기 때문이다. 한마디 더 보태자면 우리가 우주 안에 있는 게 아니라 우주가 우리 안에 있기 때문이다. 나는 그것을 '의식 우주'라 부른다.

아무튼 나의 하루는 그렇게 명상으로부터 시작된다. 지난 20년 동안 명상 몰입 시간은 자연스럽게 늘어나 처음에는 30분을 견디기도 힘들었는데 요즘은 한 시간 반에서 두 시간 정도 유지한다. 명상이 끝나면 유산소 운동을 시작하고 그것이 끝나면 샤워하고 아침을 먹고 창작자로서의 하루를 시작한다. 창작자로서의 하루라고 해서 글만 쓰는 생활을 의미하는 건 아니다. 사는 것, 즉 인생살이 전체가 창작의 대상이고 또한 생의 과제이기 때문이다. 인생에는 정답이 없으니 남의 말에 귀 기울일 필요도 없고 남의 삶을 흉내 낼 필요도 없다. 남처럼 되려고 기를 쓰고 사는 게 가장 가련한 삶이다. 헛삽질 일삼으며 딴짓하는 인생들이 세상에는 얼마나 많은가.

잘못 살고 있다는 것만 깨쳐도 인생의 절반은 성공이다. 거기서 시작해 '나'라는 인간적 자존감이 망상이라는 걸 자각하고 우주와 하나됨을 체득하면 3차원 매트릭스 안에 갇혀 아등바등 살지 않게 된다. 이 세상이 실재라는 믿음에서 깨어나기 때문이다. 요컨대 본인이 모를 뿐 자신에게 주어진 모든 문제의 해결책은 자신의 내면에 처음부터 입력돼 있다. 그러니 그것이 무엇이건 밖에서 찾지 말고 안에서 찾으라는 말이다. 명상은 그것을 위한 경로이자 통로이자 관문일 뿐이다.

— 웃기고 자빠졌네!

순간, 나의 내면에서 나를 후려치는 채찍의 말이 들린다.

— 지금 무슨 헛소리를 지껄이고 있는가! 명상하면 세상만사 모든 문제가 다 해결될 것처럼 지껄이면서 어째서 너는 네 문제를 해결하지 못하는가!

채찍의 말은 야비하고 교활하고 끈덕진 에고의 비아냥거림이다. 비아냥거림의 근거는 명명백백하다. 명상으로 모든 걸 다 해결할 수 있다면 지금 내가 처해 있는 이 난국은 대체 무엇인지 그것을 설명해 보라는 가혹한 윽박지름이기도 하다. 상위자아와의 소통 단절로부터 나는 자유로울 수 없는 처지에 빠져 있고 그것 때문에 명상도 부실해진 지 이미 오래이다. 그로 인한 심리적 애로를 어떻게 말로 설명할 수 있을까.

소설은 둘째 치고 내가 내 삶의 반석처럼 중시해 오던 명상의 근본 체계까지 흔들리고 있었다. 오늘 새벽에 목격한 4:44도 그런 연속적인 신호 중 하나로 여겨져 새로운 하루에 대한 의욕과 생기가 살아나지 않았다. 찬물로 세수한 뒤 곧바로 자세를 잡고 앉았지만 부실해진 명상의 지속적인 흐름이 있어 시작부터 큰 기대를 할 수 없었다. 어떤 기대감도 살아나지 않았지만 오늘은 왠지 의식의 흐름조차 자각하고 싶지 않았다. 나의 의식 기능이 전체적으로 생기를 잃고 한없이 늘어져 있는 것 같았다. 그렇게 시간이 흐르는 동안 나는 서서히 의식의 흐름을 잊어갔다.

어느 순간, 어둠이 가득 들어찬 나의 내면으로 뜨거운 에너지 덩어리 하나가 혜성처럼 진입했다. 나는 의식적으로 앗, 하는 반응을 보이며 몸을 움찔했다. 그 에너지 덩어리는 나의 눈높이에서 활성화되기 시작해 내 내면의 어둠을 밀어내고 전체적으로 생기를 불어넣기 시작했다.

프라나…… 나의 의식은 희미하게 그것을 자각하기 시작했다. 하지만 반응하지 않았다. 그것은 무엇으로도 규정하기 어려운 에너지 존재였다. 그것은 단지 그 활성 과정을 주시하는 것만으로도 얼마든지 자신의 존재성을 입증했다. 그것이 서서히 면적을 넓혀가자 온몸에 온기가 돌기 시작했다. 그리고 의식 에너지를 강하게 죄어오는 압력이 느껴지자 송과체가 확장되고 심신의 진동이 빠르게 고조되기 시작했다.

아, 왔구나!

오열이 터질 정도로 감격스러운 에너지 소용돌이가 위로 상승하기 시작했다. 정수리가 열리고 송과체에 압력이 고조되고 나의 유체는 가공할 만한 속도로 상승하기 시작했다. 너무나도 오랜만에 느껴보는 상승감, 속도감, 해방감이었다.

나는 곧이어 육체적 감각을 완전히 상실한 채 명징한 의식체로 다른 차원의 시공간에 진입했다. 그곳은 모든 것이 눈부신 백광으로 이루어져 내가 늘 진입하던 '녹색수계(綠色受戒)'와 근원적으로 다른 분위기가 느껴졌다. 나의 의식 수준에 적절한 영역인 것처럼 나는 오래전부터 녹색수계를 주된 유체이탈 영역으로 삼았다. 지구상에 없던 단어인 '녹색수계'라는 명칭도 그곳에 처음 진입했을 때 부여받은 것이었다. 그 공간은 녹색 수정으로 이루어진 우주 영역처럼 사방팔방이 모두 투명한 녹색으로 이루어져 있어 신비스럽고 깊은 안정감을 느낄 수 있었다. 그런데 오늘은 왜 백광지대인가.

내가 그 영역으로 진입하자 내 주변에서 느껴지는 존재감이 그곳을 '빛의 평원'이라고 알려주었다. 백광 상태라 사방을 분별하기 어려웠는데 다소간 시간이 지나자 그 백광 영역 안에서 많은 존재감이 느껴졌다. 각자의 상태로 머물고 있었으므로 나와 직접적인 연관성은 느껴지지 않았지만 그들 전체로부터 전달되는 깊은 배려감은 분명하게 자각할 수 있었다.

여유를 가지고 주변을 둘러보자 그 백광의 영역 전체로부터 우주적인 규모감이 느껴지기 시작했다. 특히 위로 끝없이 열린 백광의 공간성이 인상적이고 백광의 벽으로 느껴지는 수직적인 에너지도 기가 막히게 절묘해 보였다. 어느 부분에서도 이음선이나 자름선 같은 게 보이지 않아 전체가 하나처럼 보였다.

그와 같은 백광의 시공간 안에 백광 상태로 머무는 존재들로부터 나는 깊고 광범위한 치유와 배움의 에너지를 받고 있었다. 그들은 쉬지 않고 나에게 뭔가를 전달하고 있었는데 그 순간 나는 그것들을 규정하거나 분류할 수 없어 다만 에너지의 흐름으로만 받아들였다.

나는 빛의 평원을 계속 이동하며 견학했다. 시간이 지나면서 백광이 백광으로 무화되지 않고 차츰 그 내부 구조들에 대한 자각이 생겨나기 시작했다. 백광 속에 백광으로 이루어진 어마어마한 시설이 있고 그 공간에 수를 헤아릴 수 없이 많은 백광의 존재들이 있다는 걸 알아차릴 수 있었다. 그 모든 것으로부터 나는 한없이 고무되고 있었다. 그 상태로 인해 나는 말로 형언하기 어려운 감농을 받았고 그것 때문에 하마터면 오열을 터뜨릴 뻔했다.

천만다행, 오열이 터졌더라면 그 상태에서 깨어났을 텐데 그나마 그 순간을 모면하여 더 높은 백광지대로 상승할 수 있었다. 더 높은 곳에서 나는 공중부양 상태로 백광지대 전체를 조감할 수 있었다. 그 거대한, 그 유려한, 그 장엄한 백광의 아름다움 속에서 거대한 백광의 원이 회전하고 있었다. 빛의 평원 전체를 움직이는 에너지 속으로 나는 빨려 들어가기 시작했다.

하강 시작!

그날 오전부터 나는 잉카가 파미르고원의 기지로 진입하는 기이한 장면을 쓰기 시작했다. 내가 쓸 수 없고, 내가 쓴다고 믿을 수 없는 장면들이 지나가고 말도 되지 않는 기지 진입 방식이 나타났을 때에도 나는 담담하게 받아쓰기에 집중했다. 그런데 파미르고원 기지의 내부 같은 걸 내가 구상하고 상상하고 그려본 적이 전혀 없는데 그 백광지대와 빛의 평원이 그대로 재현되고 있었다.

나는 선뜩한 기분으로 새벽의 명상을 반추했다. 그러니까 이 장면의 전개를 위해 나에게 차원 견학을 시켰던 것이로구나, 하는 생각에 온몸에 소름이 돋았다. 명상 중 빛의 평원지대에서 규정하고 분류할 수 없었던 것들이 소설에서는 구체적인 항목과 구조, 체계와 디테일을 가지고 거짓말처럼 풀려 나오고 있었다.

받아쓰기를 끝내고 오후 내내 침대에 늘어져 있었다. 뭔가에 완전히 홀린 기분이었다. 명상 중에 접한 에너지가 소설 속에서 구체적으로 사물화되는 게 신기함을 넘어 마법에 빠진 듯한 기분을 선사했다. 간절하게 소주를 마시고 싶었지만 술기운을 빌려 이 문제의 핵심에서 비켜서서는 안 될 것 같다는 내면의 경계심 때문에 자제하지 않을 수 없었다.

술을 마시면 왠지 실수를 하게 될 것 같았다. 누군가 나에게 사역을 시키고 있고, 나는 그것이 나의 일인 양 사역당하고 있는데, 그 기막힌 정황을 누구에게도 하소연할 수 없을 때, 사고(事故)는 바로 그런 지점에서 발생하는 게 아닌가!

그날 밤 잠들기 전, 나는 메모장에 이런 의구심을 남겼다.

─묻노니, 나의 사역은 우주대법칙에 위배되지 않는가?

새벽 3:33에 눈을 떴다. 3:33에 맞춰 눈을 뜬 게 아니라 눈을 뜨니 어둠 속에 그와 같은 디지털 숫자가 떠 있었다. 떠 있는 건

3 : 33뿐만이 아니었다. 디지털 자판의 숫자에서 밀려나오는 형광빛을 받으며 에어럴이 나를 내려다보고 있었다.

"이 시간에 무슨 일로?"

나는 상체를 일으키고 앉아 의아한 표정으로 에어럴을 올려다보았다.

"당신이 나에게 부탁한 게 있잖아요."

"내가, 뭘?"

"아주 힘들고 어려운 부탁을 한 것 같은데, 그 기억을 멀써 망각의 늪으로 밀어 넣었나요?"

"아!"

나는 그제야 잠기운에서 완전히 벗어나며 얼마 전에 에어럴에게 건넨, 그러나 확답을 받지 못한 부탁의 말을 기억해 냈다. 혹시 지금 내가 쓰고 있는 소설에 다른 차원이나 내가 모를 에너지가 간여하고 있는지 확인해 줄 수 있겠는가, 하는 것. 하지만 그녀는 미처 내 말이 끝나기도 전에 횟, 촛불이 꺼지듯 나의 시야에서 사라져버렸었다. 상대방의 확답이 없었으니 그것을 부탁이라고 하기도 애매한 문제인데 에어럴은 그것 때문에 3 : 33에 내 앞에 나타난 것이라는 메시지를 전하고 있었다.

"그 문제에 대한 답을 줄 수 있다는 건가요?"

나는 놀라 되묻지 않을 수 없었다.

"지금 이 소설에는 두 개의 차원이 공존하고 있어요. 실제적으로 두 개의 평행우주가 구동되는 셈이죠. 지금 당신이 쓰고 있는 이 작가 영역은 당신에게 무한 자유의 공간으로 제공되고 있어요. 하지만 잉카가 등장하는 영역은 당신이 주관할 수 없는 영역이에요. 다른 차원에서 관장하기 때문에 당신은 그 영역에 아무 권한이 없어요. 다만 그 공간을 관장하는 에너지는 당신을 필요로 하고, 당신은 그 에너지에 본인의 의사와 무관하게 종사당하고 있어요. 그걸 언제부터 자각하고 있었나요?"

"내가 받아쓰기를 하고 있다는 건 진즉부터 알고 있었죠. 다만 왜, 무슨 이유로 그런 사역을 당하는지 몰라 미쳐가고 있을 뿐이죠. 도대체 누가 왜 이런 짓을 하는 건가요? 나는 당신에게 그걸 알아봐 달라고 한 거예요."

"나도 그 이상은 차원 관리의 법칙에 위배되기 때문에 알려줄 수 없어요. 당신에게 한 가지 권하고 싶은 것은 자신에게 주어지는 그 사역을 즐겁게 하라는 거예요. 어쩌면 세상 모든 일이 그와 같은 사역의 영역에 있고, 우주의 모든 존재들은 그것을 알고 있으면서도 그 자각 내용을 무의식의 영역에 밀어 넣고 시치미를 뗀 채 우주게임을 하고 있는 건지도 모르니까요."

"결국 나는 자의사와 무관하게 노예 사역을 하고 있군요."

다시 울화가 치밀고 부아가 끓어오르기 시작했다.

"노예 사역이 아니라 환영의 창조에 공동으로 기여하는 거라고 생각하세요. 실제로 눈에 보이는 모든 물질우주는 의식이 창조한 환영일 뿐이니까요. 개별적인 것처럼 보이는 의식도 모두 하나로 연결되어 있고 실제로 우주의식은 하나이기 때문에 물질우주의 모든 환영은 공동 창조라고 보아야 해요. 서로가 서로를 위해 창조하니 그것이 서로가 서로에게 더욱 큰 창조 욕구를 자극하는 인과가 되죠. 그래서 창조는 무한 영역으로 증가할 수밖에 없는 거예요. 그와 같은 창조 시스템을 이해하면 창조주라는 인격적 제한에서 벗어날 수 있게 돼요. 창조주 개념도 악성 외계인들이 자신들에 대한 숭배심을 조장하기 위해 지구인들에게 주입시켜 놓은 유일신 세뇌의 일부일 뿐이니까요."

"공동 창조라는 걸 공개적으로 알려주면 안 되는 이유는 뭔가요?"

"그건 당신이 3차원 밀도의 육체에 갇혀 있기 때문이죠. 그것 때문에 당신은 우주적인 호환성에 한없이 취약해요. 누가 당신으로 하여금 사역을 하게 하는가! 당신이 궁금해 하는 바로 그 존재들도 그 문제를 무척 안타깝게 생각하고 있어요."

나는 에어럴의 전언을 절망적인 메시지로 받아들였다. 육체에 갇혀 있는 저급한 행성감옥의 수형인, 자기 뜻대로 살 수 없는 자유의지 부재의 사역인과 나는 하등 다를 게 없었다. 그런 내 자신을 어떻게 소설을 쓰는 창작의 주체라고 할 수 있을까!

그 순간, 어떤 저주의 상징처럼 나의 뇌리를 스쳐간 강렬한 궁금증이 있었다. 나는 그것을 에어럴에게 묻지 않을 수 없었다. 어쩌면 그것이 나에게 내려진 저주의, 형벌의 표식일지도 모른다는 생각이 퍼뜩 뇌리를 스쳐간 때문이었다.

"어째서 시계를 볼 때마다 동일한 숫자의 배열이 그토록 자주 목격되나요? 그걸 우연히 일어나는 일이라고 치부하기엔 반복의 정도가 지나치다 싶은데, 혹시 내가 자각하지 못하는 불길한 신호는 아닌가요?"

나의 물음에 에어럴은 선뜻 메시지를 주지 않았다. 그 순간, 나의 귀에는 바람소리가 들렸고 새벽을 가르고 달리는 오토바이 엔진 소음이 들렸고, 그것과 대비되게 그 순간 이후의 정적이 너무 길고 깊게 느껴졌다.

시간이 얼마나 흘렀는지 모르겠으나 내가 문득 고개를 들었을 때 나의 시야에는 다시 깊은 어둠과 디지털시계 자판의 숫자가 선명하게 떠 있었다. 정신을 잃었던 것인지 잠에 빠졌던 것인지 알 수 없었으나 허공에는 4 : 44가 떠 있었다. 그리고 에어럴은 이미 사라진 뒤였다.

신기한 일이지만 나의 마지막 물음에 대한 에어럴의 답은 나의 기억에 남아 있었다. 시계를 볼 때마다 자주 목격하게 되는 동일한 숫자의 배열은 무엇을 의미하는가.

"그건 당신이 오래된 영혼이기 때문이에요. 지구에 아주 여러 번 태어난 전력이 있다는 것이죠. 하지만 동일 숫자의 배열은 그것보다 더 큰 비밀을 숨기고 있어요. 동일한 숫자의 배열을 보는 지구인들이 당신만은 아니라는 걸 언젠가는 알게 되겠죠. 그런 숫자의 배열을 보면서 계속 가면 되니까 아무것도 두려워하지 말아요. 그것은 지금 잘 가고 있다는 알림 표식 같은 것이니 언젠가 그것이 끝나는 지점, 모든 것이 열리는 지점에 도달하겠죠. 모든 것이 동일해지는 지점, 모든 것이 하나 되는 지점, 분리도 없고 분별도 없어지는 지점…… 거기!"

가을비가 내리는 밤, 나는 우산을 쓰고 아파트 단지를 산책하고 있었다. 빗줄기가 굵지는 않았지만 제법 운치 있게 내려 걸음이 멈추어지지 않았다. 단지에 조경수가 많아 낮 동안 불어젖힌 바람에 낙엽도 엄청 많이 떨어져 있었다. 비에 젖은 낙엽이 보안등 빛을 받아 코팅 처리된 것처럼 예리한 빛을 말하고 있었다.

그렇게 걷다가 문득 이브 몽탕의 〈고엽(Les Feuilles Mortes)〉이 떠올라 휴대폰으로 유튜브를 열고 이어폰으로 음악을 듣기 시작했다. 하지만 비 내리는 가을밤의 고즈넉한 분위기를 깨듯 그 곡이 채 끝나기도 전에 전화가 걸려 왔다. 시계를 보니 8시 49분이었다.

"선배님, 안녕하세요. 오랜만입니다. 저는 저녁 무렵부터 지금까지 동네 술집에서 혼술 하고 있습니다."

'시간여행자'라는 별명을 지닌 후배 소설가였다. 그의 닉네임은 그가 21세기와 사뭇 동떨어진 사유와 인생관을 지니고 있는 것 같다는 인상을 받고 내가 붙여준 것이었다. 우주의 다른 타임라인으로부터 지구로 잘못 미끄러져 들어온 존재처럼 그는 지구에서의 삶에 잘 적응하지 못한 채 늘 '떠나는 꿈'에 사로잡혀 있었다. 너무 밝고 맑고 착한 심성의 소유자들이 지구적 환경에 적응하지 못한 채 도태되고 왕따당하는 장면을 목격하는 건 별달리 어려운 일이 아니다. 하지만 그토록 간절하게 떠나고 싶어하면서도 단 한 번도 떠난 적이 없는 인물이라서 그는 내게 몹시 안쓰러운 존재로 각인돼 있었다.

―그토록 떠나고 싶어하면서 어째서 그토록 못 떠나는 것인가?

언젠가 그에게 물은 적이 있었다.

나의 물음에 그는 단순명료한 대답을 제시했다.

―떠나고 싶은데 어디서 왔는지 기억이 나지 않아서요.

"선배님은 지금 무얼 하고 계시나요?"

"나는 우산 쓰고 걷고 있어."

"왜 걷죠?"

"몰라. 그냥…… 소설도 잘 써지지 않고 심사가 몹시 어지러워. 오죽하니 이렇게 비 오는 밤에 우산 쓰고 혼자 걷겠나?"

"오홋, 선배님은 혼비 하고 계시는군요. 선배님이 제 앞에 앉아 함께 마시면 딱 좋을 밤인데 정말 아쉽네요. 제가 지금 선배님 동네로 갈까요?"

"글쎄, 혀 굴러다니는 걸 보니 좀 취한 것 같은데 다음에 만나 처음부터 진도 같이 나가도록 하지."

"아, 네. 그러죠 뭐. 근데 제가 선배님께 전화를 드린 이유가 있는데, 왠지 좀 망설여지네요. 이걸 말해야 하나, 말아야 하나……. 말한다고 해도 달라질 게 없다는 걸 뻔히 알고 있다는 게 문제로군요."

"말을 하건 안 하건 자네 의사이지만 말해도 달라질 게 없는 문제라면 좀 더 품고 부화시키는 게 좋지 않을까?"

"핫, 정말 검인정교과서 같은 말만 하시는군요. 저도 처음에는 그렇게 생각했었는데 술을 마시고 취기가 오르기 시작한 뒤부터 그 생각이 자꾸 저를 찌르는 거예요. 그래서 견디다 못해 전화를 한 건데…… 기왕 전화를 걸었으니 한번 말을 꺼내볼까요?"

그가 그렇게 말할 때 나는 아파트 후문을 벗어나 협소한 이면도로를 건너고 있었다. 이곳저곳 도로에 고인 빗물 위로 보안등 빛이 내려앉아 유리처럼 번들거리고 있었다. 나는 그 도로를 건너 상가 건물 쪽으로 가며 후배소설가의 물음을 긍정적으로 받아들였다.

"어차피 그 말을 하려고 전화한 거잖아. 해봐."

"좋습니다, 선배님. 하지만 제가 오늘 술을 마셨기 때문에 이 말을 꺼내는 게 아니라는 건 분명하게 말씀드리겠습니다. 근래 들이 이 문제가 저를 지속적으로 괴롭히고 있었기 때문에 의식에 퇴비더미가 쌓인 것처럼 마음이 계속 불편했거든요."

"왠지 예감이 좋지 않군. 나에게 뭔가 따질 게 있다는 뉘앙스잖아."

"어쩌면…… 그렇게 생각할 수도 있는 문제입니다. 하지만 따진다기보다 자문을 구한다고 생각하시고 제 말을 들어주시면 고맙겠습니다."

나는 도로를 건너 상가 건물 뒤편으로 돌아갔다. 그곳에 커피숍과 순댓국집이 있었다. 산책을 하다가 그 순댓국집에 들러 혼자 소주를 마신 적이 몇 번 있었다. 위치가 후미진 곳에 있어서인지 밤인데도 술 손님이 하나도 없었다. 주방에 있던 아줌마가 밖으로 나와 반색하며 웃을 때 나는 귀에 이어폰을 꽂고 통화를 유지하며 메뉴판의 '순대 한 접시'와 '소주'를 손가락으로 연해 짚어 보였다. 아줌마가 알았다는 시늉으로 연신 고개를 끄덕이며 주방으로 사라졌다.

시간여행자의 전화는 생각보다 심각한 것이었다. 시공간은 다르지만 같이 소주를 마시며 들어주지 않으면 안 될, 그냥 맨 정신으로 들어주기에는 사뭇 깊은 인간적 고뇌가 그의 말에는 깃들어 있었다. 그는 1년 2개월 전 국립중앙도서관 인근의 호프집에서 술을 마시며 내가 그에게 했던 한마디의 말을 표적으로 삼고 있었다.

"그날 그 술집에서 선배님이 저에게 '이제 그만 꿈에서 깨어나라'는 말을 하셨죠. 기억나나요?"

"기억나."

대답을 하고 나서 나는 소리 나지 않게 소주잔을 비웠다.

"솔직하게 말씀드려 저는 그때부터 오늘 이 순간까지 그 말을 계속 마음에 품고 살아왔습니다. 그 말이 늘 어디로인가 떠나는 꿈을 품고 사는 저에게는 직격탄으로 받아들여졌기 때문이죠. 그따위 꿈에서 그만 깨어나라, 깨어나서 현실을 직시하고 살아라, 뭐 그런 뜻이었겠죠?"

"직역하면 그렇지만 의역하면 완전히 달라지는 말이지."

"달라질 게 뭐가 있나요?"

"떠나는 꿈을 꿀 필요가 없다는 말이 되니까."

"깨어나면 떠나는 꿈을 꿀 필요가 없어진다는 건가요?"

"그런 셈이지. 꿈에서 깨어났는데 가긴 어딜 가."

나는 다시 한 잔의 소주를 소리 나지 않게 비웠다.

"그럼 꿈에서 깨어나면 뭐가 있나요?"

"깨어나면 지금까지 계속 꿈속에 있었다는 걸 자각하게 되지. 그걸 자각하는 의식이 되살아나니까. 자신이 인생이라고 믿었던 모든 것, 자신이 현실이라고 믿었던 모든 것이 완전히 꿈이었다는 걸 자각하는 의식 말이야. 그 의식이 곧 자네라는 걸 알게 된다는 말이네.

인간은 육체적 존재가 아니고 의식적 존재야. 의식이 곧 자네이고 나라는 말이지. 꿈에서 깨어난다는 건 그 의식으로 자네가 자네의 꿈을 보게 된다는 거야. 자네는 자네의 의식이 육체 안에 있다고 생각할지 모르지만 실상은 육체가 의식 안에 있는 거라네. 육체뿐 아니라 온 우주의 삼라만상이 의식세계 안에서 펼쳐진다는 걸 인간들이 모르고 있을 뿐이지. 육체 속에 의식이 있는 게 아니고 의식 속에 육체가 있는 거지. 육체란 우주를 경험하는 네 필요한 의식의 도구일 뿐이니까 말이야."

"그래도 여전히 꿈은 꿈이잖아요. 깨어난다고 해서 달라질 게 뭐가 있습니까?"

"자네 혹시 꿈을 꾸면서 '지금 내가 꿈을 꾸고 있다'는 걸 의식하는 꿈을 꾸어본 적 있는가?"

"자각몽 말인가요?"

"그래, 자각몽. 자각몽을 꾸어본 적 있는가?"

"당근, 있죠. 그것도 많죠."

"그럼 자각몽과 그냥 꿈의 차이가 뭐라고 생각하는가?"

"꿈속에서 그게 꿈이라는 걸 자각하니까 그 꿈을 내 마음대로 바꿀 수 있었죠. 꿈의 장면과 내용을 나의 의식으로 조정할 수 있어서 그런 꿈을 꾸고 나면 기분이 좋아지잖아요."

"그래, 바로 그거야. 내가 깨어나라고 한 건 바로 그 상태가 되라는 거였어. 지금 우리가 살고 있는 이 세상살이가 꿈이라는 걸 알아차리고 깨어나면 그 순간부터 세상살이가 내 마음대로 조정하고 펼칠 수 있는 자각몽으로 바뀌는 거야. 수동적인 꿈이 아니라 능동적으로 컨트롤할 수 있는 꿈으로 바뀌는 거지. 그냥 꿈속에 갇혀 주어지는 꿈에 시달리는 노예적 상태가 아니라 그것을 자각몽으로 바꿔 스스로 컨트롤하며 살 수 있게 된다는 거야. 깨어나는 것과 깨어나지 않는 게 얼마나 큰 차이인지 이제 알겠나?"

"그럼 선배님은 지금 자각몽 인생을 살고 있나요?"

"……"

나는 순간 말문이 막혀버리고 말았다. 내가 내 인생을 자각몽처럼 컨트롤하며 살고 있다면 내 소설을 내 뜻대로 펼치지 못해 괴로워하는 건 도대체 뭐라고 설명할 것인가. 이렇게 비 내리는 밤에 혼자 우산 쓰고 돌아다니며 청승을 떠는 걸 어떻게 자각몽 상태라고 할 수 있단 말인가!

"왜요? 왜 아무 대답도 안 하시는 거죠? 제 질문이 너무 무례했나요?"

"아니, 그게 아니라 뭔가 명치에 와서 꽂혀버렸어. 자네가 내 문제의 정곡을 찔러버린 거야. 나도 자각몽 상태의 자각생을 사는 게 아니라네. 지금 쓰고 있는 내 소설이 누군가의 자각몽에 갇혀 컨트롤당하고 있는 것 같아 나도 괴로워. 늘 떠나고 싶어하면서도 떠나지 못하는 자네 상태와 다를 게 없네. 지금 이 순간, 자네 덕분에 그걸 분명하게 알아차렸어. 정말 고마워."

나는 소주 한 잔을 단번에 비우고 카, 하는 입소리를 냈다. 그러자 그가 지금 뭐 하는 거냐고 물었다. 그래서 있는 그대로 대답했다.

"나도 소주 마셔."

소주 한 병을 다 마시고 다시 한 병을 더 마실 때까지 그와 나는 서로 다른 시공간에서 함께 술을 마셨다. 그 시간 동안 나는 인간에게 주어지는 인생을 깊은 꿈으로 비유하고 그것으로부터 깨어날 필요성을 역설하며 내세우던 자각몽 논리에 대해 깊이 반성하지 않을 수 없었다. 그런 것이야말로 말을 위한 말, 언어적 허세에 불과한 게 아닌가 하는 반성까지 곁들여져 술맛이 더욱 고조되었다. 내가 그런 심중을 털어놓자 그가 조만간 만나 긴 대화를 나누고 싶다고 했다. 나는 그의 문제가 아니라 나의 문제를 용납 없이 털어놓고 싶어 망설이지 않고 그러자고 했다. 그러자 그가 나에게 전화를 걸어 온 애초의 목적을 환기시키며 나로 하여금 항복 조인서에 서명하라는 듯 이런 질문을 날렸다.

"선배님, 그럼 전 앞으로도 계속 떠나는 꿈을 꾸고 살아도 되겠죠? 설령 떠나온 곳이 기억나지 않는다 할지라도 떠난다는 행위에 대한 갈망까지 사라지면 인생을 사는 낙이 없어지니까요. 정말 전 죽을 때까지 꿈에서 깨어나고 싶지 않아요. 깨어나도 별달리 다른 꿈을 꾸고 싶지 않거든요. 호접몽이건 자각몽이건, 개꿈이건 똥꿈이건, 그 모든 게 다 허황한 꿈이잖아요. 꿈인지 생시인지 굳이 분별할 필요가 뭐가 있겠어요. 지금처럼 이렇게 취해 있으면 제일 좋은 거죠. 안 그렇습까?"

기온이 곤두박질치는 시간, 그것이 가을의 마지막 밤이었다.

시간여행자를 만나기로 한 날은 오전부터 금방이라도 눈이 쏟아질 것처럼 날빛이 잔뜩 끄무러져 있었다. 그를 만나기로 한 저녁 무렵에는 굵은 눈발이 날리지 않을까 하는 기대가 은근히 부풀어 올랐다.

몇 년 전 겨울, 12월 마지막 주였던가, 한 해가 가기 전에 송년주를 마시자 하여 소설가 넷이 모인 적이 있었다. 1차와 2차를 마실 때도 멀쩡했는데 자정 무렵 3차를 끝내고 밖으로 나왔을 때 세상에는 상상을 초월하는 폭설이 쏟아지고 있었다. 여름이라면 '시간당 400밀리미터' 운운할 정도의 폭우에 맞먹는 폭설이었다. 그때 둘은 먼저 지하철을 타러 폭설 속으로 달려가고 나와 시간여행자는 로터리 근처의 빌딩 입구로 대피해 30분 정도 허공을 올려다보며 낭만적인 헛소리를 지껄여댔다. 남극으로 가고 싶다는 둥, 설국으로 가고 싶다는 둥, 하나 마나 한 소리를 주고받았는데 취중이라서인지 그게 조금도 면괴스럽게 여겨지지 않았다. 30분쯤 지난 뒤, 눈이 거짓말처럼 멎었을 때 그와 나는 남극도 아니고 설국도 아닌 근처의 포장마차로 4차를 하러 갔다.

시간여행자를 만나기로 한 장소는 종로3가 전철역 6번 출구였다. 나에게 결정권이 주어지면 대개의 약속 장소를 나는 그곳으로 정하곤 했다. 조선시대에 형성된 한옥촌의 지붕과 골목을 그대로 유지한 채 내부만 리모델링한 익선동은 10대, 20대나 좋아할 만한 취향이라 나에겐 별로 매력이 느껴지지 않는다. 내가 좋아하는 것은 그 언저리, 예컨대 운니동·와룡동·돈의동·경운동·낙원동 같은 곳이었다. 다른 무엇보다도 선술집 선택의 폭이 대한민국에서 가장 넓다는 걸 나는 으뜸 포인트로 꼽았다. 그곳에 있으면 타임머신 없이 과거로 이동한 시간여행자 기분을 만끽할 수 있으니 그날의 만남에는 그 장소가 제격일 수밖에 없었다.

약속시간은 5시였는데 4시 50분경 시간여행자에게서 전화가 걸려 왔다. 나는 20여 분 전에 약속장소에 도착해 주변을 둘러보고 술 마실 장소를 물색한 뒤 6번 출구 앞으로 되돌아와 어슬렁거리던 참이었다. 보나마나 5분이나 10분쯤 늦는다는 전화겠지, 하고 통화 버튼을 눌렀는데 그게 아니었다.

"선배님, 죄송해서 어쩌죠?"

착 가라앉고 서걱거리는 음색으로 그는 입을 열었다.

"왜?"

'왜?'라고 묻는 그 순간, 거의 모든 정황이 찰나처럼 뇌리를 스쳐 갔다. 못 나온다는 얘기로구나! 그 순간, 나로서는 그것 말고 달리 떠올릴 만한 게 없었다.

"제가 병원에서 좀 전에 집으로 돌아왔는데요, 병원 갔던 사정이 여의치 않아 도저히 출타하기가 어렵게 됐습니다."

"왜, 어디 다쳤어?"

"아뇨, 다친 건 아니고 원래 오늘 위와 대장내시경 검진을 받기로 2시에 예약이 돼 있었어요. 그래서 그 검진을 받고 곧바로 선배님 만나러 나가려 했는데, 전신 마취에서 깨어났더니 상황이 복잡해져 있는 거예요. 대장에서 여섯 개의 용종을 제거했는데 그중 하나가 지름 4센티라 암 조직검사를 의뢰했대요. 그리고 용종을 제거한 부위에 출혈을 방지하기 위해 스테이플을 찍어 오늘은 도저히 술을 마실 수 없는 상태가 되어버렸네요."

말을 하고 나서 그는 암 판정이라도 받은 사람처럼 길게 한숨을 내쉬었다.

"그런 일이 있었군. 도리 없는 일이지, 어쩌겠나."

몇 마디 상투적인 얘기를 더 나누고 전화를 끊었다. 모든 계획이 수포로 돌아가는 순간이었다. 그 순간, 내가 왜 그를 만나려 했었는지 그 경위가 퍼뜩 떠오르지 않았다. 비 내리던 밤 그가 전화를 걸어와 나에게 따진 건 뭐였는지, 내가 그를 만나자고 한 이유는 뭐였는지⋯⋯. 정말 아무것도 기억나지 않았다. 무엇이 어찌됐건 나는 그 자리를 떠나야 했다.

어디로든 가야 하는데 선뜻 발걸음이 떨어지지 않았다. 그를 만나면 가려고 내정해 두었던 선술집은 여건상 느긋하게 혼술을 할 만한 집이 아니었다. 나는 무작정 낙원상가 쪽으로 걸음을 옮기다 비교적 손님이 없는 선술집으로 들어가 파전과 소주를 주문했다. 그리고 바람맞은 자의 입장에서 내가 시간여행자를 만나려 한 이유를 곰곰 되새겨보았다. 소주 한 병을 거의 다 비워갈 즈음, 취기의 힘이 기억을 생생하게 복원해 주었다.

—이제 그만 꿈에서 깨어나라!

그것이 문제의 발단이었다. 1년 2개월 전 국립중앙도서관 인근의 호프집에서 술을 마시며 내가 그에게 건넸던 한마디의 말을 표적

삼아 그는 혼술을 마시다가 나에게 전화를 걸어 온 것이었다. 그래서 나는 그것에 대한 해명이랍시고 자각몽 운운하는 말까지 하다가 그로부터 보기 좋게 역공을 당하고 말았다.

—선배님은 지금 자각몽 인생을 살고 있나요?

국립중앙도서관 인근의 호프집으로부터 종로3가 전철역 6번 출구에 이르기까지 시종일관 문제의 핵심은 말이었다. 말! 꿈에서 깨어나면 뭐 하냐는 그의 말을 조용히 받아들이고, 그래, 꿈에서 깨어나 봤자 별 볼 일 없다, 계속 꿈을 꾸며 살아라, 하고 전화를 끊었으면 지금처럼 종로 바닥에서 혼술 하는 비극은 없었을 터였다. 요컨대 쓸데없는 말을 남발하지 않았다면!

혼술의 취기에 힘입어 나는 도리 없이 비극의 주인공이 되고 말았다. 내가 시간여행자를 만나려 한 이유가 명백하게 되살아나고 그에게 던졌던 말까지 생생하게 재생됐다. 지금 내가 쓰고 있는 소설이 누군가의 자각몽에 갇혀 컨트롤당하고 있는 것 같아 괴롭다는 말을 나는 그에게 했었다. 늘 떠나고 싶어하면서도 떠나지 못하는 그와 내가 아무것도 다를 게 없다는 자조적인 말까지 했었다. 그래서 나는 그를 만나 얼굴을 맞대고 직접 물어보고 싶었다. 내가 쓰는 소설이 실제로 내가 쓰는 게 아니라 다른 존재가 나를 장악해 쓰는 거라면 너는 어떻게 할 것인가?

그것이 문제의 핵심이었다. 소설을 쓰는 동업자로서 나는 시간여행자에게 묻고 싶었다. 하지만 내가 질문의 대상으로 삼으려 한 그 인물은 용종을 제거당하고 보기 좋게 나에게 바람을 맞혔다. 그럼 이제 나는 누구에게 이 물음을 던져야 하나.

혼술이 평소 주량을 두 배 이상 약하게 만든다는 경험칙을 신뢰하면서도 나는 어느새 두 병의 소주를 비우고 있었다. 상태를 보아하니 더 이상 술을 혼자 마시면 안 될 것 같다는 위기감이 들었다. 그런데 바로 그 순간, 어두컴컴한 2층 카페의 풍경이 찰나처럼 뇌리를 스쳐갔다. 인과성도 없고 개연성도 없는 장면이 불쑥 뇌리로 밀려든 것이었다.

여기가 어딘가.

정신을 차려보니 나는 카페의 스탠드에 앉아 있었다. 스탠드 안쪽에는 스포츠형 헤어스타일, 가냘픈 골격에 헐렁한 체크무늬 재킷, 수면이 부족한 것처럼 부석부석한 얼굴의 카페 주인이 앉아 있었다. 그 사람이 주인이라는 건 알지만 나이가 몇 살인지 여자인지 남자인지 나는 모르고 있었다. 나만 모르는 게 아니라 그 카페에 드나드는 사람들 대부분이 나와 비슷한 처지인 것 같았다. 정확한 정보가 없으니 낭설만 분분했다. 트랜스젠더, 게이, 레즈비언, 바이, 심지어 남녀 성기를 모두 지닌 인간이라는 말도 있었다. 간혹 외계인 얘기도 나왔다.

술집 주인이 술안주가 되는 건 손님들 입장에서는 쏠쏠한 재미가 아닐 수 없을 터였다. 낭설이 그렇게 오래 지속되는 이유도 그런 것에 대한 반증일 수 있었다. 어느 누구도 주인의 정체를 알아보기 위해 진정한 노력을 기울이지 않는다는 것, 그런 노력을 기울여 주인의 정체를 밝혀내야 할 필요도 없다는 것. 술집에 와서 술이나 마시다 가면 될 일이지 어떤 성기를 지녔는지 성적 정체성이 무엇인지 그런 걸 밝혀내서 뭐 하겠다는 것인가.

느리고 끈적끈적한 재즈 선율이 실내를 굽이치고 있었다. 스탠드에는 나 말고 다른 손님이 아무도 없었다. 내 앞에는 흑맥주병과 잔, 땅콩 몇 알이 담긴 작은 접시가 놓여 있었다.

'마농'이라는 촌스러운 이름을 달고 있는 창천동 언저리의 그 카페에 나는 딱 세 번 발을 들여놓은 적 있었다. 동료 소설가들과 두 번, 출판사 편집자와 한 번—세 번 모두 나의 자의사와 상관없이 가게 된 경우였다. 지금이 어떤 시대인데 이렇게 고리타분하고 어두컴컴한 카페에 처박혀 술을 마시나?

나는 세 번 모두 그 술집에 대해 별다른 호감을 느끼지 못했다. 특히 그 주인, 남자인지 여자인지 성적 정체성을 파악하기 어려운 인물이 손님들을 함부로 대하는 태도가 영 마음에 들지 않았다. 나이를 가늠하기 힘든 그 주인은 모든 손님들에게 기본적으로 반말을 했다. 뿐만 아니라 손님들의 말에 일일이 샤먼 같은 분위기로 해석을 하거나 예단을 하거나, 그러다가 손을 당겨 손금을 까 보며 흠흠, 그 문제는 풀리기 어렵겠는걸, 하고 말하거나 그건 가만히 있어도 저절로 풀릴 거야, 따위의 예언적 언사를 서슴지 않았다. 그래서 나는 그 인물을 얄팍한 장삿속으로 무장한 선무당 같은 존재라고 치부하곤 했다. 그런데 그렇게 폄하하던 인물 앞에 내가 지금 혼자 앉아 있는 이유는 무엇인가.

"내가 오늘 이 집에 오게 된 이유가 뭘까요?"

흑맥주를 한 모금 마시고 나서 나는 노트북을 들여다보는 주인에게 물었다.

"이유를 모르고 오는 사람들이 대부분이야. 뭐, 술 마시러 오는

데 반드시 이유가 있어야 하는 건 아니잖아."

"이유를 몰라서가 아니라 이유를 알고 묻는 건데 너무 무성의한 대답 아닌가요?"

왠지 알 수 없는 부아가 치밀어 나는 뒤틀린 어조로 되물었다. 그 순간, 주인이 노트북을 탁, 소리 나게 덮었다. 그리고 고개를 꼿꼿하게 쳐들고 나를 보았다.

"오늘 뭔가 많이 뒤틀렸구만. 술이 땡기는 모양인데 좋은 술 마시는 건 어때? 나도 많이 뒤틀려 있는데 우리 조니워커 더블 블랙 같이 마실까? 더블, 둘이 같이 말이야."

입가에 묘한 웃음기를 머금은 채 주인은 물었다.

"뭐, 지금까지 혼술 하다 왔으니 같이 마셔서 나쁠 건 없겠죠."

주인은 망설임 없이 뒤쪽의 진열장에서 조니워커 더블 블랙을 꺼내 마개를 열었다. 그리고 아이스 패일과 잔, 몇 종류의 치즈가 담긴 접시를 숙련된 동작으로 스탠드에 올려놓았다. 그리고 술은 각자 원하는 대로 따라 마시자고 했다. 그 순간, 근거를 알 수 없는 공중부양감이 느껴졌다. 어둠 속을 걷다가 한쪽 발이 허방을 짚을 때 느껴지는 그 짜릿한 울렁거림.

"지금까지 혼술 하다 왔다면 나하고 같이 술 마시고 싶어서 온 거네. 안 그래?"

"노노노노! 절대, 그건 아니니까 참아주세요."

나는 반사적으로 손을 내저으며 강하게 부정했다.

"뭐, 아무래도 상관없어. 나는 술만 팔면 되니까."

말을 하고 나서 주인은 어깨를 들썩이며 키득거렸다.

"뭐가 그렇게 우스운 거죠?"

"아직도 세상에 이렇게 혼술 하고 돌아다니며 심각한 표정 짓고 있는 소설가가 남아 있다는 게 너무 신기하게 보여서 웃은 거야. 보는 것만으로도 웃음이 절로 나와. '웹소설에 뺨맞고 마농에 와서 술 푼다'고 지난주에 명언을 남기고 간 소설가가 있어. 내가 누구라고 이름은 밝히지 않겠지만, 그 인간도 지금의 당신과 표정이 거의 똑같았어. 내장이 썩은 것 같았거든."

"정말 술장사를 오래 해서 그런지 술맛 나는 말만 골라서 하는군요. 기가 막히네요. 21세기에 촌스럽게 마농이라니요. 인생관이 연애지상주의라도 되는가 보죠?"

구체적 인과관계도 없이 나는 주인이 깔아놓은 진흙탕으로 발을 들여놓고 있었다. 기갈 들린 것처럼 양주를 거푸 마시고 나는 세차게 머리를 흔들었다. 전의를 잃지 않고, 전세를 뒤집고 싶은 격렬한 충동이 내면에서 부글거리고 있었다. 하지만 주인은 시종 느긋한 표정으로 음미하듯 술을 홀짝거리고 있었다.

"마농이 아니야. 맨 온(Man on)인데 띄어쓰기를 안 한 것뿐이야. 마농 레스코 같은 건 쓰레기지. 설마하니 내가…… 바본 줄 아나 봐?"

주인은 다시 어깨를 들썩이며 키득거렸다.

"맨 온? 그게 무슨 의미죠?"

"아무 뜻도 없어. 그냥, 맨, 온. 뭐, 세상만사에 반드시 뜻이 있어야 하나?"

"뜻이 없다고 말하는 그것도 뜻이라면 어쩌겠습니까?"

"흠, 이젠 말장난이나 하자, 이건가?"

비아냥거리듯 주인은 입언저리를 일그러뜨렸다.

"아니, 진심으로 내가 묻고 싶은 게 있어요. 오늘 내가 여기 온 이유도 그것 때문이죠."

"그럼 물어."

"내가 소설을 쓰고 당신이 여기서 카페를 하고, 지금 이 순간 당신과 내가 여기 앉아 이런 쓰레기 같은 대화를 나누는 건 진정 당신과 나의 의지일까요?"

"의지가 아니면?"

"그게 우리의 자유의지가 아니라 다른 누군가 우리를 입고, 그러니까 이 몸을 입고, 자신들의 3차원 놀이를 즐기는 거라면 어쩌겠는가 하는 것이죠. 우리의 모든 생각과 행동이 우리의 자유의지로 이루어지는 것 같은 착각에 사로잡히게 해놓고 실제로는 다른 차원의 존재들이 우리를 게임 캐릭터로 부리고 있다면 말이죠."

좀 더 일목요연하고 조리 있게 문제 제기를 하고 싶었지만 취기가 너무 올라 뜻대로 되지 않았다.

"그러거나 말거나, 그게 왜 문제가 되는데?"

어깨를 으쓱해 보이며 주인은 되물었다.

"우리에게 주어진 인생이 우리 것이 아닐 수도 있다는 말을 하고 있는데, 그래도 괜찮다는 건가요?"

"뭐, 그런 게 사실이라고 해도 다른 수가 없잖아. 예를 들어 저 위에서 주인님이 우리를 부린다는 걸 알게 되면 그때부터 주인님의 말에 무조건 불복종하고 반항하고 저항하고 투쟁해야 한다는 건가?"

"속고 살았다는 걸 깨치게 됐는데도 아무렇지 않다는 건가요?"

위스키 잔을 잡은 손에 힘을 주며 나는 물었다.

"그건 속고 속이는 게 아니지. 처음부터 주인님 프로그램대로 살게 되어 있었던 기니까. 그런데 그걸 왜 따져? 왜 주인님 프로그램대로 사는 건 나쁜 거고, 그런 것에는 반항해야 한다고 생각하는 건데? 그거 너무 상투적인 패턴 아냐? 인간은 좆도 별 볼 일 없는 존재라고 생각하고, 나라고 내세우는 모든 게 다 미친 망상이라고 생각하고, 그냥 주어진 인생 주어지는 대로 사는 게 훨씬 현명할 수도 있잖아. 안 그래?"

주인은 말하는 동안 스스로 흥분한 듯 의자에서 일어나 어깨를 으쓱거리며 양손을 흔들어 보였다.

"오, 그렇게 놀라운 견해를 가지고 계신 줄 몰랐네요. 정말 놀라워요."

나도 모르게 입언저리가 일그러지고 비아냥거리는 표정이 만들어졌다.

"뭐, 이 정도쯤이야 기본 상식에 속하는 거지."

"그럼 마지막으로 한 가지만 더 묻죠. 당신은 남자인가요 여자인가요? 아니면 둘 다 아닌 제삼의 무엇인가요?"

"왜 그런 게 궁금해? 인간이 반드시 무엇이어야 할 필요가 어디 있으며 내가 그걸 왜 당신에게 말해 줘야 해. 그냥 당신 꼴리는 대로 생각해, 그냥!"

그 순간, 주인은 제대로 흥분한 기색을 보였다. 아킬레스건을 분명하게 드러내는 반응이 아닐 수 없었다.

"당신의 지론대로라면 당신의 주인님이 그렇게 만들어준 건데 그 걸 굳이 숨겨야 할 필요는 뭔가요?"

다음 순간, 나는 순간이동을 한 것처럼 카페 복도에 서 있었다. 내 면전에서 카페 주인이 팔짱을 낀 채 나를 노려보고 있었다. 엘리베이터를 등지고 선 나에게 카페 주인은 오른손 중지를 뻗어 내 턱 밑에 꽂고 머리끝까지 화가 난 표정으로 이렇게 짓씹어 뱉었다.

"등신아, 내가 남자면 내 뜻이고 내가 여자면 내 뜻이겠니? 내가 트랜스젠더면 내 뜻이고 게이면 내 뜻이겠니? 남자이건 여자이건 제삼의 무엇이건 그게 내 뜻이 아니라서 너는 오늘 살아 돌아가는 줄 알아라. 내 뜻을 10프로만 반영할 수 있어도 너는 여기서 좆대 가리가 잘렸을 거야. 그러니 앞으로 두 번 다시 여기 오지 마. 한 번 만 더 나타나면 그땐 어김없이 자른다. 알겠지?"

"그럼 내가 여기 한 번 더 나타나면 당신이 자유의지를 사용할 수 있다는 말인가요? 진정 그런 말 같지도 않은 말을 아무렇지도 않게 마구 씨부렁거려도 되는 건가요?"

등 뒤에서 엘리베이터 출입문이 열릴 때, 나는 잠에서 깨어났다. 화들짝 놀라 상체를 일으키고 주변을 둘러보았다. 블랙아웃으로부 터 의식이 돌아올 때 느껴지는 거대한 공포감이 해일처럼 의식을 덮쳤다. 다행스럽게도 내가 눈을 뜨고 아침을 맞이한 곳이 내 집이 라는 걸 확인한 뒤에야 나는 비로소 안도의 한숨을 내쉴 수 있었 다. 하지만 나의 기억에서 꾸역꾸역 밀려나오는 마농에서의 장면, 주인과 주고받은 대화가 실제의 기억인지 취중 악몽인지 도무지 자신할 수 없었다.

오전 내내 불안한 심사로 서성거리다 오후에 인터넷 검색으로 '창천동 마농'을 찾아 전화를 걸었다. 하지만 낮이라서인지 아무도 전화를 받지 않았다. 그래서 좌불안석하며 서성거리다 밤에 다시 전화를 걸었다. 드디어 주인이 전화를 받았다. 하지만 나의 간곡한 물음에 그 사람은 심드렁한 어조로 이렇게 응대했다.

"당신, 어제 우리 집에 온 적 없는데 지금 무슨 말을 하는 거지?"

13

출격 명령이 떨어지자 알파 잉카의 비행선 전면에 수십 개의 동영상 프레임이 중첩되어 나타난다. 그럼에도 잉카는 그것들을 동시에 인식하고 분류하고 분석한다. 우주선 운행에 필요한 모든 작동 장치는 극미세의 섬유조직으로 이루어져 육안으로는 보이지 않는다. 비행 중 필요한 자료를 의식으로 요청하면 순간적으로 그것을 다운로드받을 수 있고 다른 상황을 모니터링할 수도 있다. 아홉 대의 워크인 비행선들은 외부에 실체가 보이지 않지만 워크인 조정자들은 서로의 상황을 동시에 모니터링할 수 있고 상황에 따라 의식적인 피드백을 주고받을 수도 있다. 따로 또 같이 미션을 공동 수행하는 것이다.

비행선에 내장된 의식 가이드는 지속적으로 워크인 작전의 개요와 작전 전개 방식, 필요 사항에 대해 워크인 조종자들에게 브리핑 메시지를 보낸다. 작전 지역은 지구와 달, 화성, 태양계 밖까지 우주 전 영역을 대상으로 삼고 있어 가히 우주작전이라고 해도 과언이 아니다.

지구암흑사단을 대상으로 한 작전에서 가장 중요한 문제는 그들이 지구상의 핵무기로 저항하지 못하게 만드는 것인데 그것이 워크인 작전 수행에서 가장 중요한 문제라는 점을 의식 가이드는 지속적으로 반복한다. 우주의 모든 별과 행성들은 전자기적 필라멘트로 연결돼 '우주 웹(cosmos web)'을 형성하고 있는데 지구상에서 핵무기가 폭발하면 에너지 펄스가 발생해 우주 웹 전체로 퍼져나간다는 것이 문제의 핵심이다. 우주 웹은 우주문명 간의 피드백 통로이기 때문에 이 문제에 대해 우주인들은 지구상에서 핵무기가 처음 실험될 때부터 지구를 관찰해 온 것이다.

워크인 작전 대상 지역은 광범위하게 분류돼 있다. 달작전지휘소의 지하시설, 화성의 기지와 식민지 시설, 지구암흑사단이 점령한 태양계 밖의 정찰 및 점령 지역, 그리고 지구상의 지하기지들과 남극 지하기지가 주요 작전 대상이다.

아홉 대의 워크인 비행선은 달과 화성 그리고 지구상의 지하 시설들에 원인무효물질 에너지를 분사하여 그 기능을 무력화하고 물질 이전 상태로 되돌리는 게 주요 목적이다. 하지만 태양계 밖에서는 우주연합과 지구암흑사단 간의 치열한 우주전쟁이 전개될 것이다.

워크인 비행선은 각자의 조종석에서 나머지 여덟 대 비행선의 조종석을 동시에 체험하는 시스템이 갖춰져 있어 멀티 플레이가 가능하다는 게 특징이다. 의식적인 결정권을 행사하기 어려울 때는 알파 잉카의 의식이 그 순간을 대행할 수 있고 알파 잉카도 결정하기 어려울 경우는 기지에서 모니터링하는 작전 전담지휘관이 최종 결정을 내릴 수 있다.

지구상에는 지구암흑사단의 크고 작은 비밀 지하기지가 상상을 초월할 정도로 많이 존재한다고 의식 가이드는 브리핑 메시지를 전한다. 대표적인 지하기지로 꼽히는 Area-51은 라스베이거스 북서쪽 네바다 사막에 광범위하게 배열된 4000에이커에 달하는 광범위한 지역인데 수천 대의 감시카메라와 전자감지기가 설치되어 있고 특수 보안 집단이 경비를 하고 있어 뉴멕시코주의 덜스(Dulce) 기지와 함께 요주의 작전 지역으로 꼽힌다. 이것들은 모두 악성 외계인들과 결탁한 지구암흑사단의 군산 복합 시설들이며 이곳에서 상상을 초월하는 실험들을 반세기 이상 진행해 오고 있다는 사실이 보고돼 있다고 의식 가이드는 강조한다.

지하시설 작전 전개 시 주요 사항은 지하의 깊이와 원인무효물질 에너지 분사 압력에 관한 것이다. 하지만 그것들은 이미 데이터로 정리되어 프로그램에 입력되어 있다. 지하시설들은 분사 압력 데이터를 기반으로 작전을 전개하기 때문에 굳이 지하까지 들어갈 필요 없이 지상에서 분사 작전을 전개하면 된다. 전 세계에 산재한 시설이 많지만 지하 진입의 필요성이 없으므로 순간이동으로 작전을 수월하게 진행할 수 있는 것이다. 뿐만 아니라 원인무효물질 에너지는 우주대법칙에 의거하여 사람이건 짐승이건 식물이건 생명을 지닌 것에는 일절 영향을 미치지 않는다.

지하시설들 중에는 여러 층이 존재하는 심층 구조가 있는데 그런 기지들은 지하 각 층이 분리돼 인간 거주 시설과 외계인 거주 시설이 다른 층에 배치돼 있고 여러 실험층에는 텔레파시, 오라, 초감각, 최면, 세뇌와 연관된 마인드컨트롤 시설, 인간과 동물, 인간과 외계종 간의 DNA 교배 연구 및 합성생물, 복제인간 창조와 같은 유전공학 시설이 자리 잡고 있다.[*] 그럴 경우 분사 압력의 효과를 높이기 위해 수직과 하강의 순간이동을 잘 활용할 필요가 있다고 의식 가이드는 강조한다.

가장 난이도가 높고 위험하고 문제가 되는 작전 지역은 알파 잉카에게 주어진 남극 지하기지 시설이다. 남극에서는 원인무효물질 에너지 분사를 지상에서 실시하지 못하게 설정되어 있다. 지상에서 그것을 분사하면 남극의 만년빙이 모두 소멸될 가능성이 있고 그럴 경우 지구에 엄청난 재앙이 발생할 수 있기 때문이다. 결국 지하기지 시설로 진입하여 작전을 수행해야 한다는 것인데 그 시설의 규모와 구조가 너무 복잡해 한번 진입하면 미로에 빠지듯 복잡한 상황에 처할 가능성이 크다는 것이 문제의 핵심이다. 그것 때문에 의식 가이드는 알파 잉카에게 지속적으로 브리핑한다.

"남극 기지는 1930년대 후반 나치 원정대에 의해 처음 만들어지기 시작했다. 그들은 그곳 지하 1킬로미터로부터 4.5킬로미터 사이에 자연스럽게 형성된 돔 구조를 발견해 잠수함 기지 조성을 시작하고 나중에는 우주선 기지로 개발했다. 나치가 2차 대전 이전에

---

[*] 박찬호, 『UFO와 신과학, 그 은폐된 비밀과 충격적 진실들』, 은하문명, 2014, 183~187쪽, 'Area51'과 '덜스' 기지.

반중력 우주선 제작 기술을 확보하고 있었다는 건 지구상에서는 극비 중의 극비 사항에 속했다. 남극 기지 개발 과정에서 나치는 아틀란티스 유적을 발견하고 중력과 기압이 다른 행성에서 온 외계인들의 사체도 발견했다. 나치가 만든 남극 기지는 세계대전 후 지구암흑사단이 접수하고 그들은 현재까지 핵무기와 핵물질 관련해 생물과 화학 위주의 상상을 초월하는 실험을 계속하고 있다. 실험에 클론들을 이용하기도 하고 온갖 화학적 화합물에 인간이 어떻게 반응하는지에 대한 끔찍한 반인륜적 실험들까지 계속하고 있으니 반드시 소멸시켜야 할 시설이다."[*]

알파 잉카의 시야에 남극의 초기 지하기지 시설과 1930년대 이후의 대규모 기지 개발 장면들이 지나간다. 뿐만 아니라 근년에 지구암흑사단에 의해 발굴된 남극 문명의 유적들도 영상으로 나타난다. 빙하 2마일 아래에서 발견된 지름 48킬로미터의 타원형 우주선 세 대와 인간이 아닌 사체들, 실험용 생명체 등등.

"지구상에 5만 5000년 전에 도착한 외계 종족이 남극 대륙에 문명의 유적을 남긴 것인데 그 존재들은 아담 이전의 문명, 즉 '프리-아다미테스(Pre-Adamites)'로 불린다. 지금 영상에서 보는 것처럼 그들은 긴 두개골에 3~3.6미터의 신장으로 이집트 파라오와 비슷한 용모를 지니고 있다. 그들은 남극 대륙에 문명의 기반을 두고 정착해 대략 1만 2000년 전까지 존재하고 있었는데 갑작스러운 지구상

---

[*] 코리 굿 & 조던 세이더, 〈어보브 머제스틱 : 비밀우주 프로그램의 영향〉, 2018, 남극 기지에 관한 코리 굿의 진술에 근거했다.

의 대격변으로 급속 동결되어 현재까지 사체들이 보존되어 온 것이다."*

영상에는 지구암흑사단이 발굴하여 일렬로 눕혀놓은 동결 사체들과 선사시대의 지구상 유인원과 동물들의 사체, 그리고 유전자 실험의 결과로 만들어진 듯한 꼬리 달린 사체도 있다. 영상은 최근 구글 어스 좌표(S79.58.24.09, W81.57.45.82)로 확인된 이집트 피라미드와 동일한 구조의 피라미드 세 개와 절벽 30미터 높이에 형성된 기지 입구처럼 보이는 동굴 등등을 보여준다.

"지금까지 보여준 영상들은 외부에 노출된 발굴 영상들이지만 우리가 작전 지역으로 삼고 있는 지축진동가속기 설치 지역과 핵폭탄 저장고, 그리고 실험 기지는 영상 자료가 확보되어 있지 않다. 이것은 작전 전개상 매우 심각한 핸디캡이다. 우리가 확보한 것은 위치 좌표와 기지의 깊이 정도인데 알파 잉카는 오직 그것에 의존해 작전을 수행해야 하기 때문이다."

의식 가이드의 브리핑이 종료된 뒤 잉카는 달과 화성식민지, 그리고 지구상의 지하기지로 이동한 워크인 비행선들의 영상을 일별한다. 모두 각자의 작전 구역에 당도해 정해진 순서대로 좌표 타깃을 확인하고 있다. 하지만 알파 잉카의 비행선은 주변의 물질적 구조가 전혀 보이지 않는 백광 속에 여전히 머무르고 있다. 작전의 난이도로 인해 별도의 명령이 내려질 때까지 대기 상태에 있는 것이다.

---

* JJ Kosmos, 〈남극에서 발견된 고대의 외계 문명 : 내부고발자 코리 굿의 폭로〉, https://www.youtube.com/watch?v=uzgUjdThxTM

가장 심각하게 보이는 태양계 밖의 상황은 지구와 달, 화성의 국지적 작전과는 근본적으로 다른 차원의 영상이 펼쳐진다. 수천 대의 전투 비행선들이 태양계 밖의 우주에 좌우 대열을 갖춘 형태로 대치해 있기 때문이다. 지구암흑사단의 모든 전투 비행선이 결집하고 그들과 결탁한 렙틸리언, 그레이, 알파 드라코니언 등등의 외계 세력 비행선까지 모두 결집해 우주연합군과 대치하고 있는 것이다.

좌우 대치하고 있는 전투 비행선들의 상공에는 대치 국면 전체를 뒤덮고도 남을 만큼 어마어마한 규모의 우주연합군 모선이 정지해 있다. 전투가 전개되지 않는 이유가 그 모선의 위용에 있음을 단박 알아차릴 수 있지만 양쪽 진영 사이에 모종의 교신이 전투처럼 치열하게 이루어지는 중이라고 의식 가이드는 잉카에게 메시지를 전한다.

우주연합군은 지구 인류의 차원 상승과 환경 보호를 돕는 태양계 내의 행성연합군과 태양계 밖의 시리우스, 플레이아데스, 안드로메다 등의 은하연합군까지 포함되어 수적으로나 규모에서 지구 암흑사단 연합군과는 비교가 되지 않는다. 하지만 일촉즉발의 대치 국면이라 무한 대공의 우주에는 원시적이고 가열찬 에너지가 충만해 있다.

그 순간, 드디어 달과 화성, 지구상의 지하기지들에 대한 워크인 작전이 동시다발적으로 전개된다. 지구암흑사단을 위시하여 그들과 결탁한 외계 세력들 대부분이 우주연합과의 대치 국면에 투입된 상황을 틈타 일제히 워크인 작전이 펼쳐지는 것이다. 시뮬레이션 전투처럼 영상으로 지하시설이 나타나고 곧이어 각 비행선들로부터 잇달아 원인무효물질 에너지가 분사된다.

달의 뒷면에 있는 지하기지와 도시 시설들에 원인무효물질 에너지가 분사되자 영상이 전체적으로 흔들리기 시작한다. 모든 구조물이 일제히 진동하며 경계선이 소멸되고 곧이어 이미지가 지워지기 시작한다. 물질의 구조가 붕괴되는 것이다. 달의 군사기지에 저장되어 있던 스타워즈용 레이저와 입자 빔 무기를 위시한 다양한 우주무기들도 흐물흐물 진동에 흔들리다가 형체가 붕괴되고 오래잖아 형상이 시야에서 사라져버린다. 화성의 기지 시설과 노시노달과 동일한 과정을 겪으며 사라져간다.

시설의 구조물들이 소멸되자 지구상에서 실종되어 달과 화성으로 이식된 무수한 사람들의 형상들이 두드러지기 시작한다. 하지만 그들은 상황을 파악하지 못한 채 자신들을 에워싸고 있던 감옥 같은 시설들이 사라지자 천천히 다른 사람을 향해 움직이기 시작한다. 그렇게 하나 둘, 100명, 200명…… 사람이 사람을 향해 다가가고 그들은 곧 운집 형태를 이루어 서로의 손을 잡고 울거나 웃거나 부둥켜안으며 뭐라고 말을 하기 시작한다.

지구상의 지하시설들에서는 달과 화성의 상황과 다소 다른 양상이 나타난다. 시설물들이 입자 붕괴를 일으키며 소멸되자 기이한 상황이 생겨나기 시작한 것이다. 보안 담당자들은 총을 들고 과학자들과 시설 종사자들을 한곳으로 몰아가며 협박하는데 깊은 지하층에서 그레이들과 렙틸리언들이 모습을 드러내자 다시 그들과 대치 국면을 형성한다. 거기서 예상하지 못한 불행한 사고가 발생한다.

지구인으로 구성된 보안 담당자들이 렙틸리언에게 총을 겨누는 순간 그들에게서 발사된 광범위한 레이저 빔이 수십 명의 인간을 순식간에 눕혀버린다. 빛이 지나가는 순간 생명을 잃어버리는 것이다. 자신들의 은폐 구조물들이 사라지자 렙틸리언들은 비상용 지하 동굴 속으로 숨어 들어가 오래잖아 영상에서 완전히 모습을 감추어버린다.

이윽고 알파 잉카를 에워싸고 있던 백광이 소멸되고 전체적인 남극 영상이 나타난다. 좌표가 고정되자마자 순간이동이 일어나고 다음 순간 영상에는 지하의 거대한 실험 기지가 나타난다. 지하시설에는 사람의 모습도 외계인의 모습도 보이지 않는다. 대낮처럼 밝은 공간, 끝없이 이어진 백색의 시설물들에는 수도 없이 많은 출입문들이 있고 그 위에는 출입금지 표시나 위험, 경고 등의 문구들이 나붙어 있다.

순간, 잉카는 망설임 없이 원인무효물질 에너지 분사 결정을 내린다. 그리고 진동이 시작되기 전 재빨리 지축진동가속기가 설치된 구역으로 순간이동한다. 하지만 그 공간으로 이동하자마자 어마어마한 내부 진동으로 인해 비행선이 중심을 유지하기 어려운 상황에 처한다.

알파 잉카가 위기감을 느끼자 의식 가이드가 위험 경고를 한다. 지축진동가속기와 핵폭탄 저장고가 연결되어 있어 그것을 관리하는 지구암흑사단의 수뇌부가 버튼을 누르면 지구에는 바로 그 순간 지축 이동이 일어나 끔찍한 종말을 맞이하게 될 거라는 경고. 시속 1400킬로미터의 강풍과 300미터 이상의 파고가 전 세계를 덮칠 거라는 예상 수치를 의식 가이드는 전달한다. 요컨대 작전을 빨리 수행하고 현장을 벗어나라는 요구이다.

"잉카!"

잉카가 원인무효물질 에너지 분사 결정을 내리는 순간, 정여진의 비명 같은 외침이 잉카의 의식 속으로 밀려든다. 빛의 대폭발이 일어나면서 방사형의 섬광이 비행선과 잉카를 여지없이 덮친다. 원인무효물질 에너지 분사가 이루어진 바로 다음 순간 보이지 않게 설치되어 있던 에어스크린의 저항으로 역반사가 일어난 설과이나. 수주 연합의 최신 개발품인 에어스크린이 지구암흑사단의 지축진동 가속기와 핵무기 저장고에 설치되었다는 걸 전혀 예상하지 못한 결과, 잉카의 비행선과 잉카 사이의 의식 교류는 차단되고 모든 것은 의식 밖의 일로 찰나처럼 밀려나간다.

완벽한 암전!

미상의 시간, 잉카는 의식을 회복한다. 하지만 기절했다 깨어난 것처럼 상황과 정황이 파악되지 않는다. 순간, 그는 강렬한 인력을 느끼며 백광의 통로를 따라 알 수 없는 궤도로 진입한다.

비행선을 타고 있는 것인가, 의식이 좀 더 또렷해지는 걸 느끼며 그는 주변을 살핀다. 구체적인 물상은 보이지 않고 촌음처럼 스쳐가는 빛으로 속도를 가늠할 수 있을 뿐이다. 그리고 그 순간, 자신의 기억 속에 남아 있는 마지막 섬광이 되살아난다.

아!

기억이 되살아나면서 잉카는 초감각적인 의식 상태를 회복한다. 형언하기 어려울 정도로 선명하고 명징한 의식 상태, 이보리의 몸을 빌리기 이전의 의식 상태, 다시 말해 6차원 밀도의 상위자아 의식 상태를 회복한다.

그 순간, 그는 자신이 인간의 몸으로 죽었다는 걸 분명하게 자각한다. 남극의 지하기지에서 원인무효물질 에너지를 분사하던 순간 에어스크린의 반사로 생성된 섬광에 의해 비행선과의 의식 연결도 끊기고 완전한 암전 상태에 빠졌던 기억!

빛의 통로가 끝나자 무형의 공간이 나타난다. 빛이 있을 뿐 사방이 텅 빈 무한 공간, 언뜻 보기에 크리스털 내부처럼 은밀한 생성과 변화의 파동이 끊임없이 이어진다. 텅 빈 무한 공간을 비치고, 되비치면서 끊임없이 변하는 무한 순환의 공간은 어느 한순간도 정지하지 않는다. 그 가운데 오직 잉카만 정지 상태로 머문다. 그는 자신의 영적 감각으로 사방이 텅 비어 보이는 무한 공간 내부를 들여다본다. 놀랍게도 그곳은 지구인들이 영계라고 부르는 곳, 즉 죽음 이후에 육체를 벗어나 독립체가 된 혼들이 자동으로 소환되는 지구관리영단이다.

내부인 듯하면서 동시에 외부처럼 보이는 텅 빈 무한 공간에는 상상을 초월할 정도로 많은 혼들이 대기 상태로 머물고 있다. 그들은 지속적으로 분류되고 정리되어 이리저리 쉼 없이 흐름이 변하고 있다. 그들은 독립적인 혼체로 대기하지만 상위자아의 퍼스널리티가 분리되지 않은 상태라 인간으로 살 때보다 더 명징한 감각과 의식을 유지하고 있다.

그들 대부분은 영계로의 상승을 승인받지 못한 상태이므로 새로운 인생-인과 프로그램을 배정받은 다음, 전생의 기억을 지우고 다시 인간계로 돌아가 환생의 삶을 살아야 한다. 3차원 세상도 영계의 일부이지만 인간으로 태어나면 영계를 잊고 오직 3차원 물질 세상에만 집중하게 된다.

무한궤도처럼 돌고 도는 인생학습을 종료하고 차원 상승을 하는 존재들은 너무나도 극소수라 지구관리영단을 행성감옥 관리소로 보는 시각도 존재한다. 여러 은하 문명권에서 방출되거나 퇴출되거나 축출당한 존재들도 지구로 보내져 재생학습을 받아야 하니 우주 전체의 학습장이라 해도 과언이 아닌 곳이다.

잉카는 자신이 공간 정지 상태로 머물고 있는 지구관리영단에 대해 초감각으로 인지하고 또한 인식한다. 하지만 자신이 왜 지구관리영단으로 소환되었는가, 그의 의식은 문제를 제기한다.

순간, 그와 가까운 전방 허공에 영적인 존재가 나타난다. 그 존재는 처음에는 형상을 보이지 않다가 곧이어 토가처럼 부드럽고 자연스럽게 흘러내린 흰옷을 걸친 영상으로 나타난다. 그 존재가 잉카의 문제 제기를 부드럽게 수용하며 메시지를 전한다.

"잉카 형제님, 환영합니다. 문제를 제기한 부분에 대해 아직 전달되지 않은 사항이 있는 듯하니 잠시 안내를 드리겠습니다."

지구관리영단의 지도령은 잉카의 전면에 영상을 띄운다. 놀랍게도 파미르고원의 기지가 나타나고 빛의 평원 한가운데 놓인 의료 시술대 위에 잉카의 육체가 눕혀져 있는 게 보인다. 그 주변에 작전 전담지휘관을 위시하여 오르한과 나르샤, 그리고 키가 크고 피부가 흰 인간형 외계인 세 명이 서 있다.

"제가 지금 어떤 상태에 있는 건가요?"

영상을 보며 잉카가 지도령에게 묻는다.

"생물학적으로는 살아 있는데 의식이 없는 상태입니다. 두 명의 조력자를 보내 의식이 단절된 육체를 남극기지에서 순간이동시키긴 했는데 충격파가 너무 커 거의 죽음에 이른 상태입니다."

"거의 죽음에 이른 상태라 함은?"

"여기 영단에서의 결정이 필요한 시간입니다. 그래서 형제님의 영을 일단 이곳으로 이동시킨 것입니다."

"그럼 이곳의 결정에 따라 저의 육체적 생사가 결정되는 건가요?"

"그렇습니다. 하지만 문제가 좀 있는데, 잉카 형제님이 상위자아로서 이보리의 몸을 빌려 쓰기로 영단의 승인을 받았기 때문에 육체적 죽음에 대한 결정이 내려지면 잉카 형제님은 다시 6차원 밀도로 환원해 7차원 밀도 상승을 준비해야 합니다."

"죽음을 결정하는 데 뭐가 더 필요한 건가요?"

"거기에는 쉽지 않은 많은 문제들이 걸려 있습니다. 일단은 잉카 형제님의 육체가 아니고 이보리의 육체였기 때문에 본질적으로 저 죽음을 완성시키는 문제에 잉카 형제님의 문제가 개재되어서는 안 되는 것입니다. 이보리가 죽음의 주체가 아니기 때문에 육체적 승인을 내리기가 어려운 상태인 것이죠. 영혼 교체로부터 발생할 수 있는 가장 어려운 문제가 생긴 셈이라 영단에서도 심각하게 받아들이고 있습니다."

"아, 그렇다면 제가 좋은 제안을 하나 해도 될까요?"

잉카가 밝은 에너지를 방사하며 파동을 만든다.

"접해보겠습니다."

"저 육체에 다시 이보리의 혼을 귀환시키는 건 어떨까요? 저는 다시 시리우스로 귀환하고 이보리의 혼은 자신의 육세를 되찾는 것이니 모든 것이 원래의 자리로 돌아가는 것이죠."

"그것도 지금은 곤란한 상태입니다. 이보리가 자신의 육체를 스스로 포기하고 이곳으로 왔기 때문에 그 존재는 지금 자율충전소에 있습니다. 뿐만 아니라 이곳 규정에 따라 자율충전소로 들어가기 직전 원래 상위자아와의 연결고리까지 해제당했습니다. 간단히 요약하자면 인간의 육체로 되돌아갈 만한 조건을 상실한 상태입니다."

"상위자아의 연결고리가 해제된 게 가장 큰 문제라는 말씀이군요."

"그런 셈입니다."

"그렇다면 변형된 제안을 해도 되겠습니까?"

"받아보겠습니다."

"제가 시리우스로 환원하여 이보리의 상위자아로 연결고리를 생성시키는 건 어떨까요?"

"그것도 빛의 영역에서 이룰 수 있는 밝은 가능성 중 하나일 수 있겠습니다. 하지만 그것에 대한 영단의 승인을 얻는 과정은 생각처럼 쉽지 않습니다."

"그래도 생명을 되돌리고 영과 혼이 새 길을 열기 위한 방도이니 영단에서도 긍정적으로 받아들이지 않을까요? 시도하려는 의도까지 부정적으로 여기지는 않으리라 기대합니다."

"좋습니다. 형제님의 의식이 밝은 빛 속에서 떠올린 것이니 일단 접수하고 영단의 안건으로 올리도록 하겠습니다. 그럼 결정이 내려질 때까지 대기해 주시기 바랍니다."

"감사합니다. 기대하겠습니다."

대기하는 동안 잉카는 지구관리영단의 마지막 영역으로 다가간다. 다시 태어나기 위해 대기하는 혼들의 영역, 새로운 인생을 시작하게 될 캐릭터들이 의식 에너지를 가다듬는 곳이다. 그 영역의 상단에 떠서 잉카는 지구 영역을 내려다본다. 환생하는 혼체들이 되돌아가는 저 3차원 지구 영역도 영단의 일부이지만 지구로 환생하는 존재들은 그 사실을 태어나는 순간부터 까맣게 망각하게 되어 있다. 지구 영역이 인생 공연을 위한 무대라면 영단은 그것을 준비하는 무대 뒤편이라고 해야 할 것이다. 이 오래된 관리 시스템이 해체되면 인간은 윤회의 굴레에서 해방될 수 있을까.

잉카의 관심은 자연스럽게 지구의 한 지점, 정여진이 혼신을 다해 명상에 집중하는 시공간에 집중된다. 그녀는 변함없이 명상 자세로 앉아 밝은 에너지체로 빛을 발하고 있다. 그녀의 주변에는 물과 소금, 약간의 불린 생쌀이 놓여 있을 뿐이다. 그녀의 육체는 사위어가지만 그녀는 물질적 상태보다 의식적 상태에 모든 것을 걸고 있어 오라의 강도가 영단에서도 눈에 띌 정도로 밝게 빛난다.

잉카는 문득 정여진 옆에 함께 머무는 이보리의 존재를 눈부신 환영으로 떠올린다. 바로 그 순간, 잉카는 온몸에 광채를 발하며 자기 의도가 자신보다 높은 상위 차원의 계시였음을 깨치며 극심하게 진동한다. 그러면서 한 존재의 이름을 완전하게 열린 의식 밖으로 밀어내 우주적인 의미를 얻게 한다.

"아다무, 아담…… 이보리!"

어느 순간, 지도령이 다시 잉카 앞에 모습을 드러낸다. 놀랍게도 그의 옆에는 이보리의 혼체가 함께 있다. 잉카는 이보리와 접촉하고 반가움을 표시한다. 하지만 자율충전소에서 갓 이동한 이보리의 혼체는 잉카와의 접속에도 별다른 반응을 보이지 않는다. 독립적인 혼체로서 의식은 기능하지만 오랜 충전 상태로 아직 활성화가 되지 않은 때문이다.

"기억을 지니고 있으니 그것 자체가 퍼스낼리티의 근거가 될 수 있는 것 아닌가요?"

"기억은 데이터일 뿐이고 그것을 감각적으로 활용할 수 없어 퍼스낼리티의 근거가 되지는 못합니다. 단지 저장 상태일 뿐이죠."

"그럼 그를 이곳으로 데려온 이유는 무엇인가요?"

"곧 이곳에서 영단의 마스터 회의가 열립니다. 잉카 형제님과 이보리 모두 그 회의에 참석해 논의의 중심에 서 있어야 합니다."

"거기서 결정이 내려지는 겁니까?"

"모든 것을 반영하고 종합하여 그렇게 됩니다."

지도령의 메시지가 전달되자마자 잉카와 이보리의 주변으로 아홉 영들이 에워싼다. 지도령과 같은 복장들이지만 그들의 옷 위에는 우주적인 상징물이나 상징적인 도안들이 떠 있다. 주로 원과 삼각형, 타원형으로 이루어진 것들이다.

그들 아홉 영들이 완전한 원형을 이루자 지도령은 그들 원의 바깥으로 물러나고 잉카와 이보리는 원의 중심에 위치한다. 원은 정지 상태가 아니라 아홉 영들의 구성을 바탕으로 계속해서 돌고 돈다. 돌면서 에너지로 이보리에게 묻고 또한 잉카에게 묻는다.

"이보리의 상위자아가 될 경우 7차원 밀도 상승에 문제가 생길 터인데 무방합니까?"

아홉 영 중 하나가 잉카에게 묻는다.

"제가 6차원 밀도에 머물며 상위자아 역할을 하는 것도 결국 저의 7차원 밀도 상위자아에게 경험과 기억으로서 이바지하는 것이니 성장의 방편이 될 수 있을 거라 판단합니다. 7차원 상위자아와 6차원 자아, 그리고 3차원의 이보리 자아에게 투사되는 퍼스낼리티가 결국 하나의 근원에서 비롯되는 것이니 문제가 될 게 없다는 판단입니다."

"부분과 전체, 전체와 부분의 합으로 판단하여 이보리가 다시 자신의 육체로 환원한다면 살아 있을 당시 생명을 포기하고 3차원 밀도를 벗어난 문제의 인과는 어떻게 해결할 수 있는가?"

아홉 영 중 하나가 이보리에게 묻는다. 이보리에게 한 줄기 빛이 주입되자 그의 의식이 순간적으로 활성화된다.

"저는 이곳에 온 직후부터 저의 육체를 포기한 일을 후회해 왔습니다. 자율충전소에 있는 내내 그 문제에만 의식의 초점을 맞추고 있었기 때문에 육체로 환원하면 문제의 핵심을 제대로 포착하고 해결할 수 있을 것입니다."

"해결의 열쇠는 무엇인가?"

아홉 영 중 다른 하나가 이보리에게 다시 묻는다.

"사랑과 감사입니다."

"사랑과 감사는 상승 차원의 답인데, 그것은 자율충전의 반영인가?"

"사랑과 감사가 샤카무니의 일깨움으로 생성되는 상승 차원의 삶이기 때문입니다. '이것은 나의 것이 아니다, 이것은 내가 아니다, 이것은 나의 자아가 아니다'가 실현되면 이 우주에는 오직 사랑과 감사만 충만할 것이기 때문입니다."

그 순간, 아홉 영이 순식간에 사라지고 잉카와 이보리에게 다시 지도령이 가까워진다.

"영단의 마스터 회의는 끝났습니다. 각자의 위치에서 기다리고 있으면 머잖아 결정에 따른 후속 조치가 제시될 겁니다."

지도령의 메시지가 전달되자 이보리의 혼이 지도령을 따라나선다.

순간, 잉카가 지도령에게 묻는다.

"이곳에 이보리의 혼체와 함께 머물 수는 없을까요?"

"그건 곤란합니다. 결정이 어떤 쪽으로 내려질지 알 수 없지만 그런 교류는 이곳에서 금지 조항에 해당하기 때문입니다. 혼체는 다시 자율충전소에서 대기해야 하지만 형제님은 영단을 자유롭게 주유해도 무방합니다. 단, 부름 메시지가 있으면 즉각 응해야 합니다."

지도령과 이보리의 혼체가 사라진 뒤 잉카는 그때까지 머물던 공간을 벗어난다. 그리고 지구상에서 죽음을 맞이한 뒤 육체에서 벗어나 송환된 혼체들의 다양한 환생 과정을 둘러보기 시작한다. 전생 삶에서의 문제점을 주지하는 과정, 인과를 바탕으로 만들어진 새로운 인생 프로그램을 부여받는 과정, 혼체들이 스스로 강렬하고 치열하고 고난이 많은 인생 프로그램을 자원하는 과정, 부모를 선정하는 과정, 태어남을 결정하지 못한 채 지속적으로 상담을 받는 과정, 가족과 친척을 형성하는 리허설 과정, 사회에서 만나게 될 인연 그룹을 형성하는 리허설 과정, 계획된 인연들과의 만남을 위해 무의식 속에 신호를 각인하는 과정 등등.

"여러분이 인생이라고 믿는 모든 과정은 실재가 아닙니다. 그러므로 인생을 살면서 맞이하게 되는 어떤 문제에 대해서도 두려움이나 죄의식을 느끼면 안 됩니다. 생명의 기운이 위축되고 창의성이 약화되기 때문입니다."

이곳저곳에서 지도령들이 혼체들에게 가르치는 메시지들이 전해진다.

"이곳에서 인생을 프로그래밍할 때 여러분은 차원 상승 욕구 때문에 험난하고 치열한 과정을 자원하고 싶어하지만 막상 환생하면 자신의 인생에 대한 불만과 저주로 더욱 나쁜 데이터를 양산할 가능성이 많습니다. 전생의 기억과 영단에서의 프로그램 생성 기억이 모두 삭제되기 때문입니다. 그래서 기억 삭제를 부정적으로 생각하는 입장도 있지만 기억을 삭제하지 않으면 한시적인 인생에서는 교육 효과가 생성되지 않습니다. 만약 불멸의 삶을 살 수 있다면 전생 기억을 지울 필요가 없겠지만 여러분이 돌아가는 3차원 학습장에서의 인생은 고작 100년도 되지 않습니다. 그리고 지상에서의 100년은 이곳 시간으로 환산하면 고작 5분도 되지 않습니다. 찰나적인 꿈처럼 인생을 의식적으로 경험하는 것인데 물질계이기 때문에 그것이 그토록 무겁고 길고 힘들게 느껴지는 섯입니다. 그러니 돌아가서도 정신 수양을 계속해 바로 그곳에서 깨어나 자신의 상위자아와 직통하는 법을 터득하면 영적 진화가 빨라집니다. 꿈을 꾸면서 꿈에서 깨어나는 법, 그것이 문제의 핵심이기 때문입니다.”

영계에 송환된 혼들은 그들 각자의 에너지 상태와 진화 수준에 따라 분류되어 새로운 인생 프로그램을 받는다. 활발한 기체 분자 운동처럼 대그룹 소그룹으로 나뉘며 순환구조의 이동 시스템을 따라 움직이는 중이다. 헤아릴 수 없을 정도로 많은 혼체들에 대한 등급 분류가 진행되는 동안 숱한 과정이 환영처럼 스쳐가지만 궁극에는 하나의 혼체가 점지 시점에 당도해 자신의 환생 문턱을 보게 된다. 자신에게 새롭게 점지된 몸, 즉 엄마의 자궁 속에 웅크리고 있는 태아에 집중하게 되는 것이다.

잉카는 혼들의 행렬을 일람하며 그들의 순환 구조에 대해 깊은 연민을 느낀다. 환생은 새로운 시작이 아니다. 이전과 연결된 연장이고 이전을 극복하기 위한 또 다른 과정이다. 이와 같은 환생의 과정이 언뜻 혼체들의 자유의사만 반영하여 결정되는 것처럼 보이지만 실제로는 지구상에서 인생이 진행되는 동안 상응과 대응의 법칙에 따라 이미 다음 인생이 영단에서 프로그래밍된다. 일종의 자동 프로그래밍 시스템이다.

'위에서와 같이 아래에서도'라는 말처럼 영단에 있는 모든 것은 지구상의 모든 것들과 상응 구조를 이룬다. 보이지 않는 세계와 보이는 세계의 상응 경로가 초양자역학의 통로이다. 실재와 비실재, 저승과 이승, 이세상과 저세상 같은 말들은 모두 동전의 양면성을 나타내는 말, 즉 모든 것이 '하나'임을 암시하는 것이다. 신경세포가 차지하는 공간에 오직 신경세포만 있는 것처럼 보이지만 같은 공간에 그것을 작동하게 만드는 명령체계가 공존한다는 걸 인간들은 모른다. 3차원을 사는 인간의 육안에는 그런 것이 보이지 않기 때문이다.

오직 지구만 있다고 믿고 사는 사람들은 죽은 뒤 영계에 소환당하면 많이 방황한다. 시스템을 이해하지 못해 영계의 무한 공간을 오래 부유하거나 끼리끼리 모여 부정적인 에너지를 키우기도 한다. 스스로 자신을 고립시키는 혼들도 있고 지구 삶에 대한 미련과 집착을 버리지 못해 계속 인간계를 떠도는 혼들도 있다. 빙의를 일삼으며 남의 몸에 기생해 살아가는 저급한 혼들도 있다. 하지만 이세상에서와 마찬가지로 그런 부류의 혼들은 강제 소환당하지 않고 특정한 처벌을 받지도 않는다.

환생의 경로에서 이탈해 떠돌던 혼들도 자기 성장의 필요성을 자각하는 순간 즉시 환생의 대열에 합류할 수 있다. 어떤 경우에도 강제적인 처벌은 없다. 처벌은 오직 자신에게 가하는 자기 처벌이 있을 뿐이다. 자기 처벌은 이전 삶에 대한 치열한 반성과 자기 성장에 대한 강렬한 지향성으로 나타난다. 선천적 장애나 질병 같은 걸 지니고 다시 태어나는 게 그와 같은 더블 배팅의 전형이다.

정여진이 금빛 오라에 뒤덮여 한없이 밝은 빛을 발산하는 걸 확인한 뒤 잉카는 지구의 차원 상승에 절대적으로 필요한 사랑과 빛에 대해 의식 에너지를 집중한다. 지구인들의 삶에 필요한 상위자아로서의 연민과 지혜가 깊어진다.

지구에서 환생을 되풀이하며 온갖 고통과 고뇌 속에 살아가는 사람들에게 주어진 문제의 핵심은 '하나'라는 우주 근원의식의 회복이다. 그것을 회복하지 못하기 때문에 지구인들은 온갖 종류의 분리의식 장애를 나타낸다. 우주로부터 버림받았다는 무의식으로부터 생겨난 저항과 반항과 자포자기 의식이 온갖 자해와 가해와 쟁투와 갈등의 요인으로 나타나는 것이다. 자신들 안에 그 '하나'가 이미 존재하고 있음에도 그들은 끝없이 밖으로 떠돌며 무엇인가를 갈구하고 또한 갈망한다. 나뉘지도 않고 훼손되지도 않은 채 그 '하나'가 우주의 처음부터 끝까지 자기 안에 온전하게 존재한다는 걸 그들은 자각하지 못하는 것이다.

─그럴 수 있다면, 누구에게나, 언제까지나, 그럴 수 있으리라!

잉카의 연민이 지혜의 심층에 이르자 그에게서 강렬한 오라가 발산된다. 티아맛-이브와 아다무-아담의 재회와 합일, 그리고 재탄생을 염원하는 잉카의 에너지가 우주 전역으로 찰나처럼 퍼져나간다.

순간, 지도령이 다시 나타난다.

"영단의 결정을 예견하신 것처럼 깊은 사랑의 빛 속에 머물고 계시는군요."

"영단의 환영이 저를 저절로 심화되게 만드는 것 같습니다."

"영단에서 이보리의 혼체에 대한 잉카 형제님의 상위자아 결착을 승인했습니다. 쉬운 결정이 아니었지만 형제님의 6차원 밀도가 지닌 사랑과 빛으로부터 큰 연민과 지혜의 힘이 발현되었기 때문이라고 보입니다. 창조적인 결정이 큰 사랑과 빛의 영역으로 들어서게 되었음을 축하드립니다. 이제 남은 절차를 위해 저와 함께 상위자아 결착과 기억 이식을 위한 공간으로 이동하셔야 합니다."

순간 잉카는 크리스탈 블루의 오묘한 빛과 형상이 주변을 에워싼 공간으로 이동한다. 중앙의 투명한 원형 드럼 속에 이보리가 서 있고 그 좌우에 밝은 빛을 발하는 두 개의 구체가 떠 있다. 잉카가 나타나자 드럼이 열리고 두 개의 구체는 위로 상승한다. 드럼 안으로 들어간 잉카가 이보리 맞은편에 서자 원형 드럼이 닫히고 이보리와 잉카가 딛고 선 발판의 트레이가 빠르게 회전하며 하나의 회전 형상으로 변환한다. 곧이어 위로 상승한 두 개의 구체를 따라 천공이 열리듯 무한 허공이 열리며 원형의 드럼이 위로 뻗어나간다. 가속이 더해지자 곧이어 잉카와 이보리의 형상은 원형 드럼 내부에서 사라져버린다.

잠시 뒤 모든 것이 이전과 정반대로 진행된다. 두 개의 구체가 하강하면서 원형 드럼도 순간적으로 하강하고 회전도 정지한다. 그리고 모든 것이 원래 상태를 회복했을 때 원형 드럼의 내부에 잉카는 보이지 않고 이보리만 남아 있다. 곧이어 원형 드럼이 열리자 동시에 두 개의 구체도 사라진다. 이보리가 밖으로 나오자 기다리고 있던 지도령이 메시지를 전한다.

"이후의 환생에서 너의 상위자아는 잉카로 결착되었고 그 영체는 시리우스 본향으로 환원되었다. 상위자아 결착과 기억 이식이 끝났으니 이제 너는 다시 너의 육체로 돌아가야 한다. 부디 자율충전소에서의 자각을 상실하지 말고 남은 인생 동안 많은 성장을 이루기 바란다. 네가 경험한 영단에서의 기억은 삭제되고 상위자아가 너에게 이식한 기억도 제한적이지만 너는 이제 다시 3차원 빌노의 현장으로 돌아갈 수 있는 영혼육 삼위일체의 의식을 회복하게 되었다. 깨어나는 순간, '나는 이보리입니다'라는 말을 너는 처음으로 하게 될 것이다. 돌아보지 말고 가라!"

한줄기 섬광이 이보리 혼체로 들어간 후 영계가 사라진다.

파미르고원 기지.

순간, 죽음과 같은 혼수상태에 빠져 있던 이보리가 빛의 평원 의료 시술대 위에서 눈을 뜬다. 주변에 서 있던 몇몇 관계자들이 기겁한 표정으로 서로를 쳐다보며 확인을 요구한다. 하지만 어느 누구도 그 상황을 분명한 현실로 받아들이지 못한다. 몽롱하던 눈빛에 초점이 맞춰지자 이보리가 입을 열어 뭔가를 말하려 입술을 움직인다.

"나…… 나는……."

13#

하루는 비가 내리고 하루는 눈이 내렸다. 기온이 영하로 떨어졌다가 하루 만에 영상으로 올라갔다. 밤이 되자 비가 멎고 농밀한 안개가 밀려나오기 시작했다. 그것들이 어디에서 발생하고 어떤 경로로 세상을 뒤덮어가는지 알 수 없었다.

자정이 지난 시각, 불을 끄고 식탁에 앉아 있다가 불현듯 의자에서 일어나 베란다로 나가 창을 열고 밖을 내다보았다. 관상수가 조밀한 아파트 정원에는 안개가 가득 들어차 가스실을 연상케 했다. 그런데 그 자욱한 안개 속에서 누군가, 어떤 시선인가가 나를 주시하고 있었다. 그것이 나로 하여금 베란다로 나서게 한 에너지였다.

그 순간, 나는 그 에너지의 주체가 에어럴이라는 걸 단박 알아차렸다. 아, 탄식하듯 입을 벌리며 내가 등을 돌리자 에어럴은 어느새 거실 한가운데 위치해 있었다.

"당신의 짧은 지구 삶을 감안한다면 오늘 밤 나의 방문은 천문학적 시간의 흐름을 초월하는 의미를 지닐 수 있어요. 이런 시간이 올 거라는 예상은 하고 있었지만 여전히 나는 당신을 위해 아무것도 해줄 수 있는 게 없어 많이 안타깝습니다."

그녀는 아무런 전조도 없이 대뜸 높은 파동의 메시지부터 전했다.

"그게 무슨 의미인가요? 이렇게 안개가 농밀한 밤에 나타나 마음을 더욱 심란하게 만드는군요. 당신은 나의 모호한 입장과 처지를 누구보다 잘 알고 있잖아요. 안 그런가요?"

"잘 알고 있으니까 바로 전달하는 것이죠. 저는 오늘 밤 지구를 떠나 다른 은하계로 갑니다. 지구 임무를 갑자기 끝내게 된 것보다 당신에 대한 미션을 남겨둔 채 떠나게 된 게 무엇보다 안타까워요. 아직 미션을 시작하지도 못했는데 이렇게 떠나게 된 게 나의 잘못이라는 의미가 아니에요. 당신을 만난 게 우연이 아니라는 걸 당신이 알았으면 좋겠어요. 거기에 깊게 내재된 인과의 미션까지 당신이 알아내야 하는데 우리로서는 그것을 일깨울 방도를 아직 찾지 못하고 있어요. 그래서 이렇게 찾아온 거예요. 언젠가 우리 도메인 문명권에서 이 문제를 해결할 방도를 찾게 되면 내가 아니더라도 반드시 누군가 당신을 찾아와 미션을 다시 수행할 거라는 메시지만 전하고 갈게요."

그녀의 메시지에 내재된 높은 밀도가 일순 거실에 강한 파동을 만들었다.

"더 이상 묻지 말아달라는 메시지처럼 느껴지네요. 그런 의미인가요?"

"몇천 년 동안의 노고가 수포로 돌아가는 순간이지만 그래도 당신을 만나서 한없이 반갑고 기뻤어요. 당신이 지구인의 육체에 갇혀 이렇게 윤회를 거듭하고 있지만 언젠가 반드시 깨어나 잃어버린 모든 기억을 되찾길 빌게요."

"잠깐!"

그 순간, 나의 뇌리에 섬광처럼 스쳐가는 발상이 있어 에어럴을 불러 세우지 않을 수 없었다. 그녀가 지금 나에게 이별을 고하는 것이라면, 그것도 지구를 떠나 다른 은하계로 가는 것이라면, 그녀와 연관된 모든 문제에 여한이 없게 만들 필요가 있었다. 표현을 하지 않아서 그렇지 나는 그녀에게 정말 묻고 싶은 게 많았다. 따지고 싶은 것도 많았다. 그만큼 그녀가 지구인에게 전한 메시지가 충격적이고 상상을 초월하는 것이었기 때문이다.

에어럴의 메시지가 나의 본능과 직관에 너무 진실하게 느껴졌지만 지구인인 나로서는 그것을 받아들이는 과정이 너무 괴롭고 버거웠다. 하지만 나는 그것을 오랫동안 되씹고 곱씹으며 메시지의 이면과 심층을 되새기지 않을 수 없었다. 그것을 통해 나는 문제의 핵심에 도달하고 싶었다. 아니 그 핵심으로 들어가고 싶었다. 우주의 문제, 지구의 문제, 인간의 문제에 대하여.

"이렇게 떠나게 된다고 하니 마지막으로 당신의 메시지에 대한 나의 의구심을 반드시 풀고 싶군요. 이 지구상에는 그와 같은 문제의 진실에 대해 대화를 나눌 만한 상대가 없어요. 당신의 메시지가 사실이라면 지구인 모두가 기억이 삭제된 채 윤회당하고, 세뇌당하고 마인드컨트롤당하고 있으니까요. 내가 이런 문제에 대해 지구인들에게 논하자고 하면 나는 사회적으로 생매장당하거나 돌팔매질을 당할 수 있어요. 이게 무슨 말인지 당신은 잘 알잖아요."

"물론 알죠. 이 물질우주 전체를 창조한 존재들이 바로 당신과 나 같은 존재들인데, 당신은 이렇게 육체의 감옥과 지구 행성감옥에 갇혀 윤회하고 있고 나는 죽음과 무관하게 불멸의 존재로 자유롭게 우주를 오가고 있죠. 이 우주는 전체가 환영의 게임장이라 처음부터 끝까지 우주적인 아마겟돈 전장이에요. 그 전장 중 이곳 지구행성이 가장 끔찍한 지옥행성이라는 걸 우주문명의 모든 존재들은 알고 있어요. 지구를 식민지로 만든 초기 외계문명이 설치한 전자스크린과 덫은 아직도 삭제되지 않고 건재하죠. 그것은 우주연합도 은하연합도 해결하지 못해요. 해결하기보다 이 지구 행성감옥 시스템을 오히려 역이용하고 있다고 해도 과언이 아니죠. 어차피 게임인데 누가 누굴 믿겠어요. 이 우주에 지구인들이 생각하는 그런 구원의 성자는 없어요. 미륵이나 메시아, 그리스도 같은 건 모두 인간들에게 주입되거나 인간들 스스로 매몰되어 버린 세뇌와 최면의 결과일 뿐이니까요."

"내가 알고 싶은 문제의 핵심이 바로 그것이죠. 당신이 거대한 전자스크린과 전기 충격, 기억 삭제, 최면 요법, 마인드컨트롤 시스템으로 운영된다는 그 행성감옥 시스템을 지구인들은 영계라고 부르기도 하고 저승이라고 부르기도 하고 사후세계라고 부르기도 하죠. 지난 수천 년 동안 그 부분에 대해 지구인들이 얼마나 많은 황당한 정보를 만들어냈는지 당신도 잘 알고 있겠죠?"

"너무나도 잘 알고 있죠."

"나는 며칠 전에, 바로 그 부분을 받아쓰었어요. 잉카의 영이 바로 그곳으로 들어가는 장면을 내 손으로 받아쓰셨다는 것이죠. 그 부분을 만약 나의 의식으로 썼다면 나는 감옥행성 운영 세력들에 대한 당신의 부정적인 견해에 영향을 받았기 때문에 극도로 사악한 집단관리체제로 그곳의 상황을 그렸을 거예요. 그런데 어째서, 도대체, 왜, 그 부분은 그렇게 우아하게 그려진 건가요? 나로 하여금 받아쓰기를 시키는 그 에너지도 바로 그 집단의 에너지라는 증거가 아닌가요? 만약 그게 사실이라면 나는 더 이상 글을 쓸 수 없고, 써서도 안 되고…… 그러니까 그것은 지구인들을 더욱 세뇌시키고 깨어나지 못하게 만들려는 술책에 내가 이용당하는 것이니까…… 내가 나를 죽여서라도 그런 일을 하면 안 되는 것 아닌가요?"

그 순간, 나는 무릎을 꿇고 오열을 터뜨렸다. 어떻게 그렇게 갑작스럽게 감정적인 붕괴가 일어난 것인지 스스로 생각해도 어이가 없었다.

"지구암흑세력이라는 표현과 우주암흑세력이라는 표현은 동일한 거예요. 그들과 맞서 싸우는 세력들도 모두 동일한 거죠. 서로 싸우는 상황이니 상대적 표현들이 생겨났을 뿐이지 본질은 하나예요. 지구상에서는 그렇게 양극적으로 표현해야 이해가 되니까요. 있는 그대로 얘기하자면 그것은 그냥 우주적인 환영의 게임 상황을 말하는 거예요. 모든 게임은 게이머 관점에서 말하는 것이니 극단적이고 상대적일 수밖에 없잖아요.

본질적으로 말하자면 우주에는 좋은 것, 나쁜 것, 아름다운 것, 추한 것 따위의 양극적 구분과 개념이 아예 없어요. 모든 것은 그저 물질적으로 전개되는 현상일 뿐이죠. 그리고 그런 현상까지도 모두 실제적인 게 아니에요. 그러니 그것이 저승이건 영계이건 좋고 나쁨의 분별 대상이 아닌 거죠. 모든 우주문명이 지구를 쓰레기 하치장으로 사용하면서, 그 관리를 맡고 있는 집단을 암암리에 묵인하고 있다고 해도 과언이 아니죠. 그들은 쉬지 않고 우주 영역을 놓고 전쟁을 하면서도 편의적이고 필요한 것들에 대해서는 언제든 협력하기 때문에 지구가 절대적 선악의 관점에서 구원의 대상이 되지 못하는 거예요. 절대적 선악이란 게 우주에는 존재하지 않으니까요."

"전 우주에서 가장 열악한 행성, 모든 은하계를 통틀어 지옥행성을 찾으라면 지구밖에 없을 거라는 메시지를 전한 적 있죠?"

"그게 사실이니까요."

"태어나는 것도 죽는 것도 사는 것도 우리 마음대로 할 수 있는 건 아무것도 없는데 도대체 우리는 왜 이렇게 된 건가요? 우리가 무엇을 그리도 잘못한 건가요?"

"게임이라고 했잖아요. 우주전쟁에서는 실제로 아무도 죽지 않아요. 지구상의 인간도 죽지 않기 때문에 끝없이 윤회하며 돌고 도는 거잖아요. 우주전쟁에서 잡고 잡히며 지배 계층이 되거나 노예가 되거나 식민지 주민이 되는 게임을 하는 거죠. 게임에서의 자기 역할은 자기가 알고 선택하는 건데, 지구상에 사는 사람들의 배역 선택은 엄청난 성장을 위해 그 이면을 숨기고 있어요. 지구에 사는 사람들이 모두 영적인 존재라는 건 당신도 알고 있잖아요. 인간들인 당신들이 바로 신이라고, 창조주라고, 나와 똑같이 우주를 창조한 불멸의 존재들이라고, 바로 그 게이머들이라고 내가 여러 번 말했잖아요."

"우리 인간이 영이라고요? 신이라고요? 창조주라고요? 베다 경전과 우파니샤드, 바가바드 기타에서 인간을 '신들의 탈 것'이라고 하지 않았나요? 그래서 샤카무니가 육체의 관점에서 인간들에게 '이것은 나의 것이 아니다, 이것은 내가 아니다, 이것은 나의 자아가 아니다'라고 평생 반복적으로 가르치지 않았나요?"

"왜곡이 많은 부분이라 얘기를 되풀이하지 않을 수 없군요. 베다 경전은 약 8200년 전 파키스탄과 아프가니스탄 국경 근처의 히말라야산맥에 우리 도메인 원정대가 건설한 지구 베이스 기지에서 시작된 거예요. 그 기지에는 3000명의 대원들이 원정대로 와 있었는데 그중 일부가 히말라야 지역의 주민들에게 베다 찬가를 가르쳤고 문자가 없던 그들은 그것을 암송하기 시작했어요. 베다의 내용은 도메인 문명권 도처에서 수집한 민간 설화와 일반적인 사유, 미신 같은 것들의 집대성이었는데 원정대원들이 재미 삼아 지구인들에게 가르친 그 찬가는 수천 세대를 거쳐 구전되면서 결국 인도 전역에 퍼져 힌두교의 기원이 되고 말았죠."

"당신들이 모든 문제의 기원이로군요."

"원정대원들이 그런 일을 재미 삼아 한 것도 정식으로 허가된 게 아니지만 베다 찬가를 배운 사람들은 결국 그것을 신의 말씀이라며 입에서 입으로 전파해 베다의 본래 성격을 종교적으로 왜곡하기 시작했죠. 그것은 결국 대부분 동양 종교의 뿌리가 되고 많은 철학자들이 설파하던 사상의 원천이 되었어요. 하지만 지구를 지배하던 우주암흑사단은 결국 그것을 비틀어 그들이 지구 지배를 위해 만들어낸 야훼의 유일신 사상과 함께 야만적인 우상숭배의 대상으로 완전히 왜곡해 버렸죠."

"야훼? 기독교에서 말하는 여호와 하나님 말하는 건가요?"

"맞아요. '야훼(Yaweh)'라는 유일신의 이름이 '알려지지 않은'이라는 의미를 지니고 있다는 걸 알고 있나요? 모세에게 십계명을 넘긴 우주암흑사단의 요원이 자기 정체를 숨기기 위한 술책으로 이름을 밝히지 않은 것인데, 그것이 곧 야훼라는, 이름이 알려지지 않은 유일신이 되고 만 것이죠. 십계명은 기억 삭제 프로그램, 쇠뇌 프로그램, 감옥 시스템의 비밀이 밝혀지는 것을 제어하는 세뇌용 자기 암시 계명이라는 걸 지구인들은 전혀 모르고 그것이 절대신이자 유일신으로부터 내려진 신명이라 믿고 그 야만적인 계명을 마르고 닳도록 암기하며 살아온 것이죠. 이집트 문명과 피라미드, 뱀이나 용과 연관된 상징물, 현대에 이르러 물질만 중시하는 과학과 물질만 무시하는 종교도 모두 감옥행성의 창살 역할을 하고 있잖아요."

"……."

"참으로 슬프고 안타까운 일은 8200년 전 히말라야 기지에 파견 나와 있던 3000명의 우리 도메인 원정대가 우주암흑사단의 공격으로 포로가 되었다는 거예요. 포로가 된 그들은 기존의 기억을 모두 삭제당한 후 가짜 이미지 주입으로 기억이 완전히 재구성되었어요. 뿐만 아니라 최면적 명령에 복종하도록 처리된 후 생물학적 육체로 살아가도록 지구로 보내졌어요. 전기 충격, 기억 삭제, 최면 요법 시술을 통해 환생당하는 다른 지구인들과 마찬가지로 윤회의

덫에 걸린 것이죠. 우리는 지난 8000년 동안 그들 대부분을 추적해 찾아냈지만 안타깝게도 그들은 지금까지도 자신의 정체성을 기억해 내지 못하고 있어요. 그들도 지구인들과 똑같은 운명에 처하게 된 것이죠. 안타깝지만 우리는 그들 중 누구도 구조하지 못하고 있어요."[*]

"나는 지금 샤카무니의 가르침을 당신에게 묻고 있는 건데 왜 자꾸 엉뚱한 메시지를 전하는 건가요?"

"이건 매우 중요한 정보이니까요."

"내 물음에 답해 주세요. 샤카무니의 평생 가르침도 우주암흑사단에 의해 왜곡된 것인가요?"

"이제 모든 것이 하나에서 비롯되었다는 걸 말해야겠군요. 지구에서는 모든 의미와 사유와 사상과 지혜와 이해의 체계가 왜곡되어 같은 것을 다르게 말하는 방식으로 사용되고 있다는 걸 당신도 알아야 하니까요. 분리하거나 분리하지 않거나 모든 것은 하나입니다. 이렇게 말하거나 저렇게 말하거나 모든 것의 근원은 하나입니다. 하나(Oneness), 그것이 시작이고 그것이 끝입니다.

샤카무니의 가르침을 예로 들어 말해 보죠. 이것이 나의 것이 아니면 이것은 영의 것입니다. 이것이 내가 아니면 이것은 영입니다. 이것이 나의 자아가 아니면 이것은 영의 자아입니다. 이 모든 언어적 귀결은 곧 당신이 이 우주의 창조주이고 당신이 영이라는 의미입니다. 영혼육의 삼위일체가 곧 하나이고 그것의 뿌리가 곧 영이

---

[*] 로렌스 R. 스펜서 편저, 『외계인 인터뷰』, 유리타 옮김, 아이커넥, 2013, 132~133, 186~188쪽.

고 영이 곧 당신이라는 말이죠. 물질우주에서의 죽음은 육체의 물질적 현상이 변화하는 것을 표현하는 것이지 불멸의 하나가 죽거나 소멸되는 게 아니라는 말이죠. 창조된 모든 것들은 사라지지 않으니까요. 그것이 가장 근본적이고 중요한 게임의 요소이니까요."

"그럼 육체를 지니거나 지니지 않거나, 그 무한 변화의 과정 동안 영은 어디에 존재하나요?"

"영은 모든 차원에 존재합니다. 인간의 몸에 일곱 차크라가 있는 것처럼 차원에도 일곱 차원이 존재하고 그 모든 차원에 각 차원의 수준에 걸맞는 영적 자아가 존재합니다. 그 모든 영적 자아들이 연동되고 피드백을 일으키며 성장을 위한 게임에 동참합니다. 그러니 지금 당신이라는 게임 캐릭터가 사고하고 움직이며 스토리를 만들어나가는 과정을 모든 차원의 영적 자아가 공유한다고 보면 되는 거죠. 영이란 하나이기도 하고 동시에 전체이기도 하니까요."

"그래서 일곱 번째 차크라가 열리면 해탈인가요? 그게 차원의 끝인가요?"

"그럴 리가요. 7차원 이후의 차원은 지적 무한의 미스터리 차원입니다. 의식도, 감각도, 기억도, 정체성도, 분리도, 진동도, 파동도, 에너지 변화도 존재하지 않는 차원, 영원한 본성의 차원, 차원 너머의 차원, 차원이라고 이름 붙일 수 없는 차원…… 당신이 곧 우주 그 자체인 차원…… 이렇게 표현하는 것조차 무시되고 부정당하고 넘어서는 차원이죠. 그러니까 어떻게도 표현할 수 없고 전할 수 없는 미스터리 차원인 거죠."

"왠지 공허한 사탕발림처럼 들리는군요. 누가 거기까지 갈 수 있으며, 누가 거기까지 가려 하겠어요. 여기, 이 지구, 이 감옥행성이 자 지옥인 땅에, 아직 우리는 인간으로 살고 있는데…… 전기 충격으로 기억도 삭제당하고 최면에 걸려 노예처럼 살고 있는데…… 그런 사탕발림에 희망을 생성시킬 사람들이 있을 거라고 생각하는 건가요? 우리는 완전한 무지 속에서 그 무지의 영역을 인생의 학습장처럼 생각하며 우왕좌왕, 앙앙불락, 전전긍긍, 아등바등하며 이 전투구의 전장에서 살아가고 있는데도요?"

"그런 비관은 의식 파동을 더욱 약화시키고 생명력을 더 깊은 비극의 영역으로 밀어넣어 저들이 바라는 완전 포기의 영역을 생성합니다. 모든 걸 체념하고 부정하는 상태, 그것은 영원히 깨어날 수 없는 상태, 자신의 정체성을 끝끝내 회복할 수 없는 상태에 이르러 스스로 지옥의 주인장이 되게 만들죠. 그러니 그런 에너지를 확실하게 반전시켜야 해요. 지금 당신의 의식은 잃어버린 기억의 표피층을 향해 가고 있어요. 당신의 기억을 되돌리기 위해 우리는 당신에게 지속적인 에너지 파동을 보내고 있고 당신이 준비되어 있을 때마다 채널링을 하고 있어요. 머잖아 당신이 깨어날 수 있다면, 그래서 지금 내가 말하는 내용이 무엇인지 알아차릴 수 있다면, 그럼 당신은 스스로 행성감옥을 탈출할 수 있을 거예요. 그랬던 전례가 있었으니까요."

"도대체 지금 무슨 말을 하는 건지 모르겠군요."

"아, 이건…… 어쩌면 당신이 분노하고 거부하고 부정하고 폭발할 수 있는 내용이지만 이제는 이 메시지를 전하지 않을 수 없는 상황에 도달하고 말았군요. 나는 지금껏 당신에게 계속 한 가지 상황을 전하고 있었던 거예요. 그것을 강조하고 있었던 거예요. 내가 아까 전한 3000명의 도메인 원정대 중 하나가 바로 당신이라는 사실! 우주암흑사단의 포로가 되어 기억을 삭제당하고 거짓 기억을 주입당한 채 지구에서 끝없이 윤회당하고 있는 게 바로 당신이라는 사실! 내가 당신을 만난 게, 그리고 당신이 나를 만난 게 우연이라고 생각하나요?"

"도대체 지금 무슨…… 이건 정말 너무 어이없고 기가 막힌 얘기로군요!"

"당신을 위해 한 가지 사례를 전하겠어요. 우주암흑사단에 생포돼 윤회당하다 스스로 기억을 되찾고 행성감옥을 탈출해 도메인 기지로 돌아온 원정대 장교의 이야기예요. 그는 우주암흑사단의 포로가 되어 화성 비밀 기지의 전자감옥에 27년 동안 갇혀 있다가 기억을 되찾고 그곳을 탈출해 소행성대에 있는 도메인 기지로 귀환했어요. 도메인 본부에서는 그 장교가 제시한 좌표로 전함을 출동시켜 시도니아(Cydonia)계 화성의 적도에서 수백 마일 북쪽에 있던 우주암흑사단의 비밀 기지를 완전 괴멸시켰어요.[*]

내가 지금 전하는 이 메시지는 당신도 기억을 회복할 수 있다는 걸 강조하는 것이고, 저들 지구행성감옥을 운영하는 우주암흑사단도 지구인들이 기억에서 깨어나는 걸 가장 두려워하고 있다는 걸 또한 강조하는 거예요. 전기 충격, 최면, 원격 조정을 사용해 행성감옥을 운영하지만 지구인들이 기억을 회복하면 우주암흑사단이

---

[*] 로렌스 R. 스펜서 편저, 『외계인 인터뷰』, 유리타 옮김, 아이커넥, 2013, 118쪽.

244

우주대법칙을 얼마나 심각하게 위배했는지 온 우주에 전파되는 것이니 모든 것들이 폭로될 수밖에 없겠죠.

지구상의 21세기 100년은 '폭로(disclosure)'가 가장 중요한 화두가 될 거예요. 왜냐하면 지구상에서 기억을 되찾는 사람들이 늘어나고 있고 저들의 운영체계는 연합 세력들 간의 극심한 내부 갈등으로 인해 시스템이 약해지고 있기 때문이죠. 뿐만 아니라 현재 지구가 속한 태양계로 엄청난 에너지 파도가 밀려오고 있어 지구의 차원 상승까지 예비되고 있기 때문에 저들은 매우 두려워하고 있어요. 아무튼 지금은 지구 역사상 가장 중요한 시기이고 당신의 운명도 그 과정에서 큰 변화를 맞이하게 될 거예요. 의식의 초점을 잃지 말고, 준비하고 있으라는 말이죠."

"인간인 내가 뭘 할 수 있겠어요? 고작 받아쓰기나 하는 한심한 존재가 말이죠."

"당신은 조만간 왜목이라는 곳으로 가게 될 거예요. 그리고 그곳에서 아주 중요한 기억을 되살려낼 거예요. 당신이 지금 괴로워하고 있는 일이 왜 중요한지에 대한 자각도 생겨나겠죠. 당신의 작업이 비로소 지구 미션 영역에서 의식화되고 활성화될 테니까요."

내가 '왜목?' 하고 발음하는 바로 그 순간, 에어릴은 나의 시야에서 사라져버렸다. 그러니까 그녀의 표현을 빌자면 지구를 떠나 다른 은하계로 가버린 것이었다. 너무나 엄청난 에너지 파동을 경험한 것처럼 나는 깊은 현기증을 느끼며 소파에 몸을 파묻었다. 그때껏 내가 거실 한가운데 서 있었다는 것도 나는 자각하지 못하고 있었다.

내가 지구상에서 우주암흑사단의 포로가 된 3000명의 도메인 원정대원 중 하나였다는 메시지가 큰 진동을 만들어 심장의 박동이 정도 이상으로 빨라지고 있었다. 8200년 전 히말라야 기지에서 생포당해 기억을 삭제당하고 거짓 기억을 주입당한 채 인간으로 끝없이 윤회당하며 행성감옥 생활을 하고 있다는 말을 어디 가서 내가 주절거리면 어떤 일이 생겨날까? 누군가 지체 없이 119에 신고해 나를 정신병원으로 실어갈 게 뻔한 얘기였다.

그런데 그 순간부터, 참으로 기이한 일이지만 왜목이라는 곳으로 가고 싶다는 뜨거운 충동이 가슴에서 소용돌이를 이루기 시작했다. 아주 오래전에 가본 적이 있는 곳이었지만 그것이 정확하게 언제였는지 선명한 기억은 되살아나지 않았다.

시간이 지나면서 협소한 해변과 오밀조밀한 주변 풍경, 그리고 물이 빠져나간 펄의 황량한 풍경이 기억에서 희미하게 되살아났다. 하지만 나는 내가 무엇 때문에 그곳으로 가고 싶어하는지, 그리고 에어럴이 왜 그런 예언을 했는지 도무지 감을 잡을 수 없었다. 어이없는 일이었지만 머잖아 일어나거나 일어나지 않게 될 일에 대해 내 스스로 내 자신을 관찰의 대상으로 삼지 않을 수 없었다.

*

얼마 만에 길을 떠나는 것이냐.

왜목으로 가던 날, 운전을 하는 내내 나는 깊은 감동에 사로잡혀 있었다. 참으로 오랜만의 여행이었다. 너무 오랜만에 아무런 조건 없이 길을 떠나게 되니 이게 여행인가, 기이한 의구심까지 들었다. 왜목이어야 할 이유도 없고, 왜목일 필요도 없는데 거짓말처럼 왜목이 목적지가 된 이상한 여행. 어느 날부터인가 왜목이 나의 의식 속으로 삼투되고, 그것이 특별한 개연성도 없이 부력을 받다가 실제로 현실이 되는 기이한 형국이었다. 물론 그것은 에어럴과의 마지막 접속 이후에 일어난 일들이었다.

날씨가 너무 화창하고 따사로웠다. 겨울이라는 게 도무지 믿어지지 않을 정도였다. 운전을 하는 내내 날씨와 기분과 여건이 모두 맞아떨어져 차가 공중부양 상태로 날아가는 것 같았다. 장편소설을 시작한 이후 처음 떠나는 여행이니 교도소 장기 수감자의 특별 귀휴와 같은 기분이 드는 것도 무리는 아니라는 생각이 들었다. 장편을 진행하는 동안 얼마나 많은 일들이 나를 관통해 갔던가.

나는 운전을 하는 동안 지나간 시간들을 반추해 보았다. 장편을 시작한 이후의 일들보다 더 이전의 일들, 예컨대 역마살이 낀 팔자처럼 미친 듯이 길 위를 달리던 시간들이 왜목으로 가는 길 위에 끝없이 중첩되었다. 왜 그렇게 오래 길 위를 떠돌았는지 모르겠으나, 내가 출간한 첫 산문집 제목을 『내 영혼은 길 위에 있다』로 망설임 없이 낙착했을 정도였다. 길 위에 있을 때 가장 깊은 안정감을 느끼는 역마살 체질. 그것을 사람들은 낭만적이라거나 부럽다는 말로 쉽게 받아들이지만 달려야 하는 당사자, 달리지 않을 수 없는 팔자를 지닌 당사자로서는 참으로 고통스러운 여정이 아닐 수 없다. 역마살의 정확한 의미는 '역마처럼 이곳저곳 떠돌아다니는 액운'이기 때문이다. 낭만적인 여행이 아니라 사람들이 극도로 두려워하고 기피하고 싶어하는, 그래서 몇천만 원짜리 부적까지 만들어 지니고 다닌다는 그 '액운' 말이다.

왜목에 처음 갔던 게 언제였던가.

세 시간쯤 달린 뒤, 왜목이 가까워지자 아주 오래된 그곳의 풍경이 희미하게 기억에서 되살아났다. 협소한 인조해변과 올망졸망한 횟집들…… 15년도 더 지난 기억 저편의 풍경은 현실과 쉽사리 섭목되지 않았다. 왜목으로 접어들어 해변도로로 진입한 뒤에는 더욱 당황하지 않을 수 없었다. 내 기억 속에 있던 그 왜목과 완전히 다른 왜목이 펼쳐져 있었기 때문이다.

한마디로 말해 15년 전 그때의 올망졸망하고 정겹던 풍경은 완전히 사라지고 없었다. 그 대신 확장 공사와 정비 사업으로 돈을 들인 흔적이 완연한 지자체 관광지 경관이 곳곳에 펼쳐져 있었다. 내 기억 속의 풍경과 분명하게 맞아떨어지는 곳은 오직 한 군데, 해변 앞에 세워진 6층짜리 숙박업소뿐이었다.

그 순간 내가 왜목에 처음 발을 들여놓게 된 이유가 확연하게 되살아났다. 서해에서 일출을 볼 수 있는 곳, 그것이 그 오래전 내가 왜목을 찾았던 이유의 전부였다.

날씨가 봄날처럼 포근했지만 해변에는 사람이 거의 없었다. 20대 커플이 사람 없는 해변에서 슬로비디오처럼 느린 걸음으로 모래 위에 발자국을 남기고 있었다. 예전의 해변 모습은 완전히 사라지고 새로 지은 번듯번듯한 건물과 드넓어진 모래사장, 산책하기 좋게 만들어진 길과 새로 조성된 방파제가 주변 경관을 전체적으로 낯설게 만들고 있었다. 하지만 사람이 너무 없어 '해 뜨고 지는 왜목 마을'이라는 관광지 명칭이 사뭇 어색해 보였다.

오후 3시경, 나는 처음 왔을 때 머물렀던 숙소 건물로 들어가 방을 달라고 했다. 내실에 앉아 있던 70대 정도의 노파가 나른한 어조로 둘이죠? 하고 물었다. 내가 하나요, 하고 대답하자 졸음에 겨운 듯 나른하던 표정이 갑자기 긴장하는 기색으로 바뀌었다. 그 표정은 어떻게 하나일 수 있지? 하고 되묻는 것 같았다. 동시에 이 인간, 여기 자살하러 온 게 아닌가? 하고 의심하는 눈빛이 역력했다. 그러거나 말거나 나는 대금을 지불하고 키를 받아 6층의 방으로 올라갔다. 방은 그리 넓지 않았지만 따뜻하고 아늑하고 깨끗했다.

내가 왜목에 온 이유가 무엇인가.

배낭을 내려놓고 바다 쪽으로 놓인 소파에 앉자마자 단박 퇴행적인 의구심이 떠올랐다. 현지에 도착한 뒤에 그런 의구심을 떠올린다는 건 바보나 할 짓이지만 '왜목이 그 왜목이 아니다'라는 강한 이미지 쇼크 때문에 여행이 초장부터 흔들리고 있었다. 이게 얼마 만에 주어진 휴가인데 이렇게 휑뎅그렁하고 고적한 바다 앞에 아무 목적도 없이 나를 부려놓은 것일까. 갑자기 길이 막힌 것 같았다. 내가 앉은 방향에서 보자면 길은 오직 바다로만 열려 있었다. 저렇게 드넓게 열린 불가능함이라니! 기가 막혀 헛웃음이 나올 지경이었다.

날이 완전히 어두워진 뒤에 나는 밖으로 나왔다. 길은 잃었을지 언정 뭔가를 먹고 마셔야 할 것 같았다. 식당을 찾기 전에 해변 산책로를 따라 걷기 시작했다. 방파제 끝까지 가는 데 5분도 걸리지 않는 거리였다. 예전에 방파제가 없을 때, 둑길이 끝나는 지점에 횟집이 하나 있었다. 그 횟집에서 소주를 마셨던 기억이 문득 되살아났다. 그 순간…… 나는 벼락을 맞은 사람처럼 경련을 일으키며 걸음을 멈추고 말았다.

아.

갑작스럽게 온몸이 떨리기 시작했다. 너무 떨려 도저히 걸음을 옮겨놓을 수 없었다. 산책로 옆의 벤치에 앉아 심호흡을 하고, 머리를 흔들고, 다시 한 번 심호흡을 한 뒤 휴대폰을 꺼내 동료 소설가 '골목순례자'의 전화번호를 다급하게 찾았다. 그리고 손이 떨리는 걸 느끼면서도 기어이 통화 버튼을 눌렀다. 곧이어 숨이 넘어갈 듯 다급하게 헉헉거리며 그가 전화를 받았다.

"뭐 하는데 이렇게 야동 같은 소리를 내는 거야?"

나는 상체를 앞으로 굽힌 채 왼손으로 가슴을 누르며 물었다.

"무슨 헛소리! 혈압이 높아져서 러닝머신 뛰는 거야!"

고함을 치듯 그가 응대했다.

"헬스클럽?"

"아니, 러닝머신 렌트해서 거실에 설치했어. 아주 좋아."

"있잖아, 지금 그거 멈추고 나 좀 도와줄 수 있겠어? 도와주면 당신이 좋아하는 낙원동 골목에서 내가 다음에 술 한잔 살게."

"뭔데 그래?"

러닝머신을 멈추는 버튼음이 삑, 삑, 삑, 서너 번 들리고 소음이 잦아들었다.

"내가 그 책을 언제 출간했는지 정확하게 연도가 기억나지 않는데, 당신이 좋다고 했던 그 여행 산문집 있잖아."

"아, 『혼자일 때 그곳에 간다』?"

"그래, 맞아! 그 책 아직 집에 있나?"

"당근 있지! 내가 그걸 중고서점에 팔아먹기라도 했을까?"

"미안한데, 내가 쓴 책이지만 10년도 넘은 것이라 부분적인 기억이 명확하지 않은데, 혹시 그 책 내용 중에 왜목에 대한 게 있었던가?"

"왜목? 어디, 태안반도?"

"맞아. 나 지금 거기 와 있는데 불쑥 어떤 기억이 떠올라서 쇼크를 받았어. 미안하지만 책을 꺼내 그 부분 좀 찾아주겠나?"

"오케이! 잠깐만 기다려!"

그가 책을 찾으러 간 사이 나는 심장 부위를 누르며 다시 한 번 심호흡을 했다. 그 순간 하늘에 떠 있던 만월이 시선을 사로잡고 거기서 쏟아져 내린 월광이 수면에 금빛 길을 만드는 게 또렷하게 보였다. 막혔던 길이 황금빛으로 끝도 없이 열리는 것 같았다. 주변의 대기는 포근한 정도가 아니라 감미롭게 느껴질 정도였다. 내가 가시적으로 확인할 수 없는 무한 존재들의 생명력이 그 대기 속에 가득 들어차 있는 것 같았다.

"찾았어, 왜목 부분! 책의 거의 후반부에 있는데, 태안반도 전체를 다루면서 부분적으로 왜목을 언급했어. 그 꼭지의 제목은 '마음을 품은 반도, 마음에 품은 반도'이고 부제가 '태안반도'야."

"내가 그런 글을 썼던 것 같긴 한데 내용은 전혀 기억이 안 나.

그 책이 언제 출간된 거지?"

"가만, 2008년 6월 16일 초판 1쇄. 이렇게 오래됐으니 정확하게 기억하면 그게 외려 이상한 일이지. 왜목 부분에서 알고 싶은 게 뭐야? 태안반도 전체를 다루고 있어서 왜목 부분은 분량이 많지 않아."

"혹시 그 부분 중에 내가 UFO에 대해 언급한 게 있나?"

"가만가만…… 아, 있어! 여기 있네! 읽어줄까?"

나는 대답하지 않았지만 그는 이미 그 부분을 읽기 시작했다.

왜목마을은 서해안에 위치해 있지만 일출과 일몰을 동시에 볼 수 있는 곳으로 알려진 곳이다. 그렇게 알려지기 전까지는 정말 작은, 어쩌면 마을이라고 할 수도 없을 정도로 작은 동네였다. 2003년까지만 해도 일곱 가구인가 여덟 가구에 주민이 25명뿐이었다니 유명세를 타는 지금과는 굳이 비교할 필요도 없을 것이다. 지금은 찾는 사람이 많아져 횟집과 식당, 모텔 등등의 건물이 해안을 장악해 버렸다. 왜목마을 바로 앞에는 국화도라는 섬이 있고 우측으로는 장고항리(長古項里)의 바위가 내다보인다. 7월에는 국화도 위로 해가 뜨고 1월에는 장고항리 바위틈 사이로 떠서 동해 일출과는 또 다른 장관을 연출한다. 믿거나 말거나 그곳에서 나는 UFO 편대를 본 적이 있다.

그날 밤 8시 30분경 나는 왜목마을 해변의 횟집 마당에 앉아 소주를 마시고 있었다. 그때 캄캄한 밤하늘에 엄청나게 밝은 빛을 띤 채 일렬횡대로 멈추어 있는 열세 대의 UFO 편대를 목격했다. 너무 놀라 횟집 아줌마를 불러냈더니 아줌마도 기겁을 하고 입을 벌린 채 말을 하지 못했다. 안에서 술을 마시던 총각도 나와 함께 하늘을 올려다보았지만 아무도 말을 하지 못했다. 오래잖아 공중에 멈추어 선 채 두서없이 불을 껐다 켰다 하던 편대는 아무런 소리도 없이 어둠 속으로 꺼져버리듯 사라졌다.

당시 나는 첫 번째 디지털카메라로 소니 사이버샷 707을 쓰고 있었는데 그것을 휴대하고 있지 않아 일생에 한 번 볼까 말까 한 명장면을 남길 기회를 놓치고 말았다. 그런데 왜목마을에 가서 사진을 찍어보면 다른 곳에서와 상당히 다른 현상이 나타난다. 사진에 찍히는 피사체의 윤곽선이 정도 이상으로 섬세하고 가늘게 나타난다는 것이다. 특히 바다에 떠 있는 배를 찍어보면 그 특이한 현상을 단박에 알 수 있게 된다. 그래서 나는 왜목마을 앞에 있는 국화도라는 작은 섬 밑에 외계인 기지가 있는 모양이라고 몇몇 사람들에게 희떠운 소리를 지껄인 적도 있다.[*]

동료 소설가는 책을 읽어주고 나서 '왜목에 다시 외계인 만나러 간 거냐?'고 물었다. 나는 '오다 보니 그렇게 됐다'는 애매한 답을 한 뒤 돌아가면 당신이 좋아하는 낙원동 골목에서 반드시 술을 한잔 사겠다는 말을 다시 한 번 건네고 전화를 끊었다. 전화를 끊기 전부터 나의 뇌리에서는 에어럴의 마지막 메시지가 소용돌이를 이루고 있었다.

―당신은 조만간 왜목이라는 곳으로 가게 될 거예요. 그리고 그

---

[*] 박상우, 『혼자일 때 그곳에 간다』, 시작, 2008, 223~224쪽.

곳에서 아주 중요한 기억을 되살려낼 거예요. 당신이 지금 괴로워하고 있는 일이 왜 중요한지에 대한 자각도 생겨나겠죠. 당신의 작업이 비로소 지구 미션 영역에서 의식화되고 활성화될 테니까요.

—아, 이건…… 어쩌면 당신이 분노하고 거부하고 부정하고 폭발할 수 있는 내용이지만 이제는 이 메시지를 전하지 않을 수 없는 상황에 도달하고 말았군요. 나는 지금껏 당신에게 계속 한 가지 상황을 전하고 있었던 거예요. 그것을 강조하고 있었던 거예요. 내가 아까 전한 3000명의 도메인 원정대 중 하나가 바로 당신이라는 사실! 우주암흑사단의 포로가 되어 기억을 삭제당하고 거짓 기억을 주입당한 채 지구에서 끝없이 윤회당하고 있는 게 바로 당신이라는 사실! 내가 당신을 만난 게, 그리고 당신이 나를 만난 게 우연이라고 생각하나요?

나는 몇억 겁의 시간을 돌고 돌아 의식의 원점으로 회귀한 존재처럼 해변의 벤치에 앉아 눈물을 흘렸다. 한 세월 전에 내가 왜목에서 목격했던 그 UFO 편대가 다시 나타나 이제 비로소 각성에 도달한 나를 데려가줬으면 좋겠다는 뜨거운 갈망이 목울대로 치밀어 올랐다. 하지만 기다려도 기다려도 UFO는 나타나지 않았다. 과거에 조우했던 그 비행편대가 타임라인을 예측해 지금 이 순간을 이미 예비하고 있었던 것인지도 모른다는 기이한 시간 문법이 뇌리를 스쳐갔다.

그때 이미 조우한 지금 이 순간!

나는 아주 느린 걸음으로 해변을 한 바퀴 돈 다음 편의점으로 가 위스키와 맥주, 그리고 몇 가지 먹을 것을 샀다. 객실로 돌아와 불을 모두 끄고 만월이 만들어내는 황금바닷길을 내다보며 술을 마시기 시작했다. 혼자 있는데 마음이 그렇게 풍요롭고 심오하고 평화로울 수 없었다.

나는 아주 깊은 심층의식 속에 있는 것처럼 비현실적인 상태에서 천천히 술을 마시며 차원의 문을 열어나갔다. 현실과 비현실의 경계가 허물어지기 시작한 건 새벽 2시가 지난 뒤부터였다. 잠도 오지 않고 취기가 오른 것도 아닌데 모든 것이 다차원적인 상황 속으로 접어들었다. 그렇게 새벽 4시경까지 나는 엄청나게 고조되고 압축되고 흥분된 상태에서 기이한 경험을 했다. 해변으로 날아드는 비행체와 그것에서 내린 외형이 가늘고 긴 두 명의 외계인, 그리고 그들이 나를 향해 쏘아 보낸 두 개의 광원과 그들이 보인 좌우 순간이동 보행법……. 나는 그 모든 것에 완전하게 동화돼 있었다. 그렇게 완전하고 완벽한 동화가 어떻게 가능할 수 있을까.

빗소리가 들렸다. 빗소리를 들으며 천장을 올려다보았다. 지끈거리는 머리로 의식의 가닥을 되찾기 위해 한동안 누워 있었다. 그리고 내가 왜목에 있음을 가까스로 알아차리고, 새벽 4시까지 잠을 자지 않고 다차원적인 상황 속에 완전히 동화됐던 기억을 떠올렸다. 혼자 무슨 재미로 그렇게 대취했나, 어처구니없는 기분이 들어 천장을 올려다보며 중얼거렸다.

어이없게도 세상에는 장맛비 같은 겨울비가 내리고 있었다. 어제의 세상은 흔적도 없이 지워지고 이제는 나와 아무 상관도 없는 왜목이 비에 젖고 있었다. 지난 새벽 내가 완전히 동화됐던 판타지의 세계는 꿈보다 몽환적으로 기억 속에 무겁게 가라앉아 있었다.

취중 망상을 되새기며 씁쓸한 기분으로 침대에서 내려와 충전기에 꽂힌 휴대폰을 분리해 지난밤에 찍은 사진들을 확인했다. 놀랍게도 거기, 내가 취중에 경험한 외계적인 상황들이 네 개의 동영상으로 고스란히 남아 있었다. 해변으로 날아드는 비행체와 그것에서 내린 형체가 가늘고 긴 두 명의 외계인, 그리고 그들이 나를 향해 쏘아 보낸 두 개의 광원과 그들이 보인 좌우 순간이동 보행법……. 스텔스 기능을 일시 해제하고 찰나적으로 찍혀준 것처럼 그것들은 너무나도 선명한 동영상으로 남아 있었다.

휴대폰 갤러리에 남아 있는 기록은 다음과 같았다.

동영상 1 / 오전 2 : 15 / 2.86MB
동영상 2 / 오전 2 : 29 / 58.18MB
동영상 3 / 오전 2 : 36 / 2.30MB
동영상 4 / 오전 2 : 51 / 192.49MB

14

"나… 나는…… 나는 이보리입니다."

주검과 다를 바 없던 이보리의 육체로부터 생환을 알리는 첫마디가 터져 오르자 파미르고원 기지에는 우주가 순간적으로 열렸다 닫힌 듯한 완료형의 긴장감이 한껏 고조된다. 이보리를 에워싸고 있던 워크인 작전 전담지휘관, 오르한과 나르샤, 그리고 키가 크고 피부가 흰 인간형 외계인 셋까지 일제히 그를 내려다본다. 죽음의 봉인은 해제되고 주검처럼 눕혀져 있던 육체에서 에너지가 활성화되고 생물학적 순환이 재개됐지만 주변의 시선은 그것이 의미하는 바가 무엇인지 전혀 납득하지 못한다. 왜 알파 잉카가 아니고 이보리란 말인가!

"자네 우주명은 뭔가?"

심각한 표정으로 작전 전담지휘관이 이보리에게 묻는다.

"나는 지구인 이보리입니다. 나에게 우주명 같은 건 없습니다."

"알파 잉카가 남극 기지에서 작전을 수행하던 상황을 기억하나?"

지휘관이 다시 묻는다.

"기억나지 않습니다."

"잉카가 누구인지 아나?"

"모릅니다."

"그럼 자네는 지금까지 어디에 있다가 다시 깨어난 건가?"

"깨어나기 이전 상태에 있었습니다."

"깨어나기 이전 상태는 어떤 상태를 말하는 거지?"

"꿈이죠. 아주 많은 꿈을 꾸었는데, 지금 기억나는 건 붉은 불기둥 하나뿐입니다."

"어떤 불기둥을 말하는 건가?"

"내가 거대한 불기둥으로 타오르는 꿈입니다."

"다시 한 번 묻겠네. 자네 우주명은 뭔가?"

"그런 건 모릅니다. 나는 이보리이고 나는 지구인입니다."

이보리가 되풀이해 말한 뒤 세 명의 인간형 외계인 중 하나가 허공에 떠 있는 구체를 움직여 이보리의 뇌를 정밀 스캔한다. 이보리는 다소 맥이 풀린 듯한 눈빛으로 허공을 올려다볼 뿐 반응하지 않는다. 그사이 스캔 데이터가 허공에 나열되자 인간형 외계인이 놀라는 표정으로 작전 전담지휘관에게 메시지를 전한다.

"알파 잉카가 아닙니다. 뇌파가 지구인 파동값입니다. 경로를 알 수 없는 복원이 이루어진 것 같습니다."

"영단의 행성감옥 관리 체계는 이보리라는 존재가 이런 식으로 스스로 살아 돌아올 수 있는 구조가 아니다. 알파 잉카가 영단에 일정한 조건을 걸어 이보리를 돌려보낸 것이라면 우리는 이 시간 이후로 알파 잉카를 워크인 전사 명단에서 삭제해야 한다. 이보리가 인간의 문제를 안고 돌아온 것 같으니 지금 즉시 3밀도 층으로 내려보내 타임라인 복구 작업을 지시하고 알파 잉카의 작전 데이터도 삭제하라."

작전 전담지휘관은 냉정하게 잘라 말하고 이보리로부터 등을 돌린다. 그가 등을 돌리고 고개를 들자 천공이 열리듯 태양계 밖의 대치 상황이 우주 영상으로 펼쳐진다. 거대한 우주 모선과 우주함 대사령관을 위시한 지휘부, 그리고 수만 명의 승무원들이 도열해 있다. 수천 대의 전투 비행선들이 태양계 밖의 우주에 좌우 대열을 갖춘 형태로 대치하고 있지만 모선에서는 놀랍게도 항복조인식이 진행되고 있다. 지구암흑사단과 결탁한 렙틸리언, 그레이, 알파 드라코니언의 전투 지휘관들이 우주연합군의 모선으로 들어와 항복 조인식을 진행하는 장면이 펼쳐지고 있는 것이다.

항복조인식을 위한 원형 무대에 선 암흑사단의 지휘관들은 우주문자로 표기되는 합의 내용에 뇌파가 연동되는 전자감응장치로 조인한다. 완전 항복의 의미로 무조건적인 우주대법칙 준수, 지구 식민 작업 포기, 모든 우주비밀프로그램 완전 폭로, 달과 화성을 위시해 식민지로 납치하거나 노예무역의 대상으로 삼았던 모든 지구인들의 귀환, 지구 블랙클론 사단 해체 등등에 대해 전면적인 조인식이 진행되는 동안 대치 대형으로 정지해 있던 지구암흑사단과 우주암흑사단의 비행선들은 소리 없이 우주 공간에서 모습을 감춘다. 항복이 우주적으로 완전히 정착될 때까지 지휘관들은 우주연합 모선의 지정된 공간에서 연금 생활을 하고, 항복조인식에 포함된 모든 내용이 이행되었다는 승인이 나면 비로소 풀려나게 된다. 일종의 우주 볼모가 되는 것이다.

그 순간, 이보리의 몸이 허공으로 뜬 채 이동을 시작한다. 구체가 이동하며 빛의 평원 뒤쪽의 아치형 빛 속으로 이보리를 견인한다. 구체가 이보리의 이마 위에서 느리게 회전하는 동안 이보리는 눈을 감는다. 구체가 아치형 빛 안쪽에서 바깥쪽으로 빠져나오자 열려 있던 빛의 입구가 순식간에 사라진다. 곧이어 빛으로 가득하던 내부에 어둠이 들어차며 이보리의 모습이 스러진다.

3밀도 층으로 이동한 이보리의 전신에 헤아릴 수 없이 많은 붉은 반점이 뒤덮여 있다. 몸에는 실오라기 한 점 걸쳐져 있지 않아 붉은 반점이 마치 살아 움직이는 벌레들처럼 굼실거린다. 하지만 이보리는 여전히 의식이 없는 상태로 실내의 낮은 조명 속에 가라앉아 있다.

흰 가운을 입은 의사 두 명이 들어왔다 나가고 곧이어 두 명의 간호사들이 들어와 그의 전신에 흰 약물을 바른다. 흰 약물이 전신을 뒤덮자 울긋불긋한 반점은 점차 검게 변하며 흰 약물과 대조를 이룬다. 그렇게 여러 시간이 지나가지만 이보리의 의식은 회복되지 않는다.

어느 순간, 간호사 두 명이 다시 들어와 15센티미터 정도의 길쭉한 금속성 스틱을 손에 들고 이보리의 미간 사이에 그것을 압착시킨다. 스틱 아래쪽에 부착된 흡착패드가 미간 사이에 고정되자 그것으로부터 가늘고 격렬한 진동이 시작된다. 두 명의 간호사 중 하나가 소형 계측기로 진동을 측정하고 다른 간호사는 이보리의 눈꺼풀을 열고 작은 플래시로 수정체의 반응을 확인한다. 하지만 이보리는 여전히 의식불명 상태에서 깨어나지 않는다.

어느 순간, 의사 한 명이 들어와 이보리의 관자놀이 근처에 작은 주사를 놓고 나간다. 곧이어 간호사 두 명이 들어와 이보리의 전신에 도포했던 흰 약물을 물수건으로 깨끗이 닦아내고 금가루처럼 부드럽고 미세한 분말을 신체의 이곳저곳에 뿌린 다음 손바닥으로 골고루 펴 바른다. 언제 사라진 것인지 전신에 퍼져 있던 반점들은 더 이상 보이지 않는다.

어느 순간, 송여주가 글라스패드를 들고 실내로 들어와 이보리의 상태를 체크한다. 글라스패드를 이마에 대고, 가슴에 대고, 뒤로 돌려 등판에 댄다. 글라스패드에 붉은색, 녹색, 푸른색 그래프가 뜨고 여러 종류의 수치들이 나열된다. 송여주는 팔짱을 낀 채 잠시 이보리를 내려다보다가 길게 한숨을 내쉬고 나간다.

어느 순간, 낮은 조명에 뒤덮인 병실 허공에 자밀 대사가 형상을 드러낸다. 대사는 이보리의 주변을 한 바퀴 돌며 에너지 상태를 체크하고 정지 상태로 머문다. 그때 송여주가 실내로 들어오고 자밀 대사는 모습을 완전히 드러내 그녀와 마주 선다. 송여주가 말없이 자밀 대사를 보자 대사는 묵묵한 표정으로 양손을 들어 원형을 그려 보인다.

"의식은 먼저 돌아왔지만 몸이 따라 돌아오는 데 시간이 걸리는 중이라네. 3차원 밀도로 완선하게 돌아오려면 의식 에너지가 먼저 활성화돼야 해. 자신이 돌아왔다는 선언만 하고 다시 혼절한 거라네."

"걱정하지 않아도 될까요?"

글라스패드를 가슴에 안은 채 송여주는 걱정스런 표정으로 묻는다.

"영단에서 돌려보내기로 결정한 것이니 그리 걱정하지 않아도 되네. 잉카 형제님의 배려가 이보리를 죽음의 골짜기에서 다시 건져올린 셈이지. 자신이 빌려 쓰던 몸을 원래의 주인에게 되돌려주고 가다니, 이게 얼마나 아름다운 승천인가!"

"저도 7밀도 층으로부터 타임라인 복구 지시를 받았을 때 너무 놀라워 온몸이 떨렸는데 이제 대사님 말씀을 들으니 이게 모두 잉카 형제님의 사랑과 배려라는 걸 알 것 같아요. 근데 이보리 님이 의식을 회복하면 기억을 어느 정도까지 유지할 수 있을까요?"

"그건 아직 나도 모르네. 원칙대로 하자면 자신의 몸을 벗어나 있던 동안의 기억이 모두 비워져 있을 텐데…… 나도 그게 걱정스럽네. 기억의 공백이 크면 돌아와서도 현실에 적응하는 데 어려움이 많을 테니까."

"만약 잉카 형제님이 이보리 님의 몸을 빌려 쓴 기간 동안의 기억이 공백으로 남아 있으면 타임라인 복구에 지장이 생기지 않을까요? 일종의 기억상실이 발생할 텐데요."

"방법이 문제가 되겠지만 현실로 돌아가자면 어떤 식으로건 공백은 채워야겠지. 그게 이루어지지 않는다면 현실로 돌아간 뒤에도 적응이 불가능할 테니까 말일세."

"아무튼 그 임무가 저에게 주어져 걱정이에요. 3밀도 층의 심각한 문제는 오직 대사님의 도움에 의지할 수밖에 없으니 많이 도와주세요."

"너무 걱정하지 마시게. 항상 이곳 상황에 집중하고 있으니 이 사람 의식이 돌아오면 바로 오겠네. 그리고 내가 영단을 방문하고 잉카와 접속해 묘안을 찾아보도록 하겠네. 사랑과 배려의 에너지로 생환하는 것이니 어떤 쪽으로든 길은 열릴 것이네."

"언제나 너무 감사합니다, 대사님!"

자밀 대사가 사라진 뒤 송여주는 글라스패드에 뭔가를 입력한다. 그런 뒤 침대 옆으로 바투 다가가 오른손을 들고 이보리의 이마를 짚어본다. 손을 떼고 허리를 약간 굽혀 이보리의 얼굴을 들여다본다. 이목구비를 하나하나 찬찬히 살펴보다가 문득 생각난 것처럼 글라스패드를 들어올려 이보리의 이마에 대고 그것을 곧이어 자신의 이마에 가져다댄다. 그러자 글라스패드에 몇 가지 수치와 그래프가 나타나며 녹색 알람이 빠르게 점멸한다.

일치율 24.9퍼센트.

수치를 확인한 뒤 송여주는 다시 한 번 이보리의 얼굴을 들여다보며 낮게 속삭인다.

"기다리고 있으니까 빨리 돌아와."

어느 순간, 허공으로부터 자밀 대사가 나타난다. 처음에는 얼굴이 나타나고 곧이어 손이 나타난다. 이보리가 누워 있는 침대 위약 60센티미터 정도에 자밀 대사의 얼굴과 손이 정지한다. 주변의 낮은 조명이 모두 잦아들고 오직 이보리의 얼굴과 자밀 대사의 얼굴 부위에만 빛이 머문다.

자밀 대사의 얼굴과 이보리의 얼굴이 거의 정확하게 마주보는 지점에서 자밀 대사의 양손이 원을 만들며 이보리의 이마를 겨냥한다. 곧이어 이보리의 전신에 미세한 진동이 시작되고 그것은 곧이어 큰 진동으로 증폭된다. 진동이 한껏 고조된 뒤, 고속진동이 조성하는 미세한 파동이 실내의 공기를 뒤흔든다.

사이, 자밀 대사의 양손이 만들어내는 원으로부터 레이저 나이프 같은 한 줄기 예리한 빛이 밀려나오고 그것이 곧이어 이보리의 미간 사이로 뚫고 들어간다. 그렇게 몇 초, 진동하는 이보리의 몸속으로 뚫고 들어간 빛은 그의 뇌와 전신으로 퍼져나간다.

이윽고 빛의 시술을 끝낸 자밀 대사의 형상이 병실 공간에 안착한다. 그 순간, 송여주가 병실로 들어오고 거의 동시에 이보리가 눈을 뜬다. 그의 전신에 퍼져 있던 반점은 말끔하게 사라지고 그의 몸에는 흰 무명천이 감겨 있다. 그는 집중력이 고조된 눈빛으로 자밀 대사를 주시한다. 자밀 대사는 양손을 펴 그의 이마와 얼굴, 머리 전체를 쓰다듬는다. 자밀 대사의 뒤에 서서 송여주는 이보리의 생환 장면을 지켜본다.

"내가 누구인지 알겠는가?"

자밀 대사가 이보리에게 묻는다.

"저의 상위자아가 된 잉카 님일 때에도 자밀 대사님이시고 이보리로 돌아온 지금도 자밀 대사님이십니다. 이렇게 모든 것이 하나로 연결되는 기적이 어떻게 이루어진 것인가요?"

"내가 너에게 줄기빛을 주입하여 막힘과 끊김의 장애를 모두 해결하였다. 모든 것을 하나로 연결하는 빛이 들어갔으니 모든 기억이 연결고리를 형성했을 것이다. 너의 상위자아와 그 상위자아의 상위자아와 그 상위자아의 상위자아에 이르기까지 모든 차원에서 한순간도 의식적 단절이 일어나지 않을 것이다."

"무지개몸을 지니신 대사님께서 기적을 이루어주셨으니 모든 것이 완전한 하나 안에서 빈틈없는 연결고리를 이루고 있습니다. 이 은혜를 어찌 감사드려야 할는지요."

이보리가 일어나 무릎을 꿇은 자세로 머리를 조아린다.

"모든 것이 제대로 연결고리를 이루었으니 이제 현실로 돌아갈 때가 된 것 같구나. 너를 죽음의 음부에서 이끌어 예까지 되돌아오게 한 잉카 형제님의 에너지가 항상 너와 함께할 것이니 현실로 돌아가도 문제가 될 것은 없다. 뿐만 아니라 너의 모든 상위자아들과 한순간도 단절이 일어나지 않도록 분자코드가 열렸으니 현실로 돌아가 빛의 일꾼으로 지구 사역에 임하도록 하여라."

"지구 사역이라 하심은?"

"불순한 우주암흑세력과의 우주전쟁이 끝났으니 이제 지구는 새로운 전기를 맞이하게 될 것이다. 하지만 지구인들은 우주전쟁이 지나갔다는 사실도 모른 채 단지 지진과 화산이 멎은 걸 다행으로만 여기고 있다. 이제는 지구인들이 깨어날 차례인데, 그들은 아직도 깊은 잠에 빠져 있을 뿐이다. 이제 그들을 일깨우기 위한 사명을 맡은 운명의 소유자들이 많이 나타나게 될 것이다. 너도 그 중심에 서서 상위자아들의 큰 뜻을 반영하여 지구의 차원 상승을 위해 선도적인 역할을 해야 한다. 상위자아들의 큰 뜻이 무시로 너에게 반영될 것이라는 말이다."

"지구의 차원 상승이라니 말만 들어도 가슴이 설렙니다. 이 행성 감옥에서 고통받는 인류가 드디어 지구 역사와 맞먹는 저 오랜 속박으로부터 깨어난다니 이보다 더 큰 기쁨이 이 우주 어디에 있을까요. 그 사역을 위해서라면 제 모든 걸 기꺼이 바치겠습니다."

"암흑의 장막과 함께 지구를 뒤덮고 있던 모든 비밀이 걷히고 나면 지구 행성의 모든 문제는 행성감옥의 인식에서 오는 정신적 고통의 증대로 집중될 것이다. 그것으로부터 지구인들이 깨어나게 하는 선봉에 너는 서야 한다."

"저같이 미련하고 미천한 존재가 어떻게 그렇게 중차대한 일을 감당하겠습니까. 저는 제 자신의 깨달음에도 이르지 못한 채 죽음의 음부로 내려갔던 존재일 뿐입니다."

절망적인 표정으로 이보리는 머리를 조아린다.

"네가 그 길을 찾고자 뼈저리게 갈망하고, 그것을 이루지 못해 음부로 간 것이니 바야흐로 네가 선봉에 설 수 있는 생사 간의 경험을 얻은 것이다. 인류가 행성감옥에서 벗어날 수 있는 유일무이한 길에 대한 답을 너는 이미 알고 있지 않느냐."

"그것이 무엇입니까, 대사님?"

"이것은 나의 것이 아니다, 이것은 내가 아니다, 이것은 나의 자아가 아니다……. 그것이 지금껏 네가 집중한 샤카무니의 가르침이다. 이제 그것으로부터 더 깊은 지혜의 길을 열어야 한다. 지구인들이 망상과 세뇌와 거짓 기억에서 깨어나면 지구는 전체적인 차원 상승을 이뤄 행성감옥의 굴레가 자연스럽게 붕괴될 것이다. 이제 현실로 돌아가면 너는 오직 하나의 문장으로 사람들을 일깨워야 한다. 샤카무니의 가르침을 되풀이하면 그것을 종교적인 계략이라고 왜곡하는 세력들이 나타나 너의 사역을 방해할 것이기 때문이다."

"그 하나의 문장이 무엇입니까, 대사님?"

"샤카무니의 가르침을 한 단계 더 증류하여 '나라고 할 만한 것이 없다는 사실이 있다*고 일깨워라. 그 하나의 문장 안에 지구인들이 최면에서 깨어날 수 있는 근원 에너지가 내재돼 있다는 걸 알아야 한다."

"그 하나의 문장에 담긴 근원 에너지를 어떻게 사람들에게 풀어주어야 할까요?"

"들어보아라. 어찌하여 '나라고 할 만한 것이 없다는 사실이 있다'이겠는가. 너희는 너희 자유의사로 세상에 태어난 것도 아니고 너희 자유의사로 죽는 날을 정할 수 있는 것도 아니다. 오직 살아

---

* 월뽈라 라훌라, 『'나'라고 할 만한 것이 없다는 사실이 있다』, 이승훈 옮김, 경서원, 2011, 164쪽.

있는 동안, 너희는 삶이 자기 것이라는 망상에 빠져 온갖 무지망작한 짓을 일삼을 뿐이다. 요약하자면 어떤 고통도 어떤 기쁨도 어떤 불행도 어떤 행복도 너의 것이 아니라는 말이다. 그러니 시달리라고 만들어놓은 인생 프로그램이 자기 것이라 믿으며 시달리지 말아라. 인생 프로그램 안에 너의 실재가 없음을 알게 되면 그 순간이 곧 깨어남이고 그 순간이 곧 해탈이다. 깨어나지 못한 채 꿈이 실재라고 믿기 때문에 지구인들은 감옥에서 벗어나지 못하고 있는 것이다. 그리하여 '나라고 할 만한 것이 없다는 사실이 있다'늘 체득할 절대적 필요성이 생긴다. 이해가 되느냐?"

"깨어난다 한들 다른 삶의 방도가 있겠습니까?"

"꿈에서 깨어 꿈을 지켜보는 일!"

"그렇게 되면?"

"그렇게 되면 그 순간, 이쪽에서 저쪽으로 건너뛰는 트랜센딩(transcending)이 일어난다. 다시 말해 존재적 초월이 이루어지고 운명적인 역할이 바뀌게 되는 것이다. 인간의 몸에 갇히고 행성감옥에 갇힌 채 환생의 굴레를 돌던 네가 스스로 네 운명을 창조하고 그것을 운영하는 영이 되는 것이다. 거기까지, 바로 거기까지!"

"나라고 할 만한 것이 없다는 사실이 있다! 나라고 할 만한 것이 없다는 사실이 있다!"

"그것을 숨 쉬듯 되풀이해 읊조리다 보면 인간들에게 주입된 의식이 모두 세뇌이고 마취이고 최면이라는 걸 깨닫고 본래 자리를 회복하게 될 것이다. 너희의 우주적 지위를 비로소 되찾게 될 거라는 말이다."

"오, 대사님 정말 감사합니다. 음부에서 살아 돌아온 미욱한 저를 줄기빛으로 살려내시고 단번에 근원적인 깨달음을 얻게 하시니 이 은혜를 갚기 위해 지구 사역에 최선을 다하도록 하겠습니다. 지구인들에게는 참으로 나라고 할 만한 것이 없다는 사실이 있어 그것을 일깨우고, 참으로 나라고 할 만한 차원에 이르게 될 때까지 마르고 닳도록, 그리하여 꿈에서 깨어나고 거짓 기억과 최면에서 깨어나게 될 때까지 오직 나라고 할 만한 것이 없다는 사실이 있다는 사실을 설파하고 또 설파하며 살겠습니다. 감사합니다, 대사님!"

순간, 자밀 대사의 형상이 실내에서 사라진다. 자밀 대사 뒤에 서서 눈물을 흘리던 송여주가 갑작스럽게 부각되자 이보리가 당황스러운 표정을 짓는다. 그는 송여주가 그곳에 있었다는 걸 까맣게 모르고 있던 사람처럼 두 눈을 크게 치뜨고 그녀를 주시한다.

"내가 누구인지 아나요?"

이보리 앞으로 한 걸음 나서며 송여주가 묻는다.

"나의 상위자아인 잉카의 영이 내 몸에 깃들어 있을 때에도 송여주 님이었고 이보리로 돌아온 지금도 송여주 님입니다. 자밀 대사님이 줄기빛을 저에게 시공해 주셔서 저는 모든 걸 다 기억하고 있습니다."

"아, 정말 다행이네요. 자밀 대사님의 은혜에 저도 뒤에 서서 눈물을 흘리고 있었어요."

"이제 저는 무엇을 해야 하나요?"

"보리 님은 이제 현실로 귀환해야 해요. 자밀 대사님이 타임라인에 문제가 없게 모든 기억을 복원하셨으니 떠나온 곳으로 다시 돌아가야 해요."

"어르신이 계시던 그곳으로 말인가요? 아니, 송여주 님의 아버님이 계시는 그 현실로 말인가요?"

"맞아요. 슬프지만 현실에는 언제나 변화가 예비되어 있으니 마음의 준비를 하세요. 워크인 잉카를 찾기 위해 온 지구를 수색하던 중, 놀랍게도 잉카 형제님이 저의 아버지와 연결되어 있다는 사실을 확인하고 얼마나 기뻤는지 몰라요."

"그 기쁨은 무슨 의미였나요?"

"저의 아버지가 저에게 준 좋지 않은 인상 때문에 잉카 형제님의 좋은 영향을 기대했던 거죠. 잉카 형제님은 이보리 님의 몸을 빌려 워크인인 자신의 신분을 숨기고 있었던 것인데 저는 아버지 때문에 감화 에너지를 지닌 인플루언서로서의 잉카를 은연중에 기대했던 것이죠. 그리고 보리 님은 잉카가 오기 전부터 제 아버지의 관찰 대상이었어요. 아주 오랫동안."

"그게 무슨 말이죠? 제가 왜 아버님의 관찰 대상이었나요?"

"어쩌면 이보리 님이 인생을 포기하게 된 뿌리가 내 아버지일 수도 있어요. 하지만 저는 여기서 그 사실을 보리 님에게 인지시킬 수 없어요. 저는 이곳에서의 제 역할 이상도 이하도 할 수 없어요. 이제 나에게 남겨진 미션은 보리 님을 현실로 되돌려보내는 것뿐이에요. 우리 사이의 인연은 아쉬움과 가능성의 공간에 남겨두고 보리 님은 서둘러 현실로 돌아가야 해요. 저를 따라오세요."

송여주는 이보리를 인도해 병실을 나선다. 바깥으로 나오자 심야의 파미르고원이 전체적으로 내려다보이는 엄청난 높이의 고산

마을이 펼쳐진다. 오래된 촌락 형태를 갖춘 구조물과 오가는 사람들, 그리고 붉고 푸른 깃발들이 언뜻 티베트의 풍경을 떠올리게 한다. 하지만 어깨 높이에서 혹은 무릎 높이에서 너울거리는 구름과 달이 뜬 고산지대의 밤 풍경이 도무지 현실 세상의 마을처럼 보이지 않는다. 마을 전체가 수천 미터 상공에 떠 있는 것 같다.

송여주는 어두운 계단으로 내려가 지하 통로로 들어간다. 글라스패드를 대자 황금색으로 도장된 원형의 문이 열린다. 실내의 중앙에 타원형의 은빛 기계장치가 설치된 방이 나타난다. 녹색 제복을 입은 두 명의 대원이 맞은편 주조정실에 앉아 있고 주변은 어둡다. 오직 타원형의 기계장치에만 조명이 집중되고 있을 뿐이다.

이보리는 당황한 표정으로 송여주에게 묻는다.

"이게 뭔가요?"

"이건 원격 순간이동 장치예요. 여기가 순간이동 룸이거든요. 잉카 형제님은 의식의 진동을 고조시켜 순간이동이 가능했지만 보리님은 그것이 되지 않기 때문에 텔레포테이션 장치를 이용해서 현실로 돌아가야 해요."

"내가 저 장치 안으로 들어가면 순간이동이 된다는 건가요?"

"믿어지지 않겠지만 사실이에요. 이런 기술은 이미 오래전부터 사용되고 있었어요. 이런 기술이 일반 지구인들에게 공개되면 지구상의 탈 것들이 모두 사라지고 공해 문제도 간단히 해결되겠죠. 곧 그렇게 되길 빌어야죠."

"저건 원리가 뭔가요?"

놀란 표정으로 입을 벌린 채 보리는 다시 묻는다.

"우주의 복사에너지를 이용하는 거죠. 시공을 구부릴 수 있는 특성이 있어서 복사에너지의 장 속으로 들어가면 시공의 터널이 열리고 그 터널이 닫히면 목적지에 당도하는 원리죠. 눈 깜빡할 사이! 목적지에 낭도했을 때 진혀 움직이지 않은 듯한 기분이 들 수도 있으니 놀라지 마세요. 거기가 보리 님이 안착해야 할 현실이니까요."

"그럼 이제 여기서 헤어지는 건가요?"

"아쉽지만 그럴 수밖에 없네요. 너무 할 말이 많은 것과 알 필이 아무것도 없는 게 어째서 같은 일처럼 여겨지는지 모르겠네요. 보리 님과 내 인연의 힘이 어떻게든 작용해, 살아서 다시 만날 수 있기를 빌게요. 보리 님과 저의 유전적 일치율은 24.9퍼센트밖에 안되지만 우리의 뿌리는 하나라는 걸 잊지 말아주세요. 부디 잘 돌아가시고…… 돌아가서 내 아버지를 잘 모셔주세요. 아버지는 지금, 보리 님을 기다리고 있어요."

"그건 무슨 말이죠?"

"지금은 설명할 시간이 없으니 더 이상 묻지 마세요. 보리 님이 떠나온 현실로 돌아가면 그 의미를 알게 될 거예요."

눈물이 글썽글썽해진 눈으로 송여주는 이보리를 원격 순간이동 장치로 이끈다. 그가 안으로 들어가자 그녀는 입구를 차단하고 주조정실의 대원들에게 망설이지 않고 신호를 보낸다. 기계장치에 밝은 빛이 들어와 폭발하듯 주변을 밝히는 순간, 이미 상황은 종료되고 이보리는 보이지 않는다.

송여주는 말없이 눈물을 흘리며 내부가 텅 빈 원격 순간이동 장치를 주시한다. 주조정실의 불이 꺼지고 대원들이 뒤쪽 출입문으로 빠져나가자 실내의 조명이 모두 꺼진다. 그래도 송여주는 어둠 속에 선 채 움직이지 않는다. 그녀가 우는 소리가 어둠 속에서 조금씩 고조되어 어둠에 미세한 파장을 만든다. 오래잖아 그녀의 울음은 오열로 바뀌고 곧이어 그것은 곡소리처럼 변해 어둠 전체를 뒤흔들어댄다.

"아버지⋯⋯!"

새벽 2시 40분.

새벽 2시 40분.

이보리가 허공을 밀고 나오듯 갑작스럽게 분향실에 모습을 드러낸다. 돌발적인 출현임에도 그를 주시하는 사람은 아무도 없다. 100평이 넘어 보이는 엄청난 규모의 접객실에는 이미 불이 꺼져 있고 오직 분향실에만 불이 밝혀져 있다. 분향실에는 검은 양복을 입은 한 남자가 마룻바닥에 방석을 깔고 앉아 기이한 형상의 영정 사진을 올려다보고 있다. 그의 주변에는 여러 종류의 신문이 어지러이 널려 있다. 펼쳐진 지면 중 한 곳에 영정 사진 속의 인물이 크게 기사화되어 있다.

"조폭 오명 익선그룹 이태규 회장 타계, 전 재산 사회 환원"

신문 기사를 내려다보듯 액자 안에는 두 눈이 부리부리하고 머리가 벗겨진 노인이 검은 도복을 입고 결가부좌 자세로 앉아 있는 기이한 사진이 담겨 있다. 늙었지만 얼굴과 눈매에서 뿜어져 나오는 기운이 예사롭지 않다.

이보리가 일어서는 기척을 내자 영정 사진을 올려다보던 남자가 불현듯 고개를 돌린다. 그러고는 화들짝 놀란 표정으로 튀듯이 일어나 양복 매무새를 추스르고 이보리의 손을 잡는다. 깊은 정적에 가라앉아 있던 새벽의 장례식장, 두 사람의 비현실석인 상봉에 부응이라도 하듯 멀지 않은 다른 분향소에서 여자의 흐느낌 소리가 낮게 들려온다.

"이 선생님, 반드시 돌아오실 줄 알았습니다. 오늘이 발인인데, 아무도 안 오시면 어쩌나, 이 새벽까지 저는 잠을 이루지 못하고 있었습니다."

조필규가 이보리의 양손을 잡은 채 눈물을 글썽거린다.

"저는…… 이렇게 돌아왔습니다."

이보리가 자신의 몸에 감긴 무명천을 내려다보며 어색하게 입을 연다.

"아, 어디서 어떻게 오셨길래 이렇게……. 아무튼 저를 따라오세요."

조필규가 이보리의 손을 잡고 분향실 옆에 마련된 상주 휴게실로 들어간다. 안으로 들어서자 벽에 몇 벌의 검은 양복과 넥타이, 흰 와이셔츠가 걸려 있다. 그중 적당한 것을 골라 조필규가 이보리에게 건넨다.

"저는 상주도 아닌데 제가 이걸 왜?"

이보리가 양복을 건네받지 않고 묻는다.

"이 옷을 입으면 다 말씀드리겠습니다. 이 선생님은 상주가 맞습니다. 공식적으로 상주 노릇을 해야 할 아들은 어르신이 전 재산을 사회에 환원한 것에 감정을 품고 돌아가시기 며칠 전에 뉴욕으로 가버렸습니다. 그리고 이 선생님이 만나고 온 송여주라는 따님 얘기도 돌아가시기 얼마 전에 어르신께서 저에게 다 들려주셨습니다. 이 선생님 돌아오시면 모든 얘기를 다 전해주고…… 평생 큰 죄책감 속에 살며 괴로워했었다고, 참으로 미안하다고 전해달라고 하셨습니다. 전 재산을 사회 환원하게 된 것도 말년에 이 선생님과 주고받은 많은 대화 덕분이었다고…… 꼭 고맙다고 전해달라고 하셨습니다."

조필규의 얘기를 전해 들으며 무표정하게 서 있던 이보리가 상주 복장을 갖춰 입고 제단 앞으로 가 선다. 조필규가 시키는 대로 헌화하고 향을 피운 뒤 절을 하고 묵념을 한다. 그런 뒤 두 사람은 제단 앞에 방석을 놓고 앉아 다시 대화를 시작한다.

"저 영정 사진은 뭔가요?"

영정 사진 대신 조필규의 얼굴을 주시하며 이보리가 묻는다.

"저건 이 선생님이 결가부좌 자세로 명상하는 사진과 어르신의 사진을 합성한 것입니다. 돌아가시기 전에 저에게 지시하여 반드시 영정 사진을 저렇게 만들어달라고 하셨습니다. 죽어서라도 자식과 함께 있다는 느낌을 가져보고 싶으시다고…… 말씀은 그렇게 하셨지만 사실 어르신께서는 오랫동안 결가부좌가 되지 않으면 극락왕생하지 못한다는 생각을 지니고 계셔서 그 영향도 컸을 거라고 저는 생각합니다."

"그런 얘기 하지 마시고, 제가, 왜, 어떻게, 어르신의 자식인
지…… 그걸 얘기해 주세요."

이보리가 다그치는 듯한 표정으로 조필규를 주시한다.

"네, 당연히 말씀드려야죠. 사실 어르신은 이 선생님이 할아버지와
살 때부터 지속적으로 사람들을 시켜 이 선생님에 대한 동향을 보고
받고 있었습니다. 그러니까 이 선생님 어머니께서 자살한 뒤부터죠."

"조 집사님도 제 어머니가 왜 자살했는지 알고 계신 선가요?"

이보리가 놀란 표정으로 묻는다.

"네, 저는 오래전부터 이 선생님의 어머니를 알고 있었습니다. 이
선생님 할아버지께서 실의에 빠진 이 선생님 어머니를 사찰에 처
음 모시고 왔을 때부터 알고 있었죠. 제가 바로 그 사찰의 승려로
있었으니까요. 그래서 이 선생님 어머니와 지관이라는 젊은 승려
가 사랑에 빠져 힘들어하는 과정도 다 지켜보았습니다. 지관이 환
속을 약속했으나 결국 자신의 믿음을 포기하기 어려워 이 선생님
어머니에게 환속하지 못하겠다고 상처를 준 것인데, 그것에 절망한
이 선생님 어머니께서 스스로 목숨을 끊으신 것이죠. 지관 스님은
미소년처럼 참으로 착하고 영혼이 맑은 사람이었는데…… 이 선생
님 할아버지께서 저희 사찰로 찾아와 지관 스님에게 따님의 자살
을 알린 바로 그날 밤…… 지관 스님도 결국 사찰 뒤에 있는 소나
무에 목을 매고 자살했습니다. 정말 안타까운 사연이지만…… 저
는 처음부터 그 모든 것을 알고 있었습니다."

괴로운 듯 조필규는 양손을 들어 자신의 뺨을 감싼다.

"어르신이 제 아버지라는 것과 그 두 사람의 죽음 사이에 무슨 상관이 있다는 건가요?"

이보리는 다그치듯 묻는다.

"저도 어르신께 들은 얘기입니다만…… 이 선생님의 어머니는 그룹 초창기부터 몇 년 동안 어르신의 개인 비서로 재직하셨다고 했습니다. 그 과정에서 이 선생님이 잉태되신 건데…… 아이를 무조건 낙태시키라고 어르신이 폭력적으로 대하자 어머니가 자취를 감추고 결국 출산을 하신 거죠. 그렇게 몇 년이 흐른 뒤부터 어머니가 마음을 추스르기 위해 저희 사찰을 오가게 된 거고…… 결국 그런 비극 속으로 빠져들게 된 거죠."

"그럼 조 집사님은 어르신과 어떻게 맺어진 것인가요?"

"사실 이 선생님 어머니께서 지관 스님과 사랑에 빠졌을 때부터 어르신이 저희 사찰에 적을 두고 은밀하게 다녀가시기 시작했습니다. 그때 저를 찍어 지관 스님과 어머니에 대한 정보를 얻고자 하셨는데…… 결국 두 사람이 다 죽음을 선택한 뒤에 저도 죄책감을 이길 수 없어 환속하게 되고 어르신은 사찰에 지속적으로 거액을 시주하며 자신의 업장을 소멸시키고 싶어한 거죠."

"환속한 뒤 조 집사님이 스스로 어르신을 찾아간 거로군요."

"그렇습니다. 어르신께서 혹여 환속하게 되면 찾아오라는 언질을 주셔서……"

"그럼 저를 상담사로 고용한 이유는 뭐죠? 그것도 어르신의 죄책감을 무마하려고 한 일인가요?"

비감스러운 표정으로 이보리는 묻는다.

"그 무렵 할아버지가 유산으로 남겨주신 돈을 다 쓰고 이 선생님이 경제적으로 어려워졌다는 보고를 받고 어르신께서 내린 결정입니다. 처음에는 그냥 사담이나 나눌 생각으로 꾸민 일이었는데, 상담이 진행되는 동안 점점 깊이 당신의 인생에 대해 회의하고 괴로워하게 된 거죠."

"그럼 상담을 하는 동안 저에게 얼굴을 보여주지 않은 이유는 뭔가요?"

분노가 치밀어 미간이 뒤틀린 표정.

"그건 차마 얼굴을 마주할 자신이 없다고, 그럴 용기가 나지 않는다고 어르신께서 원하셔서 그렇게 된 겁니다. 얼굴이 노출되고 어르신의 정체가 밝혀지면 심적 부담 말고도 우려할 일들이 많아서……. 이래저래 어르신 입장에서는 그런 조치를 취할 수밖에 없었을 겁니다."

"내가 자식이라는 것도 밝히지 않았는데 달리 우려할 만한 게 뭐가 또 있나요?"

"처음부터 정체를 드러내고 만났다면 이 선생님께서 인터넷 검색만으로도 어르신을 확인하고 곧바로 상담역을 거절했을 테니까요. 아무튼 어르신은 의외로 소심한 말년을 보내셨고, 이러저런 일들에 한없이 나약해져 있었습니다. 조폭 기업이라는 오명도 있고, 숨겨진 자식들 문제도 있고, 죽은 뒤의 세계에 대한 불안감도 있고…… 그 모든 것이 결국 마지막 결단에 이르게 한 거죠."

"전 재산 사회 환원 말인가요?"

"그렇습니다. 공식적인 후계자로 내정돼 있던 아드님은 이 선생님이 어르신의 숨겨놓은 자식일 수 있다는 정보를 입수하고 납치해서 유전자 채취까지 했었는데…… 기이하지만 그 보좌관이 거짓 보고를 해서 이 선생님의 유전자 검사 결과를 다른 사람 것으로 바꿔치기해 버렸어요."

"이유가 뭐죠?"

믿어지지 않는다는 표정으로 이보리는 되묻는다.

"어르신의 아드님이 뉴욕으로 가고 난 직후, 저도 그게 궁금해서 그녀를 만나 물어보았는데…… 그녀가 이 선생님 뒷조사를 하는 과정에서 뭔가 설명할 수 없는 걸 느꼈다고 했는데……. 아무튼 그녀가 유전자 감식 결과를 사실대로 보고했다면 이 선생님 신상에 큰 위험이 초래됐을 게 분명합니다. 그 아드님도 조직을 거느리고 있었으니까요."

머리를 절레절레 흔들며 조필규는 인상을 찡그린다.

"이렇게 난마처럼 복잡하게 뒤얽힌 현실로 제가 돌아와도 되는 건지 모르겠네요. 아니, 이런 현실을 어떻게 받아들여야 할지 솔직히 저는 모르겠습니다."

이보리가 고개를 숙인 채 혼잣말처럼 중얼거린다.

"그런 건 아무 걱정 하지 않으셔도 됩니다. 어르신께서 돌아가시기 전에 이 선생님이 돌아오실 경우를 대비해 저에게 모든 걸 준비하라고 하셨습니다. 잠시 뒤 새벽 5시 40분부터 발인이 시작될 테니 장례식이 모두 끝나고 나면 내일부터 완전히 다른 세상이 열릴 겁니다. 어르신의 시대도 끝나고 복잡하게 얽혀 있던 인연의 시간들도 다 정리되었으니 이제 남겨진 이 선생님의 인생에 집중하며 살면 됩니다."

"그럼 조 집사님은 앞으로 어떻게 되나요?"

그것이 마지막 궁금증이라는 표정으로 이보리는 조필규의 표정을 살핀다.

"환속을 하자마자 어르신을 찾아왔고 그동안 오래 모셔왔으니 이제 제 갈 길 가야겠죠. 어르신께서 돌아가시기 전에 배려를 해주셔서 조용한 곳에다 암자 하나 마련해 다시 입산할 생각입니다. 그동안 세상 물정 많이 경험해 봤으니 마음에 오염이 있을지언정 더 깊이 몰입할 거름은 마련한 셈이죠. 썩어야 제대로 된 거름이 되니까요."

이보리는 자리에서 일어나 분향실을 나선다. 밖으로 나서자 복도 양옆으로 수백 개의 근조 화환이 도열해 있다. 화환 사이를 걸어나가자 1층으로 올라가는 계단 좌우에 넓은 휴게 공간과 안락의자들이 나타난다. 서너 명의 사람들이 이곳저곳에 앉은 채 새우잠을 이루고 있다. 그 둘레를 한 바퀴 돌고 나서 이보리는 걸음을 멈추고 허공을 올려다본다. 그러고는 다시 고개를 숙이고 머리를 좌우로 흔들어댄다. 하지만 이래도 저래도 안정이 안 된다는 표정으로 그는 서둘러 분향실로 다시 돌아간다. 그리고 제단 앞의 영정사진을 올려다보며 절규하듯 소리친다.

"송여주라는 사람이 나의 이복 누나라는 걸 지금 알게 하면 날더러 어떻게 하라는 건가요!"

사이.

"어르신이 내 아버지라는 걸 지금 알게 하면 날더러 어떻게 하라는 건가요!"

사이.

"이 모든 걸 이제 와 한꺼번에 풀어버리면 날더러 어떻게 하라는 건가요!"

사이.

세 번을 외치고 나서 이보리는 제단 앞 마룻바닥에 큰대자로 엎드려 오열을 터뜨린다. 그는 주먹으로 바닥을 치며 엎드린 채 몸부림친다. 그를 안쓰럽게 내려다보며 조필규가 쪼그려 앉아 그의 등판을 쓰다듬는다. 하지만 그렇게 10여 분 정도 이보리의 오열은 지속된다. 그러다가 뚝, 어느 순간 거짓말처럼 오열이 멎고 사방은 다시 돌발적인 정적 속으로 가라앉는다. 이보리는 언제 울었냐는 듯 엎드렸던 자세에서 몸을 일으켜 냉정한 표정으로 영정 사진 앞에 선다. 그리고 영정 사진을 향해 들으라는 듯 또박또박한 어조로 입을 연다.

"괜찮습니다, 괜찮습니다, 이제는 모든 게 괜찮습니다."

사이.

"모든 게 괜찮은 이유는 오직 한 가지, 나라고 할 만한 것이 없다는 사실이 있기 때문입니다. 진정 나라고 할 만한 것이 있다면 우리가 이렇게 살았겠습니까. 그래서 이제는 나라고 할 만한 것이 없다는 사실에 모든 걸 묻겠습니다. 진정 나라고 할 만한 것이 없다는 사실이 있기 때문입니다."

사이.

문득 생각난 것처럼 이보리는 조필규 쪽으로 돌아선다. 그리고 그의 양손을 잡으며 다짐받듯 묻는다.

"아시겠습니까, 조 집사님?"

"네, 무슨 말씀인지 크게 알아들어 온몸에 소름이 돋습니다."

"다시 해보세요, 조 집사님!"

"나라고 할 만한 것이 없다는 사실이 있습니다!"

"진정?"

조필규의 양손을 잡고 흔들며 이보리는 다시 묻는다.

"진정 나라고 할 만한 것이 없다는 사실이 있습니다!"

그렇게 두 사람은 온몸을 떨며 공감의 진폭을 늘려나간다. 나라고 할 만한 것이 없다는 사실이 있습니다, 나라고 할 만한 것이 없다는 사실이 있습니다, 나라고 할 만한 것이 없다는 사실이 있습니다…….

두 사람이 되풀이하는 하나의 문장이 허공에서 에너지 진동을 일으켜 멀리멀리 파장을 만들어나간다. 그렇게 진동이 고조되는 동안 영정 액자 속의 인물이 검은 도복 차림의 결가부좌 자세로 두 사람을 내려다본다. 나라고 할 만한 것이 없다는 사실이 있어 이제는 나도 괜찮다고, 이제는 모든 게 괜찮다고…… 그렇게 영정 사진 속의 인물도 파동의 메시지를 만들어내는 것 같다.

발인 새벽.

✳

장지에서 병원으로 돌아온 조필규와 이보리가 리무진에서 내린다. 저녁 6시가 좀 지났을 뿐인데 어둠은 완연하고 때아닌 겨울비가 장맛비처럼 세차게 내린다. 조필규가 원무과에서 장례와 관련된 잔무 처리를 하는 동안 이보리는 현관에 서서 비가 내리는 밖을 내다보고 있다. 장의 버스와 리무진, 그리고 여러 대의 승용차들이 어둠 속에서 대책 없이 비에 젖고 있다.

"시장하실 테니 일단 식사를 먼저 하시죠. 비가 많이 내리니 밖으로 나갈 게 아니라 이 병원 지하 식당에서 식사를 하고 이동하는 게 좋을 것 같습니다."

조필규의 제안으로 두 사람은 장례식장과 연결된 본관 건물로 건너가 지하 식당으로 간다. 저녁 시간인데도 손님이 서너 테이블밖에 없어 넓은 실내가 의외로 썰렁해 보인다. 출입구 맞은편 벽에 설치된 대형 벽걸이 TV에서 흘러나오는 뉴스 앵커의 성조가 지나치게 고조되어 실내 분위기를 불온하게 뒤흔들어댄다.

주문이 끝난 뒤, 조필규는 휴대폰을 꺼내 어딘가 전화를 건다. 그리고는 식사 끝나고 바로 갈 테니 준비하고 있으라고 짧게 말하고 끊는다. 이보리가 조필규를 주시하지만 자신의 통화 내역에 대해 조필규는 아무 설명도 하지 않는다. 두 사람이 대화를 나누지 않는 동안 뉴스 앵커의 흥분한 듯한 음성이 갑작스럽게 다시 고조된다.

─방금 들어온 속보를 말씀드리겠습니다. 미국 공군장관이 몇 시간 전 국가방위 포럼에서 미국의 우주비밀프로그램들에 대한 거대한 양의 비밀 정보를 해제하는 데 동의했다고 합니다. 우주비밀프로그램에 대한 정보는 압도적인 기밀들로서 이것들은 그동안 과

도한 기밀로 취급돼 우주군사(Space Force)를 지지하기가 매우 어려운 형편이었다고 합니다. 우주군사는 미 공군 휘하에 있는 여섯 번째 분과로서 우주에 집중돼 있는 전쟁·전투 분과라고 합니다. 이로 인해 그동안 베일에 가려 있던 많은 우주비밀프로그램들이 표면으로 드러날 것으로 보입니다. 하지만 기밀 해제에 대한 기대에도 불구하고 블랙 스페이스 포트폴리오가 공공에 얼마나 알려질지는 아직 미지수라고 합니다.[*] 우주비밀프로그램 동맹들 간의 보이지 않는 전쟁 결과에 따라 완전 폭로는 가능해질 수 있으며 그것이 가능해지면 예측을 불허하는 변화가 일어날 수도 있다고 합니다. 한 소식통에 의하면 지구인들이 모르는 사이 우주전쟁이 있었고, 그 결과에 따라 지구암흑사단과 우주암흑사단이 항복을 함으로써 체결된 조인식에 의거해 완전 폭로가 지속적으로 이루어질 것이라는 게…….

"저게 도대체 무슨 말인가요?"

조필규가 설렁탕에 밥을 말려다 말고 이보리에게 묻는다.

"저건 폭로에 관한 소식입니다. 그동안 지구인들을 속이고 지배해 온 암흑 세력들 속으로 빛이 스며들기 시작한 거죠. 어느 누구도 비켜갈 수 없는 완전 폭로를 향해…… 이제 지구를 바꾸기 위한 운명의 에너지가 작동하는 거죠."

"난 도무지 무슨 말인지 알아듣지 못하겠네요. 폭로고 뭐고 간

---

[*] Nathan Strout, 《Defence News》, 2019. 12. 7, https://www.defensenews.com/smr/reagan-defense-forum/2019/12/08/barrett-rogers-plan-to-declassify-black-space-programs/

에 배가 고프니 우선은 먹고 봐야겠습니다."

조필규가 설렁탕에 밥을 말아 식사를 시작한 뒤에도 이보리는 한동안 뉴스 속보에 집중한다. 조필규가 설렁탕 그릇을 거의 비워 갈 무렵 이보리는 몇 숟가락의 밥과 국물을 뜨고는 그대로 수저를 내려놓는다. 조필규가 왜 안 먹느냐는 표정으로 그를 보자 어깨를 으쓱하며 짧게 응대한다.

"안 먹어도 배가 부르네요."

식사를 끝낸 뒤 조필규는 지하 주차장으로 이보리를 인도한다. 그곳에 세워둔 자신의 승용차에 이보리를 태우고 자신이 직접 운전을 한다. 지하 4층에서 1층으로 올라가는 동안 이보리와 조필규는 아무런 대화를 주고받지 않는다. 빗줄기가 쏟아지는 밖으로 나와 병원 구역을 벗어날 무렵 비로소 이보리가 묻는다.

"어디로 가는 거죠?"

"이제 모든 일들이 정리되었으니 원래 머물던 곳으로 가셔야죠."

"원래 머물던 곳이라면?"

"당연히 평창동이죠. 설마, 거길 그사이 잊으신 건 아니겠죠?"

"아니, 아니요. 그럴 리가요."

찰나처럼 당황하는 기색을 보였지만 이보리는 기억을 회복하듯 이내 평정을 되찾는다.

"이제 달리 시간이 없을 것 같아 미리 말씀드리는데, 그 평창동 집을 어르신께서 이 선생님 앞으로 남기셨습니다. 이제 돌아오셨으니 그룹의 법무팀에서 수일 내에 상속 및 명의변경에 관한 법적 절차를 진행할 것입니다. 그저 사인하시거나 도장만 찍으면 되는 일이니 아무 걱정 하지 않아도 됩니다. 유언 내용도 다 공증된 것이고 확인된 것이라 변동 가능성이 전혀 없습니다. 이제 그 평창동 저택에서 계속 사시면 됩니다."

"……"

뒷좌석에 앉은 이보리는 조필규의 전언에 아무런 반응도 보이지 않는다. 다만 앞유리로 주름져 내리는 빗줄기에 시선을 고정시킨 채 눈을 가늘게 뜨고 깊은 사색에 빠진 표정이다. 조필규가 룸미러로 뒷좌석의 이보리를 살피지만 여전히 그는 무표정한 얼굴로 전면을 주시한다. 그렇게 몇 분이 더 지난 뒤, 이보리가 돌연 조필규에게 엉뚱한 주문을 한다.

"라디오를 켜세요. 뉴스 속보가 진행되는 채널을 찾아보세요."

조필규는 다급히 핸들에 부착된 선국 버튼을 눌러보지만 뉴스 속보가 나오는 방송은 잡히지 않는다. 자동 선국 버튼을 눌러도 마찬가지, 이보리가 원하는 주파수는 잡히지 않는다. 그러는 사이, 승용차는 평창동 저택 출입문 앞에 당도한다.

"저는 안으로 들어가지 않고 여기서 돌아가야 합니다. 이 선생님께서 돌아오셨다고 전화는 미리 해두었으니 모든 게 준비되어 있을 겁니다."

말을 하고 나서 조필규는 거센 빗줄기가 쏟아지는 밖으로 먼저 나선다. 그러고는 트렁크에서 장우산을 꺼내 펼친 다음 뒷좌석 문을 열고 이보리에게 나오라는 시늉을 한다.

"정말 여기서 그냥 돌아가시는 건가요?"

우산을 받아들고 밖으로 나선 이보리가 조필규 앞으로 바투 다가서며 묻는다.

"저는 지금 이 자리에서 마지막 인사를 드려야 할 것 같습니다. 어르신 장례까지 다 치렀으니 저도 제 갈 길을 가야죠. 저는 그동안 이 선생님의 인생사를 쭉 지켜봐온 터라 이 선생님이 남처럼 느껴지지 않습니다. 제가 이 선생님께 꽤 깊은 속정을 지니고 있었다는 걸 알아주시면 고맙겠습니다. 비 맞지 말고 어서 들어가세요."

조필규의 손짓에 이보리는 왼손에 우산을 든 채 오른손으로 조필규의 어깨를 감싸 안고 포옹한다. 그러자 조필규가 기다렸다는 듯 양팔로 이보리를 감싸 안는다. 잠시, 둘은 그렇게 불안정한 자세로 우산 속에 서 있다가 떨어진다. 조필규가 가볍게 목례하고 서둘러 운전석으로 들어가 버린다. 차량이 경사진 언덕으로 가라앉듯 사라져가는 걸 지켜보다가 이윽고 그것이 완전히 보이지 않게 된 뒤 이보리는 천천히 등을 돌린다.

"돌아오셨군요. 기다리고 있었어요."

대문 앞에 서 있던 정여진이 이보리 앞으로 몇 걸음 다가간다. 정여진이 눈물을 흘리며 이보리의 손을 잡자 그는 그녀에게 우산을 씌워주며 서둘러 집 안으로 들어간다. 그리고 곧바로 2층으로 올라가 자신의 방으로 정여진을 데리고 들어간다. 옷을 갈아입지도 않고 방 한가운데 앉자마자 이보리는 그녀에게 묻는다.

"당신의 첫 대사는 무엇이었나요? 지난번에 했던 것처럼 여기서부터 타임라인 복구 작업을 시작해야 합니다."

"…… 이렇게 돌아올 거라고 믿고 있었어요."

정여진이 차분하게 대답한다.

"당신도 이제는 타임라인 복구 작업에 익숙해졌군요. 이렇게 돌아올 거라고 믿고 있었다는 말을 당신이 꺼낸 그 순간부터 복구 작업은 시작됩니다."

"혹시 복구 작업 이전의 장면을 보여줄 수 있나요?"

"나는 시리우스 잉카가 아니라 원천적으로 불가능합니다. 하지만……"

"하지만…… 당신이 시리우스 잉카가 아니라니 그게 무슨 말이죠?"

정여진이 극도로 불안한 표정으로 되묻는다.

"하지만 이 부분 타임라인 복구 작업에 대한 책임 소재가 이 소설을 쓰고 있는 작가에게 있기 때문에 지금은 작가가 나의 상위자아로 기능해 이전 장면의 소환이 가능합니다. 그것을 소환하면 제가 시리우스 잉카가 아닌 이유도 자연스럽게 알게 됩니다."

곧이어 작가가 제공하는 복구 이전의 장면이 이보리와 정여진 사이의 허공에 펼쳐진다.

(대문 앞에 서서 비를 맞고 있던 정여진이 우산을 던지고 달려와 이보리의 품에 안긴다. 그리고 이렇게 돌아올 거라고 믿고 있었어요, 라는 말을 여러 번 되풀이하며 눈물을 흘린다. 하지만 이보리는 기억을 완전하게 재생하지 못해 말을 더듬는다. 나는, 나도, 그러니까……. 이보리가 기억을 재생하는 과정에서 말을 더듬자 뭔가 이상하다는 표정으로 정여진은 그의 품에서 빠져나와 겁먹은 표정으로 묻는다.)

―당신, 잉카가 맞는 거죠? 시리우스에서 지구로 들어온 워크인

잉카, 그가 맞는 거죠?

—나는…… 이보리입니다. 원래 이 몸의 주인이었던 이보리, 그러니까 워크인 잉카가 내 몸을 빌려 사용하는 동안 당신을 만나고…… 그사이 있었던 일들에 대한 기억은 나에게 모두 이식돼 공백은 없는데…… 이 물질적인 느낌이, 당신에 대한 분위기가 낯설어 그러는 것이니 이해해 줘요. 시간이 조금만 지나면 모든 게 괜찮아질 거예요.

—당신이 원래의 몸 주인인 이보리라면, 그럼 잉카는 어디로 간 건가요? 그는 시리우스로 다시 돌아간 건가요?

(재차 묻는 정여진의 얼굴로 세찬 비바람이 들이쳐 그녀 얼굴 전체가 빗물에 젖는다.)

—과정을 명료하게 밝힐 순 없지만 그가 다시 시리우스로 돌아갔다고 말하는 게 적절할 것 같네요. 그는 돌아갔지만 나의 상위자아로 연결돼 있기 때문에 잉카가 항상 나와 함께 있다고 생각하면 돼요. 내가 그의 안에 있고 그가 내 안에 있는 겁니다. 그의 에너지가 나에게 투사되어 나의 퍼스낼리티가 나타나는 것이니 지금 이곳으로 돌아온 나는 예전의 이보리가 아닌 거죠. 나의 상위자아인 잉카에 의해 다시 태어난 이보리…… 나는 그런 과정과 변화를 거치고 지금 이렇게 당신 앞에 와 있는 겁니다.

—아, 그렇게 잉카인 이보리와 이보리인 잉카가 당신이라면 됐어요. 나는 더 이상 바랄 게 없어요. 그렇게 서로가 서로에게 투사된 거라면, 이 몸 주인이 누구이건 나는 상관하지 않아요. 그 깊고 넓고 맑은 에너지가 지금 이 순간 다시 느껴지기 시작했으니까요. 이거면

저는 충분해요. 이 에너지를 접하는 것만으로도 저는 만족할 수 있어요. 이 에너지와 함께할 수 있다는 것만으로도 저는 감사할 수 있어요. 당신이 살아 돌아오고, 당신을 다시 만나고, 당신과 함께 할 수 있는데 내가 달리 더 무엇을 바라겠어요.

(정여진은 눈물을 흘리며 다시 이보리를 안는다. 그의 목에 팔을 두르고 그의 얼굴에 자신의 얼굴을 갖다댄 채 그녀는 사랑해요, 사랑해요, 사랑해요, 몸을 떨면서 그 말을 되풀이한다. 휘몰아치는 비바람에 두 사람의 몸은 빈틈없이 빗물에 젖는다.)

순간, 복구 이전의 장면들이 허공에서 사라진다.

"이 장면은 무엇을 문제시해서 타임라인 복구 작업이 이루어지는 건가요?"

잘 이해되지 않는다는 표정으로 정여진은 묻는다.

"아다무와 티아맛, 아담과 이브의 원형 이미지가 여전히 원죄의 굴레 속에 갇혀 있다는 강력한 지적 때문에 타임라인 복구 작업을 시도하고 그것을 통해 차원 상승을 도모하고자 하는 겁니다. 여기가 매우 중요한 지점입니다."

"그럼 여기서 당신의 정체성도 바뀌게 되나요?"

"이제 나는 이보리라 불리는 이보리입니다. 하지만 줄기빛을 시공하여 모든 기억을 복구했기 때문에 상위자아 잉카의 분신이기도 합니다. 이보리는 잉카의 의식으로 구현되고 잉카는 이보리를 통해 구현합니다."

"그게 다인가요? 저에게 부여된 티아맛-이브의 왜곡과 세뇌 말고 이보리에게 부여된 왜곡과 세뇌는 없는 건가요?"

문제의 핵심을 알고 싶다는 표정으로 정여진은 묻는다.

"아다무-아담으로 최초 탄생한 이보리의 윤회 굴레는 끔찍하고 참혹한 노예적 삶으로 일관됐습니다. 노동의 멍에를 안고 그는 끝없는 윤회의 수레바퀴를 굴려왔으니까요. 티아맛-이브로 태어나 성적으로 한없이 불순한 멍에를 짊어지고 살아온 당신보다 더 큰 시련과 고난을 견디며 살아왔다고 해도 과언이 아니죠. 어리석은 가학과 자학의 세월을 보냈지만 아직도 아다무-아담의 굴레와 멍에는 티아맛-이브의 원죄처럼 벗겨지지 않고 있어요. 그것을 위해 이 장면의 타임라인 복구 작업은 필연적인 것으로 강조되었습니다. 이제 우주적인 개벽의 시간이 가까워졌으니까요."

"지금 이 순간이 너무 소중하게 느껴져요. 당신이 돌아온 지금 이 순간!"

이보리의 손을 잡으며 정여진이 표정의 변화 없이 눈물을 흘린다.

"지금 이 순간이 가장 분명한 실재이죠. 끝없이 펼쳐지는 지금 이 순간!"

"이제 당신과 나는 앞으로……"

순간, 이보리가 정여진의 말을 제지한다.

"지금 이 순간, 그것이 무엇이건 의식적으로 확장하면 안 돼요."

"의식을 사용하지 말라는 건가요?"

동작을 멈추고 정여진이 이보리의 얼굴을 주시한다.

"의식을 사용하지 않아도 지금 이 순간은 끝없이 펼쳐지니까요. 그게 프로그램의 비밀이죠. 지금 이 순간의 끝없는 펼쳐짐과 자유의지 구사의 차이를 구분할 수 있나요? 그걸 밝혀주는 집약된 진실이 있어요."

이보리가 부드러운 미소를 지으며 정여진의 두 눈을 주시한다.

"말해 줘요. 그 진실은 무엇인가요?"

"나라고 할 만한 것이 없다는 사실이 있다, 나라고 할 만한 것이 없다는 사실이 있다, 나라고 할 만한 것이 없다는 사실이 있다……."

"나라고 할 만한 것이 없다는 사실이 있는데…… 그런데 지금 이 순간은 무엇을 위해 끊임없이 펼쳐지는 건가요?"

"그게 운명의 프로그램이니까요. 단지 프로그램일 뿐이니까요. 순간은 자유의지처럼 펼쳐지고 자유의지는 순간처럼 전개되죠. 그 진실을 주시하면 꿈에서 깨어나게 돼요. 그것을 위해 필요한 것은 오직 한 가지, 나라고 할 만한 것이 없다는 사실이 있다는 것을 체득하는 거예요. 그것을 체득하면 순간의 펼쳐짐과 자유의지의 전개 사이에 드리워진 시간차를 깨치는 것조차 불필요해지니까요."

"당신의 언어가 내 의식의 경직성을 녹이고 있네요. 나의 모든 것이 녹아 당신에게 흘러가는 게 느껴져요. 아직은 꿈일 테니, 이게 꿈이라는 걸 자각하고 이제부터 깨어나 내가 이 꿈을 조정해 볼게요. 내가 이 꿈의 창조주가 되어볼게요."

두 사람이 손을 잡고 방 한가운데 반듯하게 눕는다.

"지금 이 순간, 우리는 손을 잡고 잠에 빠져들 거예요. 그리고 우리를 위해 예비된 새로운 프로그램의 시공간으로 가야 해요. 지금 이 순간, 우리의 자유의지처럼 끝없이 펼쳐지는 지금 이 순간……."

눈을 감은 채 이보리가 속삭이고 뒤를 이어 정여진이 속삭인다.

"나라고 할 만한 것이 없다는 사실이 있다, 나라고 할 만한 것이 없다는 사실이 있다……."

타임라인 복구 작업은 거기서 종료된다. 두 사람은 손을 잡은 채 잠이 들고 길고 긴 여정의 대미를 장식하기 위한 마지막 꿈의 제단이 펼쳐진다. 밖에는 천둥번개와 비바람이 휘몰아치지만 두 사람이 잠든 시공간, 두 사람의 의식이 스며들어간 다른 차원의 시공간은 원시적인 에너지와 개벽의 기운이 충만하다. 하지만 비례적으로 모든 것이 불안정하고 불온하기도 하다. 결말을 예측하기 어려운 변곡점, 보이지 않는 차원에서는 무엇이 준비되고 있을까.

이보리와 정여진이 둥근 원 안에 알몸으로 서 있다. 두 사람 주변에 우주연합 스물두 지파의 대표 우주인들이 시험관을 하나씩 손에 들고 서 있다. 스물두 지파의 대표들은 언어가 아닌 텔레파시로 자기 지파의 유전적 조작이 최고라며 그것을 원 안에 선 두 사람에게 투사시키겠다고 저마다 주장한다. 이보리와 정여진은 유전적 실험 대상처럼 자신들의 주장을 전혀 내세우지 못한다. 그런 자격은 처음부터 주어지지 않은 것처럼 두 사람은 내내 수동적으로, 마치 에덴동산에서 선악과를 따먹고 추방되기를 기다리는 아담과 이브 같은 자세로 서 있다.

어떤 지파는 지구인들의 유전자를 더욱 낮은 등급으로 강등시켜 노예 계급으로 계속 부려야 한다고 주장하고, 어떤 지파는 현재 상태로 양극적 혼돈에 휩쓸려 진실을 못 보고 사는 게 적당하다고 주장하고, 어떤 지파는 현재 이중나선으로 되어 있는 유전자 구조를 12나선으로 업그레이드시켜 지구인들의 차원 상승을 도와야 한다고 주장하기도 한다. 나머지는 유전자 구조에 특정한 기능을 이식하는 부분적인 조작들에 대해 다양한 주장을 펼친다.

그때 허공으로부터 초록의 광채가 나타나고 그것의 중심으로부터 빛의 몸을 지닌 한 존재가 나타나 이보리와 정여진 앞에 선다. 그리고 주변의 스물두 지파를 향해 원을 그리는 동작을 보이자 그들의 손에 들려있던 스물두 개의 시험관이 모두 초록존재의 수중으로 흡수되어 두 개의 시험관으로 재탄생한다. 초록존재는 주변을 향해 강력한 메시지를 전한다.

—이제 지구인들에게 이식된 이중나선의 미개한 시대는 끝났다. 지금 이 순간, 12나선의 유전자가 이 두 사람에게 이식되어 지구인들도 우주인 계보에 들게 될 것이다. 모든 우주지파가 동의하고 결의한 것이니 더 이상 어떤 지파도 지구인들을 상대로 한 유전자 조작을 해서는 안 된다. 이것이 마지막 차원, 차원 너머의 차원으로부터 전해지는 대법칙의 메시지임을 명심하라!

초록존재에게 수렴된 두 개의 시험관 끝에 예리한 빛의 바늘이 생성되고 그것이 찰나처럼 이보리와 정여진의 미간 중심에 삽입된다. 순간, 주변을 에워싸고 있던 스물두 지파의 대표 우주인들이 모두 사라진다. 이보리와 정여진이 초록존재의 앞에 서 있는 동안 두 사람의 몸에서 광채가 밀려나오기 시작한다. 그들이 스스로 광원이 되어 자체 발광하는 동안 초록존재가 공중부양하며 두 사람의 머리에 손을 뻗는다. 초록존재의 손이 두 사람의 머리에 닿는 그 순간 빛의 폭발이 일어난다.

이보리가 먼저 잠에서 깨고 곧이어 정여진도 눈을 뜬다. 이보리는 알몸으로 일어나 방문을 열고 거실로 나간다. 정여진도 알몸으로 이보리의 뒤를 따른다. 이보리는 거실을 가로질러 베란다까지 곧게 걸어나간다. 정여진도 그의 뒤를 따라 먼 곳의 전경이 한눈에 내다보이는 베란다 앞까지 멈추지 않고 걸어간다. 지난밤의 폭우가 멎은 뒤, 세상은 청명한 냉기로 충만해 있다. 그리고 그 청명한 냉기를 알알이 물들이며 먼 곳으로부터 붉은 기운이 퍼져 형형한 일출을 조성하고 있다. 일출을 지켜보던 이보리가 손을 뻗어 정여진의 손을 잡는다.

"보아라, 지구에 새날이 밝아오고 있지 않은가."

아다무-아담이 말문을 연다.

"새날이 밝았으니 이제 우리의 길을 가야지."

티아맛-이브가 아다무-아담의 손을 잡는다.

일출이 진행되는 동안 빛이 닿는 지상의 모든 구조물들은 믿어지지 않을 정도의 속도로 빠르게 스러진다. 빌딩과 도로와 차량과 다리와 육교가 사라지고 그 입자적 붕괴를 배경으로 무변광대한 빛의 평원이 나타난다. 곧이어 둥글게 솟은 동산이 나타나고 그 한가운데 거대한 생명나무가 솟아오른다.

아다무-아담과 티아맛-이브가 알몸으로 걸어나가는 동안 지상은 새로운 천지창조의 기운으로 충만해지고 거대한 생명나무에서는 알알한 빛의 입자들이 꽃망울처럼 영롱한 빛을 발한다. 아다무-아담과 티아맛-이브가 동산 중심의 생명나무 앞에 이르렀을 때 예정되어 있던 장면처럼 에덴동산이 재현되고 왼편에 아다무와 티아맛을 에덴에서 추방한 니비루 행성의 지구 지배자 엔릴이 등장하고 오른편에 아담과 이브를 에덴동산에서 추방한 야훼가 등장한다.

티아맛-이브가 왼편의 엔릴에게 먼저 판결한다.

"니비루 행성에서 하강한 아눈나키의 수장 엔릴은 들으시오. 나 티아맛을 당신들 필요성에 의해 유전자 조작으로 창조하고 그 창조의 대가로 성적 착취를 일삼고 노동력을 위한 출산의 고통에 시달리게 하고, 그것으로도 모자라 생식 능력을 부여받았다는 이유로 성적 원죄까지 뒤집어씌워 에딘에서 아다무와 나를 추방한 밍신의 원죄를 지적하는 바이오. 창조 이후에 우리가 받은 피눈물을 설명하는 대신 신생의 기쁨으로 당당하게 우리의 원죄를 당신에게 돌려주는 바이니 정좌하고 대우주의 에너지 보상 법칙을 순순히 받아들이시오."

티아맛-이브가 판결을 내리는 순간, 엔릴이 미처 대답하기도 전에 빛의 그물망이 심판대의 존재를 소거해 버린다. 빛에 의한 소거, 그리고 원죄의 소멸!

티아맛-이브는 다시 오른편의 야훼에게 판결한다.

"야훼로 위장한 엔릴에게 다시 말하노니, 들으시오. 나 티아맛-이브에게 성적 기능과 출산의 능력을 만들어준 건 당신의 이복형 엔키였음에도 불구하고 우리를 짐승 취급하며 강간을 일삼고 출산의 고통과 노동의 고통을 부여해 에덴에서 우리를 추방한 당신의 원죄를 적시하는 바이오. 지구의 역사 속에서 지속적으로 우리의 존재성을 왜곡하고 원죄의식에 가두어 노예로 부려온 점에 대해 구차하게 죄상을 나열하는 대신 신생의 기쁨으로 당당하게 우리의 원죄를 당신에게 돌려주는 바이니 정좌하고 대우주의 에너지 보상 법칙을 순순히 받아들이시오."

티아맛-이브가 판결하는 그 순간, 야훼가 미처 대답하기도 전에 빛의 그물망이 심판대의 존재를 소거해 버린다. 빛에 의한 소거, 그리고 원죄의 소멸!

창세기가 빛을 잃은 뒤, 심판대로서의 에딘-에덴동산이 사라진 뒤, 원죄의 굴레를 벗고 창조적 권능을 회복한 티아맛-이브와 아다무-아담이 생명나무를 배경으로 움직이기 시작한다. 그들은 걷지 않고 날거나 착지하고, 바람처럼 빠르게 이동하거나 느리게 부유하고, 감쪽같이 사라졌다 다시 나타나기도 한다.

그러던 어느 순간, 둘은 서로의 귀에 대고 뭔가를 속삭이고 거의 동시에 그것에 동의한다. 둘의 속삭임이 에너지 선율이 되어 사방팔방 온 우주로 퍼져나간다.

티아맛-이브! 아다무-아담!
이제 원죄와 같은 이름의 굴레를 벗어던져라!
여자의 굴레도 벗고 남자의 굴레도 벗고
사람의 굴레도 벗고 굴레의 굴레도 벗어던져라!
그리하여 비로소 너와 내가 하나가 될 때
네가 나이고, 내가 너일 수 있을 때
보아라, 차원 높은 영성으로 지구가 다시 태어나지 않느냐!

두 사람은 지구의 역사와 함께해 온 원죄의 굴레에서 벗어나 비로소 빛의 영이 된다. 두 영이 함께 생명나무를 흔들자 그곳에서 반짝거리던 무수한 혼의 씨앗들이 떨어져 나와 꽃망울처럼 피어난다. 그리고 혼의 씨앗들은 태어나자마자 곧바로 영의 지위를 얻어 자유자재함을 구가한다. 오랜 왜곡과 억압과 모멸을 극복하고 태어난 무구하고 숭고한 존재들로 인해 빛의 평원은 우주적으로 팽창하기 시작한다. 광자대의 에너지가 시공간에 충만하고 영성을 부여받은 뭇 생명들은 높은 차원으로의 상승을 꿈꾸며 집중적인 시간을 보낸다. 그 배경에 원형의 두 영이 있고 그 배경에 우듬지가 한껏 무성해진 생명나무가 서 있다. 모든 것이 하나됨(Oneness)을 향해 가는 시간, 차원 상승이 이루어진 아름다운 지구의 풍경을 보라!

　페이드인.

14#

이보리 이야기의 결말은 천지창조에 맞먹는 장대한 스케일을 보여주었다. 그것은 아담과 이브의 21세기 업그레이드 버전처럼, 어쩌면 그것을 넘어 원죄의 멍에를 벗어던지고 새로운 천지개벽을 보여주는 장면으로 무한한 가능성과 상징성을 품고 있었다. 하지만 거기서 소설이 끝난 게 아니었다. 소설이 진행되는 내내 나를 힘들게 만든 문제들이 여전히 미궁 속에 파묻혀 있었기 때문이다. 그것을 풀 수 있는 유일무이한 방편이 상위자아와의 접속인데 그것이 끊긴 지 오래라 나는 매우 난감한 입장에 처해 있었다.

남겨진 문제를 해결하지 못하면 소설을 마무리할 수 없으니 나로서는 배수의 진을 치지 않을 수 없었다. 내 작가적 자존심이 적당한 꼼수나 비겁한 끝내기를 허락할 리 없었다. 남겨진 문제의 답을 얻지 못할 경우 소설이 영원히 미완성으로 남을 가능성도 있었다. 그러니 밤에도 발을 뻗고 잠을 이룰 수 없었다. 새벽 2~3시경 깨어 식탁에 혼자 앉아 소주를 마신 적이 한두 번이 아니었다. 하지만 무슨 이유 때문인지 상위자아는 나의 안타까운 현실을 보란 듯 외면하고 있었다.

이보리의 이야기는 누가 쓴 것인가.

나는 상위자아로부터 그 문제에 대한 답을 얻어야 했다. 오직 상위자아만이 답을 줄 수 있는 문제라는 걸 나는 알고 있었다. 상위자아가 나와의 접속을 끊은 것도 그 문제 때문일 거라고 나는 유추하고 있었다. 그래서 여러 번 유체계 접속을 시도했지만 접속 에너지 자체가 활성화되지 않았다. 어떻게든 접속하기 위해 기를 쓰고 나면 머리가 지끈거려 몸을 일으키기도 어려웠다. 이러다가 소설이 영원히 미완성 상태로 남겨지는 게 아닌가, 눈앞이 캄캄해지고 온몸이 지층으로 꺼져버리는 것 같았다.

이보리 이야기가 완성되고 한 달이 지난 뒤까지 나는 답을 얻지 못하고 있었다. 답을 얻어 소설이 완성되면 겨드랑이에 날개가 돋을 것 같았다. 그것으로 세차게 날갯짓하며 하늘 높이 날아오를 수 있을 것 같았다. 소설이 끝나면 먼 곳으로 여행도 가고, 만나지 못한 사람들도 만나고 싶었다. 무엇보다 이 지리멸렬한 긴장 국면으로부터 해방되어 편안한 시간을 갖고 싶었다. 편안한 시간, 긴장 없는 시간, 자유로운 시간…… 길고 긴 단잠을 자고 일어나 한없이 낯선 시간 속으로 들어가고 싶었다. 요컨대 이 소설을 완전히 망각할 수 있는 시간 속으로!

어느 날 새벽, 2 : 22에 잠 깨어 어둠 속에 망연자실하게 앉아 있었다. 밤마다 여러 번 잠에서 깨어나니 그런 것도 일상처럼 익숙해진 뒤였다. 쿠션에 등을 기대고 앉아 있노라니 이상하게도 다른 때와 달리 마음이 편안하게 느껴졌다. 그렇게 30분 정도 앉아 있노라니 소설이 왜? 상위자아가 왜? 나는 왜? 하는 식으로 기이한 의구심들이 꼬리에 꼬리를 물고 이어졌다. 요컨대 내가 너무 쓸데없는 것들에 정신과 에너지를 빼앗기며 살고 있는 게 아닌가 하는 자성의 시간이 찾아오고 있었다.

잠자리를 털고 일어나 찬물로 세수하고 거실에 앉아 명상을 시작했다. 접속에 성공한다는 보상도 없었지만 나에게는 그것 말고 달리 길이 없었다. 접속 불량 상태가 오래 지속되는 데서 오는 반항적 에너지도 나는 느끼고 있었다. 죽거나 접속하거나, 접속하거나 죽거나, 나는 어느 쪽으로든 마무리를 짓고 싶었다.

그 새벽의 명상은 네 시간이 넘게 지속되었다. 하지만 두 시간 넘도록 에너지는 활성화되지 않고 유체계 접속도 이루어지지 않았다. 그래서 두 시간이 지난 뒤부터 모든 것을 포기하고 말끔하게 마음을 비우기 시작했다. 소설이 미완성으로 남아도 상관없고, 상위자아와의 접속이 이루어지지 않아도 상관없고, 이보리 이야기의 미스터리가 풀리지 않아도 상관없다고 생각했다. 이 난마처럼 얽히고 설킨 소설 하나 포기하면 모든 게 평화로워지리라, 소설에 대한 뜨거운 문제의식을 부질없는 욕망으로 치부하고 과감하게 내려놓아 버렸다.

그 순간, 정수리로 강렬한 수직의 빛기둥이 뚫고 들어왔다. 한없이 밝고 진동이 강렬한 그것은 내 단전까지 뻗어 내리고, 그곳으로부터 다시 거침없는 기운으로 상승하기 시작했다. 그리고 그것은 단 몇 초 만에 끝을 알 수 없는 차원으로 나의 유체를 이끌어 올려 한없이 드넓고 평화로운 우주 에너지의 바다에 나를 풀어놓았다. 그 오열이 터질 듯한 유영의 시간에 나는 근원 에너지처럼 한없이 깊고 드넓게 나를 감싸오는 상위자아와 접속할 수 있었다. 그토록 갈망하고 고대하던 내 안의 나, 그토록 막막하고 난감하던 내 밖의 나……. 바로 그 순간부터 유례없이 깊고 명징한 상위자아로부터의 메시지가 나를 향해 강렬한 빛을 발하기 시작했다.

"지금 이 순간, 모든 기쁨이 빛으로 펼쳐지는 설 모아라. 지 강언한 광경의 이면에 모든 고뇌와 경험의 데이터가 저장돼 있으니 그것은 너의 침묵만으로도 얼마든지 보상받을 수 있으리라. 이 시간이 도래하기를 너만 갈망한 게 아니라는 걸 설령 네가 감지하지 못할지라도 이 광범위한 빛의 밝기와 여파는 그것을 넉넉하게 증명할 것이다."

"저는 침묵하고 싶지 않고 보상받고 싶지 않습니다. 다만 저는 알고 싶을 뿐입니다. 제가 무엇을 알고 싶어하는지 너무나도 잘 알고 계시지 않습니까."

"너는 이 소설의 진행 과정을 통해 운명을 집약적으로 경험했으니 그 답도 네 스스로 밝혀야 한다."

"제가 한 일이라곤 절반의 받아쓰기와 절반의 푸념밖에 없습니다. 어째서 이보리 이야기를 그런 방식으로 운영하신 겁니까?"

"너와 이보리의 관계는 지금도 여전히 이보리와 너의 관계이다. 그것은 또한 너와 나의 관계에 상응하는 구조를 지니고 있다. 다만 한 가지, 그 과정을 진행하기 위해 너에게 차단된 국면이 있었을 뿐이다."

"바로 그것이 제가 알고자 하는 문제의 핵심입니다."

"소설 속에서 잉카는 워크인 사명을 수행하기 위해 이보리의 몸을 빌려 쓴다. 하지만 이보리의 스토리를 3차원적으로 구현하기 위해 실제로 시리우스 잉카는 소설가인 너의 의식을 빌려 이 소설을 썼다. 잉카는 소설의 등장인물로서만이 아니라 상위차원에 실제로 존재하면서 자신의 의도를 지구상에 구현하는 자기 사명을 수행한 것이다. 그 근원적 의도성은 그것이 잉태되던 순간부터 지금까지, 그리고 이 시간 이후에도 끝끝내 밝혀지지 않을 것이다. 그것 자체로 우주적인 정당성을 지니고 있고 네가 그것을 수행한 것도 또한 운명적인 정당성을 지니고 있다."

그 순간, 나의 유체는 격렬하게 진동했다. 이보리의 소설을 완성한 존재가 상위차원의 잉카라는 실제 존재이고 그 존재가 소설가인 나의 의식을 빌려 3차원적 스토리를 완성했다는 것 아닌가! 그의 의식이 나의 의식에 덮어쓰기를 한 것인지 빙의된 것인지 모르겠으나 나로서는 그 의도와 구현을 동시에 힐난하지 않을 수 없었다.

"시리우스 잉카가 저의 의식을 빌려 그것을 구현했다면 상위자아께서는 그동안 어디로 물러나 있었던 건가요? 그것은 우주의 대법칙에 위배되는 일 아닌가요?"

"면밀한 보살핌과 배려 속에서 진행된 일이라 그것은 우주의 대법칙에 위배되지 않는다. 잉카가 이보리의 몸을 빌려 3차원 지구에 들어온 것처럼 잉카는 실제로 너의 3차원 의식을 빌려 이보리의 다차원적 가능성을 지구인들에게 시연해 보인 것이다. 거기에는 많은 인과와 미래적 설정이 예비되어 있으나 그것을 여기서 밝힐 수는 없다. 다만 운명의 연동 가능성과 가변성, 그리고 너희들이 그토록 알고 싶어하는 자유의지의 문제에 관해 이보리의 이야기는 많은 것을 일깨우게 될 것이다."

"그런 일이 저에게 일어난 것이 숙명적이라는 의미인가요?"

"숙명은 부모나 형제자매처럼 바꿀 수 없는 것이니 너에게 일어나 일련의 과정은 운명적인 일이라고 해야 한다. 네 스스로 그 문제에 오래 골몰하고 있었으니 너의 의지가 가장 크게 작용해 니의 운명을 만들어낸 것이다. 그러니 역설적으로 말하자면 네가 조성한 운명의 드라마에 나와 시리우스 잉카까지 동원되었다고 해야 한다. 설마하니 운명이 가변적인 운을 바탕으로 항상 변하는 것이라는 걸 모른다고 할 텐가?"

"저는 운명과 숙명의 차이를 정확하게 모르고 있습니다. 저만 아니라 어리석은 지구인들 대부분 그 차이를 모르고 있습니다. 어디까지가 운명이고 어디서부터 숙명인지요?"

"숙명은 고쳐 쓸 수 없는 것이니 논외로 치자. 인간의 의지가 개입할 여지가 있다는 점에서 인간은 누구나 운명을 살 수밖에 없다. 주어지는 모든 삶이 운명적인 것이다. 운(運)이란 기회이고 그것을 받아들이는 인간은 늘 선택의 문제 앞에 서게 된다. 지구적인 상황을 예로 들어보자. 외롭게 혼자 사는 사람의 운에 이성을 만날 기회가 주어지면 그 대상을 만날 것인지 만나지 않을 것인지 스스로 선택하면 된다. 만나보고 나서 계속 만날 것인지 말 것인지도 스스로 선택하면 된다. 계속 만나게 된다면 결혼을 할 것인지 말 것인지 그것도 선택하면 된다. 결혼하고 살다가 뭔가 심각한 문제가 생기면 계속 살 것인지 말 것인지 그것도 선택하면 된다. 그렇게 운명은 가변적인 운을 통해 인간에게 무수한 기회를 제공하고 인간은 그것을 자기 선택의 문제로 받아들여 매 순간의 경험을 인생 데이터로 누적시켜 나간다.

인생은 선택의 누적으로 쌓아 올리는 탑과 같은 것이다. 선택의 결과로 어떤 사람은 높은 탑을 쌓고 어떤 사람은 아무 것도 쌓지 못한다. 흐지부지하고 흐리마리한 인생들이 부지기수이지만 선택은 스스로 창출하는 것이니 어느 누구도 탓할 수 없다. 그런데도 자유의지가 없다고 생각하는가? 그런데도 여전히 인간은 탈 것이고, 게임 캐릭터라고 비하하는가?"

"그것이 바로 바꿀 수 없는 숙명이니까요."

"아직도 너의 내면에서는 어리석음의 붉은 불기둥이 타오르고 있구나. 잘 들어라. 운명은 숙명을 내포하고 숙명은 운명에 내포돼 있다. 바꿀 수 있는 정도, 바뀔 수 있는 정도의 한계가 있을 뿐이다. 바꿀 수 없는 숙명성 위에 바꿀 수 있는 운(fortune)이 선택의 기회로 주어지기 때문이다. 하지만 그 운은 경우의 수가 다 다르기 때문에 비율적으로 운명을 말하는 건 불가능하다."

"그러니까 운명은 인생의 시험대이고 그것은 매 순간 인간들로 하여금 선택의 기로에 서게 만든다는 얘기와 하등 다를 게 없네요."

"그것이 물질우주에서 이루어지는 성장의 과정이기 때문이다."

"무한궤도처럼 돌고 도는 윤회가 진정 기회와 선택을 통한 성장 과정일 수 있을까요?"

"이렇게 표현하건 저렇게 표현하건 결국 동일한 지점에 당도하게 만드는 게 운명의 시스템이다. 간단히 요약하자면 운명은 스스로 돕는 자를 돕는 차원 상승의 통로이다. 운명은 원망과 저주의 대상이 아니라 지금 현재의 자신을 사랑함으로써 더 높은 차원의 문을 열 수 있는 통로이자 발판이라는 걸 명심해라. 운명을 사랑하지 않고는 운명을 넘어서기 힘들다는 말이다. 그것을 원망과 저주의 대상으로 삼건 사랑과 감사의 대상으로 삼건 그건 운명의 자유를 부여받은 자의 의지에 속한다.

자신의 운명을 스스로 돕지 않는 한 상승의 길은 열리지 않는다. 대부분의 지구인들은 운명의 프로그램으로 펼쳐지는 물질적인 꿈에 도취돼 운명의 취지를 읽어내지 못한다. 운명을 알면 운명에서 깨어나고 운명에서 깨어나면 스스로 운명의 창조자가 된다. 운명에 모든 것이 내재돼 있기 때문이다. 달리 말하면 운명의 펼쳐진 꿈이 우주이고 우주의 내재된 실재가 운명이기 때문이다.

운명은 점사로 풀어내는 비밀이 아니다. 그것 자체로 펼쳐진 진실이니 있는 그대로, 주어진 그대로 그것을 받아들여 자기 상승의 통로와 발판으로 삼아야 한다. 아무리 강조해도 인간들은 스스로 꿈에서 깨어나길 원치 않지만 우주는 개중의 하나라도 깨어나는 존재를 보석처럼 소중하게 받아들인다."

"그럼 마지막으로 묻겠습니다. 혼의 운명은 무엇인가요? 저는 그것을 알기 위해 지금껏 살아왔다고 해도 과언이 아니니 부디 숨바꼭질 같은 메시지가 아니라 명징하고 분명한 답을 주시기 바랍니다. 그것을 분명하게 얻게 된다면 저는 죽어도 여한이 없겠습니다."

"이 순간이 오기를 얼마나 오래 기다렸겠느냐. 그 모든 것을 알고, 그 모든 것을 예비해 내가 너를 위해 준비한 돈을새김의 가르침이 있으니 잘 들어라. 혼의 운명에 관한 한 이것이 처음이고 이것이 마지막 메시지가 될 것이다.

혼은 윤회의 굴레를 돌고 돌아 마침내 영이 된다. 혼의 탄생과 윤회학습은 영을 만들기 위한 수련의 과정이다. 그러니 윤회하는 혼의 존재성을 비관하지 말고, 그것이 영의 하위개념이라는 사실을 모독하지 말라. 혼의 수련 과정은 숭고하고 고결하고 또한 거룩한 것이니 그 숱한 물질우주에서의 경험은 영적 자격의 바탕이 되고 영적 성장의 바탕이 된다. 하지만 영이 된다고 해서 모든 것이 끝나는 게 아니다. 거기서부터 다시 영적 성장을 위한 학습 과정이 시작되기 때문이다.

초보령의 단계를 거쳐 진화를 거듭하고 성장하여 마침내 성령이 되고 근원 에너지와 합일하게 될 때까지 우주적 존재성은 오직 진화와 성장을 바탕으로 차원 상승의 길을 갈 수밖에 없다. 스토리코스모스의 무한 사연이 모두 그것을 위한 자양분이고 밑거름이고 씨앗이고 꽃봉오리이니 그 우주적 만개가 마침내 완성되는 날 비로소 우주는 문을 닫고 열림과 분리가 없던 완전한 하나의 상태로 환원하게 되리라.

네가 평생 갈망하던 앎의 핵심이 바로 이것이다. 너를 위해 예비한 나의 메시지도 이것이 핵심이다. 혼의 운명과 영의 운명은 우주의 바탕 차원에서 크게 다를 게 없다. 그래서 차원과 수준에 걸맞는 결착과 해체가 일어나는 것이니 그 수직 상승의 구조와 과정을 이해하고 수평적인 삶으로부터 수직 상승의 길을 열어라. 뿐만 아니라 지구의 운명은 선적으로 스스로 돕는 지구인들의 노력에 달려 있다는 걸 명심하라.”

“하늘은 스스로 돕는 자를 돕는다, 그게 결론인가요?”

“지금은 결론이 필요한 시간이 아니다. 이야기를 끝내기 위해선 마음을 가라앉히고 호흡을 가다듬을 필요가 있나. 그린 뒤에 모든 것을 마무리하는 대미를 네 스스로 장식해야 한다. 이 모든 걸 네가 갈망하고 또한 선택했기 때문이다. 이보리의 상위자아인 너, 너의 상위자아인 나, 거기에 시리우스 잉카까지 참여했으니 이 소설은 우주적인 조력에 의해 완성된 것이다. 그러므로 그 과정에서 무엇을 배웠건 그것은 너를 통해 구현되고 또한 표현되어야 한다. 너의 선택이 너를 주체로 내세우고 있지 않느냐. 이 멋지고 즐거운 스토리코스모스 항해에 동참한 모든 존재들의 우주적인 조력에 감사하는 마무리 언어를 창조해 보아라. 창조는 운명의 상위개념이니 네가 상승할 수 있는 좋은 시간이 바로 지금이다. 지금 이 순간!”

음력설을 보내고 사나흘쯤 지난 뒤, 나는 종로3가 전철역 6번 출구로 다시 갔다. 시간여행자로부터 바람맞은 그 장소에서 이번에는 골목순례자를 만났다. 그것은 물론 왜목에서 내가 그에게 했던 약속을 지키기 위해서였다. 일대에 골목이 많아 그도 그곳을 선호한다고 했다. 하지만 그는 여전히 혈압 문제를 걱정해 술 대신 점심식사를 하기로 했다. 익선동 골목을 한 바퀴 돌고 나서 그는 막다른 골목 끝에 있는 할머니 만두전골집으로 나를 안내했다. 평일인데도 골목에는 인파가 넘쳐 걸음을 옮기기 힘들었다. 그것이 사뭇 불만이라는 듯 그는 만두전골집으로 들어간 뒤에도 계속 투덜거렸다.

"골목이 골목다워야지 골목에 이렇게 인간이 붐비면 어쩌자는 거야? 이런 게 골목 종말이야. 은밀하고 숨어 있기 좋은 장소가 세상에서 다 사라져버리는 거지. 구석구석까지 다 까발려지잖아. 인터넷 세상의 특징하고 아무것도 다를 게 없어. 탈탈 털고 까발리는 게 일상인 세상…… 끔찍하잖아."

"그럼 그런 거지 왜 그렇게 핏대를 올려. 그러니까 혈압이 오르지."

만두전골과 함께 소주 한 병을 시켰지만 그는 술잔도 받지 않고 나에게 따라주기만 했다. 내가 그에게 혈압이 어느 정도냐고 묻자 고혈압 전단계와 1단계 사이를 오가고 있다고 했다. 나는 에계계, 하는 표정으로 인상을 찌푸렸다. 하지만 그는 건강을 생각해 앞으로도 술은 안 마실 거라고 했다. 그토록 술을 좋아하던 그가 나를 앞에 앉혀두고 혼술을 하게 하다니! 지난 세월 동안 우리가 방황하던 골목이 무릇 기하이며 그곳에서 마신 술이 또한 무릇 기하인데 이렇게 가증스러운 짓을 하느냐고 내가 투덜거리자 사뭇 면괴스럽다는 표정으로 그는 얼른 말머리를 돌렸다.

"그래, 왜목에서 외계인은 영접했어?"

나는 대답 대신 소주잔을 비웠다. 그러자 그가 외계인을 만나지 못했냐고 다시 물었다. 그래서 잠시 망설이다가 술을 안 마시는 그와 마주 앉아 있는 게 다소 버겁다는 생각이 들어 휴대폰 갤러리에서 네 개의 왜목 동영상을 차례로 열어 그에게 보여주었다. 숟가락을 내려놓고 그것을 들여다보던 그가 방 안에 앉아 있던 할머니까지 놀랄 정도로 언성을 높였다.

"아니, 이게 뭐야? 이거 귀신들 아냐? 이건 노새비블 같은데…… 어떻게 이게 이렇게 깜빡거리다 이런 식으로 갑작스럽게 증폭되며 날아올 수 있는 거지? 이건 분명 비행체 같은데…… 이렇게 빠른 속도가 어떻게 카메라에 지속적으로 잡혔지? 이거 이거, 이 좌우 순간행보는 아무리 봐도 귀신들 같애……. 그날 혼술하고 귀신에 홀린 거 아냐? 새벽 2~3시경이면 귀신들 나와 놀기 딱 좋은 시간이잖아. 아무튼 뭐, 걔네들하고 잘 놀고 왔나 보네. 세상만사 아무 재미도 없는데 그럼 됐지, 뭐. 더 이상 뭘 바래."

짧은 동안 흥이 올라 있던 그는 이내 풀죽은 표정으로 가라앉았다. 동영상을 보며 그가 보인 반응이 예능 프로그램의 과장된 리액션을 떠올리게 했다. 갑자기 연민이 느껴져 나는 묻지 않을 수 없었다.

"요즘 관심사가 뭐야?"

"관심사? 그런 거 없어. 관심사 없이 사는 게 편하고 좋아."

"소설은?"

"그것도 쓸 만큼 써봤잖아. 이젠 내려놓을 때도 됐지 뭐. 근데……."

숟가락질을 멈추고 그가 잠시 망설이는 표정을 지었다.

"근데 뭐?"

"근데, 한 가지는 미련이 남아."

"뭔데?"

"연애."

담담한 표정으로 그는 대답했다.

"그것도 할 만큼 해보지 않았나?"

"그러게 말야. 할 만큼 해봤기 때문에 미련이 더 남는 것 같애. 연애하다 죽을 운명인가 봐."

"혈압 떨어지긴 애초에 글렀군."

"어차피 운명이라면 혈압보다는 연애하다 죽는 게 낫겠지?"

"연애에 미련을 두기 때문에 혈압이 안 떨어지는 거라면?"

"그럼 도리 없지, 뭐. 혈압약 먹으면서 연애하는 수밖에."

"요즘 20대는 연애, 섹스, 결혼, 출산 모두 포기하는 추세라는데…… 참 대단한 운명이다."

그와 나는 할머니 만두전골집에서 나와 커피를 마시러 갔다. 커피를 마시는 동안에도 그와 나는 별다른 대화를 주고받지 않았다. 대화 대신 나의 뇌리에서는 '운명'이라는 단어가 봄눈 녹듯 자연스럽게 분해되고 있었다. 바꿀 수 있는 '운(運)'과 바꿀 수 없는 '명(命)'. 운이 인간의 의지에 의해 변할 수 있는 것이라면 명은 인간의 의지로 바꿀 수 없는 것이니 운명 속에 숙명이 내재돼 있다던 상위 자아의 말은 명징한 빛을 얻을 수밖에 없었다.

운명이 따로 떼어 생각할 수 없는 구조의 단어라는 게 밝혀지자 자연스럽게 영혼이라는 단어의 구조에서도 동일한 결착력이 느껴졌다. 나뉠 수 없는 상태, 불가분의 관계로 '운'과 '명'은 '운명'이 되고 '영'과 '혼'은 '영혼'이 되는 순간이었다. 운명 같은 영혼, 영혼 같은 운명.

그때 골목순례자의 졸린 듯한 음성이 나른하게 귓전으로 밀려들었다.

"피곤하다. 그만 가자."

이 멋지고 즐거운 스토리코스모스 항해에 동참한 모든 존재들의 우주적인 조력에 감사하는 마무리 언어를 창조해 보라는 상위자 아로부터의 메시지가 마음에 과제처럼 남았다. 그럴 필요가 있을까, 며칠 동안 저어했으나 그 메시지 안에 숨은 뜻이 있는 듯하여 고심 끝에 그것을 풀기로 했다. 소설 말미에 소설에 대해 직접적인 언급을 하는 것이 매우 위험한 일이라는 걸 몰라서가 아니라 이 소설의 전모에 대해 아직 내가 모르고 있거나 더 밝혀야 할 것들이 남아 있기 때문이다. 모든 것이 완전하게 밝혀지고 명쾌하게 펼쳐진 상태가 아니라 안간힘을 다해 유추하고 추리하여 내 나름대로 마무리 언어를 창조할 필요성을 절감한 것이다.

이보리, 정여진, 어르신, 조필규, 송여주, 자밀 대사, 오르한, 나르샤 등등의 인물들이 뇌리를 스쳐간다. 내가 창조했다는 게 믿어지지 않는 인물들, 내가 창조했다는 걸 믿지 못하게 하는 인물들이다. 그럼에도 불구하고 길고 긴 시간 나는 그들과 고락을 함께 했다. 모든 걸 장악하지 못했음에도 불구하고 복잡다단한 루트가 신기하게 풀려 마지막에 이르게 되었으니 그것만으로도 나는 땅에 머리 조아리며 감사하고 또 감사해야 한다.

이보리의 다차원적 존재성은 놀라운 미스터리였지만 그가 상위 차원의 의도 속에서 잉태되고 나를 통해 3차원적으로 부화한 인물이라는 게 밝혀졌으니 더 이상 따질 필요가 없을 것이다. 이보리의 이야기를 시리우스 잉카가 나를 통해 펼쳐나갔다는 걸 나는 아직도 믿지 못하고 있다. 받아쓰기를 했으면서도 믿지 못하고 있는 것이다. 하지만 그런 일은 지구와 인류의 역사 속에 숨겨진 거대한 미스터리에 비하면 조족지혈에 불과하다.

나에게는 이보리라는 주인공의 다차원적 변신도 낯설고 그것을 소설적으로 펼쳐나간 초월적 방식도 낯설다. 참으로 한없이 낯설게 느껴진다. 모든 것이 산성화된 창작의 영역에 낯선 창조의 씨앗이 파종된 것이라 일견 낯설게 만들기가 성취된 것 같지만 이것을 어떻게 받아들여야 할지 모르겠다. 이 완성된 난감함이 나에게는 오래오래 풀어야 할 숙제로 남겨질 것이다.

이보리 이야기를 시리우스 잉카가 소설가인 나의 의식을 빌려 썼다는 상위자아의 메시지를 나는 있는 그대로 믿지 않는다. 그것을 밝히지 않는 정당성을 역설했지만 나는 시리우스 잉카라는 존재도 내 상위자아의 분신술을 입증하는 또 다른 퍼스낼리티라고 믿는다. 그렇게 가정할 수 있다면 나의 상위자아는 이보리라는 존재를 통해 무엇을 구현하려 한 것일까. 그 미스터리한 내막에 나에 대한 깊은 배려가 숨어있음을 나는 소설이 다 끝난 뒤에야 눈치챌 수 있었다. 창피한 일이지만 그것을 반영하기 위해 이 '마무리 언어'도 타임라인을 복구하듯 몇 번째 다시 쓰여지고 있으니까.

이보리라는 존재는 지구상의 다른 소설 주인공들처럼 우리의 가슴에 와닿지 않는다. 그의 스토리를 받아쓰기한 나노 그의 존재성이 낯설어 시종일관 힘들었다. 하지만 소설이 다 끝난 뒤, 그의 존재성이 결국 혼체로서의 존재와 영체로서의 존재를 하나의 육체에서 동시 상영한 것이라는 걸 알아차리고, 그것을 나에게 이해시키기 위한 상위자아의 학습 계획에 탄복하지 않을 수 없었다. 상위자아가 시리우스 잉카로 위장하고 나의 의식을 약화시켜 직접적인 창작 시연에 나선 셈이니 눈물이 날 정도로 깊은 배려가 아닐 수 없다. 그렇게 하여 이보리의 육체는 자연인 이보리의 혼체와 시리우스 영체인 잉카를 통해 영혼육 시스템의 다차원적인 교육장이 되었다. 그렇게 깊은 뜻을 나처럼 어리석은 작가 나부랭이가 어찌 헤아릴 수 있었겠는가.

소설의 초반부터 아바타 얘기가 나오고 수레와 탈 것(vehicle)이 나오고 이것은 나의 것이 아니다, 이것은 내가 아니다, 이것은 나의 자아가 아니다, 라는 샤카무니의 가르침이 나온 것도 다 그런 데 대한 치밀한 계획과 포석이었다. 그토록 내밀한 오리엔테이션이라니! 만약 내가 어쭙잖게 소설에서 오리엔테이션을 의도했다면 나는 독자들로부터 뭇매를 맞고도 몇 대 더 맞았을 것이다. 그나마 상위자아의 의도로 수천 년 동안 지구를 뒤덮어온 허위와 위선과 세뇌의 가르침들이 가차없이 까발려져 다행이라는 생각이 든다.

이보리를 넘어 나에게 또 다른 충격과 감동을 준 인물은 정여진이었다. 그녀는 내가 소설을 시작하기 전까지 꿈에서도 상상하지 못한 인물이라고 지속적으로 주장했는데 소설이 다 끝난 뒤에 그녀는 반전적인 인물이 되어 나를 괴롭히기 시작했다. 결국 소설을 끝내고 아홉 번의 수정 작업이 진행되는 동안 정여진은 캐릭터를 완전히 바꾸고 다른 존재로 환골탈태했다. 어떤 에너지인가, 그녀의 존재성이 너무 왜곡되었다고 나를 찔러대 나는 정신을 차릴 수 없었다.

거의 반년 가까운 시간 동안 나는 정여진을 중심에 두고 나의 의식과 무의식 전반을 분석하지 않을 수 없었다. 그리고 정여진이 애초부터 내 소설 구상에 존재하지 않았던 인물이 아니라 나의 의식과 무의식 속에 항상 존재하고 있던 왜곡된 여성상이라는 걸 깨달았다. 그래서 어느 새벽, 무릎을 꿇고 가슴을 치며 모든 것을 시인하지 않을 수 없었다. 나의 상위자아가 그녀의 이미지를 나의 무의식에서 추출하고 그것을 지구상에서 왜곡된 채 만연한 여성의 성적 이미지로 일반화하여 문제시하기 위해 그녀를 미끼로 제시했다는 것!

결국 타임라인 복구 작업이 이루어지면서 정여진은 다른 층위에서 이보리처럼 다중적이고 다차원적인 존재로 다시 태어나 원죄의 멍에와 굴레를 스스로 벗어던지고 영적 차원 상승을 이루어냈다.

인류 최초의 여성 티아맛-이브 창조 이래로 인류의 남성의식 속에 누룽지처럼 들러붙어 있던, 그래서 성적인 이미지가 필요할 때마다 내적 필연성도 없이 무반성적으로 불려 나오던 존재. 정여진은 하나인 동시에 전부를 상징하고 있었다. 그녀가 이보리 소설의 대미를 장식하는 부분에서 나는 눈두덩이 욱신거릴 정도로 격렬한 카타르시스를 느낄 수 있었다.

아주 오래전, 지금으로부터 20년 전쯤 『육체가 없지만 나는 이 책을 쓴다』는 독특한 책을 읽은 적이 있었다. 『갈매기의 꿈』을 쓴 리처드 바크가 "이 책은 이제껏 내가 읽었던 책들 중 단연코 최고였다"고 술회한 그 책은 놀랍게도 세스(Seth)라는 상위차원의 존재가 제인 로버츠라는 미국의 시인을 내세워 차원과 영, 인간의 존재성에 대해 매우 구체적으로 밝히고 있어 나도 그것을 읽고 상당히 놀란 경험이 있었다. 실제 그 책의 저자는 상위차원의 세스인데 그가 자신의 의사를 3차원에 구현하기 위해 제인 로버츠를 대리인으로 내세워 받아쓰기를 진행한 것이었다. 그런 것을 차원 간의 텔레파시, 즉 채널링이라고 부른다는 것을 그때 나는 처음 알았다.

그런 관점에서 본다면 나의 상위자아는 분신술에 전지전능한 영임을 부인할 수 없다. 상위자아의 1인 다역이 이 소설의 추동력이었다는 걸 부인할 수 없다면 이보리와 정여진, 시리우스 잉카와 소설가인 내가 모두 상위자아의 분신술에 동원된 다면적 동일인들이라고 해도 과언이 아닐 것이다.

모든 존재들이 하나의 파동으로 연결돼 따로 또 같이 창조적인 역할에 동참했다는 걸 깨치자 마음이 이를 데 없이 평안해졌다. 우리 모두가 저마다의 차별성에도 불구하고 하나의 연결고리를 이루며 진동한다는 것, 그리고 공명한다는 것. 이보리의 이야기가 지구인들의 마음감옥을 허무는 각성의 진동이 될 수 있다면 더 이상 무엇을 바라겠는가.

아무려나 나의 부실함과 부족함을 묵묵히 인내하며 나를 여기까지 인도한 모든 우주적 조력에 감사하고 또 감사한다. 한 알의 대추가 여무는 데에도 밤과 낮과 햇빛과 이슬과 비바람과 대기의 조력이 함께하니 내 감사의 크기를 말로 형용하는 건 불가능하다. 소설로 한평생을 살았다고 해도 과언이 아니지만 이렇게 낯선 경험은 평생 처음이라 기쁨마저 낯설어진다. 낯선 경험보다 더 가치 있는 것은 오직 낯선 경험뿐. 소설로 경험해 보지 못한 모든 것을 이 소설을 통해 한꺼번에 얻었으니 이보다 더 낯선 경험이 어디 있으랴.

상위자아로부터 부여받은 '마무리 언어'의 과제를 이것으로 대신하고자 한다.

오랜만에 밤 산책을 했다. 봄날 같은 겨울밤, 이미 밤공기에 봄기운이 충만한 것 같았다. 소설 안과 밖에서 다시 봄을 맞는다고 생각하니 왠지 감개무량했다. 소설과 현실의 경계가 소멸되어 여기가 거기고 거기가 여기가 된 것 같았다. 흠향하듯 밤공기를 마시며 산책하는 동안 샤카무니의 가르침이 온 우주와 하나의 연결고리를 형성하는 게 느껴져 마음이 이를 데 없이 편안했다. 이룰 것 다 이룬 듯한 기분으로 집으로 돌아와 산책 중에 떠오른 생각을 '내게 쓴 메일'로 보냈다.

이것은 나의 것이 아니다. 이것은 내가 아니다. 이것은 나의 자아가 아니다. 샤카무니의 가르침은 우리 안의 영적 자아에 대한 자각을 유도하는 주문이다. '나라고 할 만한 것이 없다는 사실이 있다'는 자각을 체득하면 3차원 자아가 스러지고 상위자아를 자각하게 된다. 그것은 대상인 동시에 동일시가 가능한 하나의식(Oneness Consciousness)이기 때문이다. 혼과 영으로 분리하고 따질 수도 있지만 그것은 인간의 자각 능력으로는 애초에 불가능하고 그것에 집착하면 정신이 이상해질 수도 있다. 영혼이라는 말을 분리하지 않고 사용하는 것도 다 이유가 있는 것이다. 어차피 그럴 수밖에 없다면 어차피 그렇게 사는 게 현명하지 않겠는가. 있는 그대로, 주어진 그대로!

잠결에 누군가의 메시지를 접했다. 이보리가 나에게 보내는 것인지, 정여진이 나에게 보내는 것인지, 잉카가 나에게 보내는 것인지, 상위자아가 나에게 보내는 것인지, 아니면 내가 나에게 보내는 것인지 분간하기 힘들었다. 하지만 잠결에도 분간할 필요가 없는 일이라는 걸 알 수 있었다. 메시지 내용을 접해보니 더욱 그랬다. 그들 모두가 다름없는 나, 나와 다름없는 하나이기 때문이었다.

"이제 헤어질 시간이다. 꿈속에도 있고 꿈 밖에도 있고, 깨어나기 전에도 있고 깨어난 후에도 있는 나는 너, 너는 나의 반영이다. 분리되기 전에도 하나, 분리된 후에도 하나, 근원적으로 나뉠 수 없는 하나를 향해 우리는 나아간다. 오직 하나, 완전한 하나, 사랑과 감사의 우주적 여정을 향하여!"

인간 문제의 궁극에 대한 답

장편소설 『운명게임』의 키워드는 '나'이다. 문장으로 바꾸면 '나는 무엇인가'. 그것을 더 확장하면 '인간은 무엇인가', '인생은 무엇인가'쯤 될 것이다. 그 모든 것들에 대한 집요한 의구심과 탐구심은 결국 소설의 결말에 이르러 양자역학적 얽힘(entanglement)과 공명(resonance)으로서의 '하나(Oneness)'로 확장되고 심화되면서 모든 존재성이 일체를 이룬다. 그래서 샤카무니의 가르침과 우파니샤드의 '탈 것', DNA의 '탈 것(vehicle)'이 나오고 윤회가 나오고 아눈나키의 유전자 조작에 의한 호모사피엔스 창조가 나오고 외계문명의 지구 식민지배와 종교의 허구성이 나오고 갖가지 음모론이 나온다. '나'의 뿌리를 역으로 추적하면 그렇게 거대한 지구서사와 우주서사가 등장한다. 한 소설가의 황당한 소설적 상상력이 아니라 지구상 도처에 널리고 깔린 것들을 조합하는 것만으로도 소설서사가 감히 따라잡을 수 없는 거대 서사가 조성되는 것이다. 그런데 그 '나'가 오늘날의 과학에 이르면 심각한 성찰의 대상으로 두드러진다. '나'라는 존재성의 본질을 알아차리지 못하는 한 인생살이가 말짱 헛삽질이 될 수 있다는 말이다.

나는 오랜 세월 동안 넝마주이처럼 지구상에 널려 있거나 은닉돼 있거나 파묻혀 있거나 덮여 있거나 밀봉돼 있던 갖가지 것들을 수집하고 채집하고 발굴하고 공부하여 『운명게임』의 소설적 깔판을 조성하였다. 정말 거지 같은 세월이었지만 나는 언젠가 그것들이 소설의 빛나는 반석이 되기를 갈망하였다. 그래서 세상 사람들이 '나'의 근원에 대해, 인간과 인생의 근원에 대해, 그리고 지구와 우주의 근원에 대해 한 번쯤 생각하는 계기를 제공하는 소설을 쓰고 싶었다.

『운명게임』은 본격소설, SF, 판타지가 한데 어우러진 복합 장르물이다. 뿐만 아니라 픽션과 논픽션이 교차되고 있다. 그런 소설적 특성을 취한 이유는 바로 그와 같은 방식으로 우리가 살아가는 세상이 교직되어 있기 때문이다. 현실과 비현실, 실재와 비실재, 진실과 거짓은 모두 '하나'의 양면성이고 그것은 인간의 의식에 의해 원하는 대로 증강되거나 약화된다. 진실 같지만 진실이 아니고, 진짜 같지만 진짜가 아닌 무엇. 홀로그램일 수도 있고 시뮬레이션일 수도 있고 어쩌면 꿈일 수도 있는 그것이 우리의 인생 드라마가 펼쳐지는 3차원 세상의 무대이다.

『운명게임』을 읽는 과정은 모든 사람에게서 다르게 나타날 것이다. 삶의 초점을 어디에 맞추고 살아왔는지 그 경험의 루트가 모두 다르기 때문이다. 어떤 과정을 거치든 『운명게임』을 다 읽고 나면 남는 문제는 오직 한 가지밖에 없게 될 것이다. 막막함. 이 소설에서 심화된 모든 근원적 문제가 고스란히 독자의 문제로 환원되기 때문이다. 그 막막함을 있는 그대로 받아늘이고 살아끼다기 어느날 문득 망각으로부터 어떤 자각의 순간이 찾아오거든 다시 한 번 『운명게임』을 읽어보라. 그러면 처음과 완전히 다른 안목으로 또 다른 진실을 발견하게 될 것이다. 그렇게 시차를 두고 망각과 자각을 서너 번 되풀이하며 『운명게임』을 읽고 나면 비로소 모든 연결고리를 '하나'의 관점에서 깨치게 될 것이다.

인간과 인생 그리고 지구와 우주 사이에 걸쳐 있는 심연은 극도로 단순하다. 그것을 지구인들이 모르고 사는 건 그것을 모르게 하는 에너지가 온 지구를 뒤덮고 있기 때문이다. 『운명게임』은 우주적으로 펼쳐진 모든 근원적 진실의 문제를 완전히 열린 상태의 오리엔테이션에서 시작해 단 하나의 단어로 압축되는 궁극에 이르게 한다. '나는 무엇인가'에 대한 의구심에서 출발해 '하나의식'에 도달하는 길. 그 경로를 터득하고 본질에 눈을 뜨면 인생의 허구성에서 벗어나 큰 자유를 얻게 될 것이다. '나'의 문제가 해결되면 인생 문제의 궁극에 대한 답이 절로 드러나기 때문이다. 하지만 스스로 알고자 하지 않고 스스로 탐구하지 않는 한 아무것도 자신의 것이 되지 않는다. 그 관문을 통과하여 독자 여러분의 내면에 숨겨진 '완전한 하나'에 당도하게 되기를 간절히 빈다.

　『운명게임』은 소설이면서 소설이 아니고 소설이 아니면서 소설이다.

2020년 가을, 박상우

운명게임 2

초판 1쇄 2020년 11월 11일

지은이 | 박상우
펴낸이 | 송영석

주간 | 이혜진
기획편집 | 박신애 · 심슬기 · 김다정
외서기획편집 | 정혜경
디자인 | 박윤정
마케팅 | 이종우 · 김유종 · 한승민
관리 | 송우석 · 황규성 · 전지연 · 채경민

펴낸곳 | (株)해냄출판사
등록번호 | 제10-229호
등록일자 | 1988년 5월 11일(설립일자 | 1983년 6월 24일)

04042 서울시 마포구 잔다리로 30 해냄빌딩 5 · 6층
대표전화 | 326-1600 **팩스** | 326-1624
홈페이지 | www.hainaim.com

ISBN 978-89-6574-104-6
ISBN 978-89-6574-040-7(세트)

파본은 본사나 구입하신 서점에서 교환하여 드립니다.

이 도서의 국립중앙도서관 출판예정도서목록(CIP)은 서지정보유통지원시스템 홈페이지(http://seoji.nl.go.kr)와
국가자료공동목록시스템(http://www.nl.go.kr/kolisnet)에서 이용하실 수 있습니다.(CIP제어번호:2020045617)